长篇小说

远乡的呼唤

几个80后女大学生
毕业五年的一首
爱情和事业交响曲

张秀华　王永奇　著

中国出版集团
现代出版社

图书在版编目（CIP）数据

远乡的呼唤／张秀华，王永奇著. －－北京：现代出版社，2022.1

ISBN 978－7－5143－9666－9

Ⅰ. ①远… Ⅱ. ①张… ②王… Ⅲ. ①长篇小说－中国－当代 Ⅳ. ①I247.5

中国版本图书馆 CIP 数据核字（2022）第 025129 号

远乡的呼唤

作　　者	张秀华　王永奇
责任编辑	刘　刚
出版发行	现代出版社
通讯地址	北京安定门外安华里 504 号
邮政编码	100011
电　　话	010—64267325　010—64245264（兼传真）
网　　址	www. xiandaibook. com
电子信箱	xiandai@ cnpitc. com. cn
印　　刷	北京荣泰印刷有限公司
开　　本	710 毫米×1000 毫米　1/16
印　　张	18
字　　数	208 千字
版　　次	2022 年 2 月第 1 版　2022 年 2 月第 1 次印刷
书　　号	ISBN 978－7－5143－9666－9
定　　价	76.00 元

序

　　作为小说作者之一的我来给这部长篇小说作序似乎有些不合常理，但是这部长篇小说也只有我来作序才能说得清楚。

　　这部青年励志题材长篇小说的创作起源于我们和宣传部文艺处同志的一次聚会。深圳电视台文艺部一位姓刘的女编辑说：现在有一个十分好的电视剧题材，名字应该叫《毕业五年》。就是写一些大学生毕业五年的工作、事业、婚姻和家庭的故事，当然，能先写一本长篇小说也可以。回家以后，我反复琢磨了一下刘编辑的话，觉得十分有道理。任何一个大学生毕业后的五年都会处在工作、事业和婚姻的当口，都会有许许多多不同的经历和不同的故事，的的确确是一部青年励志题材电视剧的好素材。

　　我是一名从事小说和电视剧创作五十多年的老作家和编剧。对于这样一个青年励志题材的故事当然很感兴趣，于是就写了本书的故事大纲。但是后来忙于《家有爸妈》和《幸福合作社》两部长篇电视剧本的创作，就把这个事情放了下来。

　　张秀华同志是《小城故事》杂志的编辑。她在杂志和报纸上发表过许多散文和诗歌，也发表过小小说，创作基础很好。因为年龄和资历的关系，她一直称我为老师，她说自己一直都想创作一部长篇小说，我就把本书的故事大纲给她看了看。或许是她对主人公大学生活的熟悉，或许是小说里的主人公不辜负命运的洗礼，她很快就被这个故事所吸引和感动，说一定要完成这部小说。

几个月以后，张秀华就把本书的电子版发给了我。她写小说的文笔流畅，叙述故事能力强，人物和环境描写细腻，有着很熟悉的校园生活底蕴和大学生就业、婚姻等经历和阅历，小说在计划内截稿。我只是提出了几点修改意见，本书就完成了。她为这部长篇小说付出了巨大的劳动和心血，她理应做为这部长篇小说的第一作者。

本书塑造了某大学中文系同住一个宿舍里的周曼丽、吴亚婕、那达莎、郑楠和姜小妮五个姑娘，毕业后工作、事业、爱情、婚姻的种种不同经历和境遇，展示了她们对美好生活的追求和渴望。这是一部弘扬主旋律，宣传正能量的小说。

正如那位刘编辑所说，这真是一部青年励志电视剧的好题材、好故事，真诚地希望能有电视剧的投资方对这部小说感兴趣，并能投资将其拍摄成电视剧，也希望大家喜欢这部小说。

王永奇

2021 年 8 月 18 日

目 录
C O N T E N T S

目 录
C O N T E N T S

第一章
308 寝室的五个姑娘

　　中文系辅导员夏雨急匆匆地跑进了女生的住宿楼，向 308 寝室走去。他心里想若是把这个消息告诉周曼丽，她一定会高兴得蹦起来。屋里若是没有别人的话非得抱起她转一圈，想到这里他激动的心怦怦直跳，兴奋之情溢于言表。

　　308 寝室的 5 个姑娘刚参加完毕业典礼回来。四年大学生活结束了，这届毕业生马上就要离开学校了。从 19 岁上大　时分到　个寝室开始，四年了，她们 5 个人相处得如同亲姐妹一样，有好吃的一起吃，冬天冷了就两个人挤在一张小床上，考试前一起挑灯夜战，互相鼓励，学习不能松懈，毕业论文和毕业答辩分数都很高。她们几个人排行大小是按生日顺下来的，在寝室不叫大名直接喊老几就都知道是谁了，周曼丽排行是老大，谁要有点委屈和心里话都向她诉苦。周曼丽真有老大的样儿，在吴亚婕、那莜莎、郑楠、姜小妮她们四个人心中周曼丽就是女神，她是中文系出了名的校花。不但品学兼优、人漂亮，还是学生会的干部，在关键的时候总能给 4 个姐妹拿个好主意，她真成了 308 寝室 5 个人中的主心骨了。

周曼丽的家住在距离学校几百里的偏僻农村。尽管周曼丽出生在农村，但她的气质绝不输给明星和名媛。她五官精致、仪态大方，皮肤白嫩细腻、长长的柳叶眉下长着一双水汪汪的大眼睛，挺直的高鼻梁正看侧看都很美，齿白唇红自带颜色，1 米 73 的好身材凸凹有致。她说是遗传她妈妈的基因了，她没见过她爸爸。从小是在姥姥家长大的，她舅舅告诉周曼丽她爸爸是出车祸去世了，周曼丽很懂事就再没提过她爸爸一句。她舅舅有个很体面的职业——海军军官，对她很好，像亲生女儿一样，只是常年不在家，家里的农活都落到了妈妈的肩上，见过周曼丽的人都夸她家乡水土真好，养育出这么美丽的一个姑娘。

周曼丽今天穿了件红格子衬衫、下身穿了条水磨蓝牛仔裤，脚上是白底黑面的运动鞋，长发梳起个马尾辫，全身都洋溢着少女的纯情和青春的风采。

周曼丽眉毛一挑，用手指了指同寝室的姐妹说："很长时间没和你们几个坐在一起说话了，很是想念啊！"

吴亚婕说："一晃在外面实习都半年了，前天才返校，都自己忙自己的事了，一边到处跑参加招聘会、投档，一边又要忙着写毕业论文，每天睁开眼一直到晚上都忙得不可开交。"

周曼丽一听乐了，看了吴亚婕一眼说："我简直成了一块砖，哪用往哪搬，到下半夜睡觉都是常事儿。在学校实习一点都不轻松，每天都要帮学校填录学生信息表，还要为大一新生介绍在大学里的生活和学习，对新生和家长提出的疑问进行现场解答，还要在广播里播报学校开展的一些活动，有时忙得都顾不上吃饭，这会儿算有时间回来收拾自己的东西了。"

周曼丽小心翼翼地把贴在床头上的大头贴揭了下来，连同桌子上装满幸运星的玻璃瓶一起放进了纸壳箱里，这个小幸运星瓶子也不知道是谁送给她的，感觉对她很重要，从大一到大四有时间就拿在手里左看右看默不作声，然后又小心翼翼地放回去。

周曼丽看见桌子上还有一包果丹皮，她拆开了问："谁吃自己过来拿吧，吃这个东西能开胃。"

吴亚婕说："我吃，我先洗洗手。"

周曼丽拿出了一个递给了吴亚婕，随后问道："亚婕，你投档的那两家公司有没有回音？"

吴亚婕："上次我打电话和你说到现在快一个月了，没收到消息，唉，真是让人着急。"

周曼丽："哎，你实习的那家学校怎样？有没有希望留下？"

吴亚婕："大姐，我最开始时也是抱着这样的心态工作的，每天我都是第一个到学校把教研室几个老师的桌子全都擦一遍，换个地沏茶倒水。我总是提前备课，这么长时间就讲了几节课，净帮这几个老师批卷子了，一有测试和月考我就得加班加点地忙活了。后来又多活了，让我天天中午去帮袁老师接孩子，我变成了杂耍和保姆了。"吴亚婕露出一脸的无奈，咬了一口果丹皮。

吴亚婕在寝室里排行老二，她也是农村孩子，爱吃五谷杂粮喜欢素淡食物。长得眉清目秀、眼神楚楚动人，身材纤弱娇小、说话声音不大也很轻柔，很像江南女子，有一种说不出的魅力。她穿一套白色小西装、棕色立跟瓢鞋，总说自己个子小衣服不能超过三种颜色，她也是出了名的学霸。

周曼丽安慰吴亚婕说："别气馁，咱们刚从校园里出来，从没有遇上过各种各样的人和事，得需要时间打磨。我认识一个南方的女生，为了进一家中外合资企业花了三年时间读完研究生，好不容易通过了笔试，满怀信心去复试却被淘汰了。"周曼丽边说边回头看了一眼那芘莎，她正忙着往皮箱里装衣服呢。

那芘莎在寝室排行老三，白白净净的脸上长着一双欧式眼、长长的睫毛像个洋娃娃。秀发齐肩还烫几个弯，穿了件带太阳花图案的连衣裙，黄色小短靴。1 米 68 的身高，体重刚好 52 公斤，是个窈窕淑女。父母都是老师家庭条件好，她是独生女，也是父母的掌上明珠。她经常炫耀她爸很喜欢俄罗斯小朋友，自己没出生时就把她的名字取好了，说她爸爸一看见她妈生的是女孩高兴得手舞足蹈，给医生买了很多糖果表示感谢，从小到大她爸爸只要一出差，就会给那芘莎买回来不同风格的连衣裙。

周曼丽问那芘莎："老三，你那天折腾那些旧衣服一共卖了多少钱哪？"

那芘莎扮个小鬼脸，她说话快言快语："大姐，旧衣服一点都不值钱啊，一大包才卖了 100 多块钱，还不够当时买一件衣服的钱还冻够呛。"

周曼丽："咱们寝室数你的衣服最多了，这三个皮箱都没装完还有两个大提包，都不好往下拿，多亏你自己家有车还能方便些，程大伟也能帮你搬东西。"

那芘莎一屁股坐到了床上，歪着头咧着嘴说："他哪有空理我啊！正忙着四处找工作腿都跑细了。前几天我说这回毕业了，有时间我领你去见我的父母，他说不着急再等等，最好先找到工作再见家长，要不没底气有点自卑，应该先立业后成家。"

吴亚婕顺手递给那荭莎一个果丹皮慢条斯理地说："程大伟的想法很正常，你家是城市户口，他家的经济条件没有你家好，你是无忧无虑地过着富足的大小姐生活，他一切都得靠自己打拼，哪个男生都爱面子。"说着把那荭莎的皮箱从床上拎到了地上。

那荭莎眨巴几下大眼睛说："二姐，大伟总说我俩是两个世界的人，说我是城里的格格，说他自己是农村的嬷嬷，呵呵！论才学大伟比我优秀多了，他的论文每年都能得着奖学金，上次得了奖学金还给我买了一支口红，我俩可能是五行相益相生才能生态平衡，呵呵！"

吴亚婕乐了："当然了，地球都有引力呢，人也一样同声相应，同气相求。你也很优秀，咱学校组织举办的那两场辩论赛'老年人该用老人机还是智能机'和'为什么北方的冬天不下雪'你都获得了冠军和小组冠军，你思维敏捷、语惊四座、出口成章，真为你骄傲。"

那荭莎一听乐了："二姐，程大伟也得过篮球赛冠军和足球赛冠军，但是他没有我的技术含量高。呵呵！你一夸我有点飘飘然了，都说成熟的稻谷都是弯下腰的，我在你们面前可不敢直起腰来，二姐，和你们在一起的日子，是我人生中最开心的日子。"

郑楠和姜小妮走过来一个人抱着周曼丽的一只胳膊，眼睛有点湿润。

周曼丽心头一热温柔地说道："干吗呀？这还没散伙呢，就舍不得了？这几年我可没少修理你俩啊！楠楠你这次剪的发型比以前那个荷叶头好看。"周曼丽故意岔开话题，怕她们俩哭了，也怕自己哭了。

郑楠用手摸摸耳朵后面的头发说："大姐，我是为了毕业找工作能有好运气，所以从头开始，重新塑造一下自己。"郑楠是308寝室的老四，姜小妮是老五。她们两个人长相洋气根本不像农村孩子，两个人的性格也截然不同，郑楠一副高贵的鹅蛋脸上总是带着阳光般的笑容，配上时尚的波波头发型很有御姐范，身材高挑，一套紫色的运动服、白色运动鞋色彩明丽。郑楠常说的口头禅是不问前程只顾前行，开弓就没有回头箭，她的性格直爽有主见。

姜小妮的性格和郑楠恰恰相反，遇到事情就迷茫，她的依赖性很强。她属于古典美瓜子脸、眉梢微微上扬，眼神会说话、樱桃小嘴喜欢吃零食，和郑楠身高一样都是1米65。姜小妮的家离得最远，也数她年龄最小，思想承受能力差点，姐几个成了她的保护伞，这要毕业了她的心情最复杂。她抱着周曼丽的胳膊摇晃着说："大姐，我们马上就要离校了，我不习惯一个人生活，你总是在我失落的时候一句话就能说到我的心里，给我希望、给我力量，现在要去面对社会、面对就业、建立新的人际关系，我缺少信心，太有思想压力了，我爸让我回老家找工作去，大姐你说我该怎么办呢？"

"当、当、当"，突然有人敲门，吴亚婕过去开门一看是辅导员夏雨正气喘吁吁地站在门外。夏雨一身韩版休闲装，英俊潇洒、1米85的大高个儿很像韩国的欧巴，棱角分明的脸上鼻子尖儿还带着汗珠。

吴亚婕故作客气地调侃道："辅导员大驾光临，是来找你的女神吧？请您稍等。"她进屋笑嘻嘻地把周曼丽从里面推了出来，柔声说："大姐，快去吧，有人找。"

夏雨上前一把拽住了周曼丽的手说："跟我来。"两个人就一起往楼下走。

姜小妮凑了过来趴在吴亚婕的肩膀上，望着他俩的背影羡慕地说："哎，人家大姐真是好福气，从大一开始咱辅导员对她就很照顾，辅导员家庭条件好、为人也低调，他穿的衣服都是大牌，怕大姐有思想压力，买完衣服总是偷偷地把商标拆掉。"

吴亚婕转过头望了一下姜小妮说："这还不止呢，夏雨和大姐在学校一起策划活动时，他总是早早地去食堂排队打饭，总是把大姐喜欢吃的饭菜端到她的桌前，从来不和别的女生逛街、看电影，夏雨还会弹一手好吉他，他有很多粉丝，都可以做咱们学校的形象大使了。"

站在寝室窗前的郑楠一挥手喊道："回来吧！别在那望了，大姐和辅导员都在那呢。"

在宿舍前方不远的草坪上，夏雨高兴地把双手搭在周曼丽的肩上、故作神秘地说："曼丽，如果我告诉你一个好消息，你今天是不是得请我吃大餐哪！"

周曼丽羞涩地扳开了夏雨的手说："哎呀，你看看楼上那些姑娘眼睛正往这看着呢，到底是啥事啊？快点说呀！还跑出来这么远。"周曼丽有点娇嗔地问。

夏雨一副扬扬得意的样子，眉飞色舞地说道："曼丽，咱们学校的领导班子刚才开会研究决定同意你留校做辅导员了，我知道这个信儿后马不停蹄地跑来告诉你，哎？曼丽，你高兴不？"夏雨笑眯眯地注视着周曼丽，以为她会高兴得跳起来。

想不到，周曼丽听后没有一点惊喜的表情，她平静地说："夏雨，我不想留校做辅导员。"

夏雨先是一愣，他万万没想到周曼丽会这么说，夏雨面红耳赤情绪很激动："啊？我说你傻啊？你现在上哪去能找到这么好的工作呀！你在学校先做辅导员，然后再做团书记，以后如果有编制了还能进人事处，凭你的能力，将来一定可以当系里的书记或者主任，这是一条通向仕途的光明大道啊！我费了九牛二虎之力才把这个职位给你争取下来，我二叔是省里领导，他特意跟校长说的才能让你留下来。"

周曼丽用一双清澈的眼睛看着夏雨温柔地说："夏雨，谢谢你为我所做的一切，可是我有我的理想，就让我做一株坚守梦想的蒲公英吧，带着自己的梦想寻找那片能够实现梦想的土地。对不起！"说完就转身走了。

夏雨不知所措很着急地大喊："喂！曼丽！曼丽！"

周曼丽像没听见一样头也没回。

望着周曼丽的背影，夏雨的一颗滚烫的心一下子降到了冰点。自从当了中文系的辅导员以后，他就相中了这位端庄大方、气质高雅、温情如水的学生会干部周曼丽，他想如果能把她留在学校做辅导员，他们俩的事情也就可以顺理成章了。夏雨做梦也没想到周曼丽会拒绝这份工作，他找了一块干净的石头坐下来，他责怪自己还是有哪方面做得不好，自己也是个很自律的人呀，在周曼丽面前向来都是谦虚谨慎地处理任何事情，从没敢表现过半点不悦的心情，他父母来学校暗地里偷偷地看过周曼丽都喜欢得不得了，现在看来一切全都成泡影了。

308 寝室里还在热聊，寝室的房门半开着。

吴亚婕接着姜小妮的话题说："小妮，走出校门你就长大了，以后遇到什么事情就不要大呼小叫了，自己要像大人一样成熟地看待问题，咱们周围的人都在积极努力，一定会带动自己向那个最优秀的人看齐，课本上的知识和工作经历是有距离的。"

姜小妮："二姐你知不知道？大学四年是我读书最多、收获最多的黄金时期，参加的一些社团活动也开阔了我的视野，学习累的时候也寻思过逃课，真正毕业了还是对学校恋恋不舍。"

吴亚婕："几年时间一晃就过去了，想起每次去图书馆的时候，大姐都给我先占个座位，大姐是去得最早、走得最晚的那个人，成功学说没有无缘无故的优秀，时间过得真快，脚下的道路不一定都平坦，青春又太短。"

郑楠拍拍姜小妮的肩头："小妮以后要学会独立行走，才不怕脚下有石头。咱们不能按着以前的标准来打造自己，也是时候突破自己了，以前咱都把注意力和精力应付考试了，现在才是释放能量的时候和社会正式接轨，一定要平稳地运转寻找最好的创新方式，体现人生的价值。就应该有股闯劲，不撞到南墙就不会记准方向。"

吴亚婕说："楠楠说得对，有句话叫青春是用来奋斗的，列夫·托尔斯泰说——理想是指路明灯，没有理想就没有坚定的方向；没有方向就没有生活。咱们应该有理想，有目标。"

姜小妮不屑地回答："在外面实习大半年后，我印象最深的一句话就是——理想很丰满，现实太骨感。人家一台豪车都够我们攒半辈子了，而我还在等一个不确定的未来。"

吴亚婕："找工作每个人都会焦躁困惑，首先纠结工作地点、工作岗位能不能轻松驾驭，所在单位有没有发展前景等各种问题都得考虑。"

郑楠："没毕业之前，我们几个把未来筹划得都很美好，师者，传道授业解惑也。可现在的孩子基本都是独生子女，都是娇生惯养长大的。社会的影响和家庭教育的方式不同，每个孩子的心理状况也不同，叛逆期的孩子更让家长和老师头疼，我看如果不学习心理学还不能完全满足调教他们的需求。"

听完郑楠的话吴亚婕一下子沉默了，她知道人生还得需要磨炼，她很想毕业后顺利地找到工作，多挣点钱好好地回报父母。父母都是庄稼人也都一把年纪了还没享着福，郑楠的心里有些酸楚。

"大家注意了！注意了！明天本校有场招聘会，这有招聘信息。"楼管阿姨一个飙高音全都精神了。

那莲莎飞快地跑上前把招聘信息拿到手里，308 寝室的姑娘们一下子围了上来。

第二章

求职场上的囧遇

中文系的招聘会现场人声鼎沸、场面火爆，很多企业今天拉开阵势广纳人才，同时吸引了三千多名大学生前来参加。各种颜色的大条幅招聘海报映入眼帘，有建筑工程、医药化工、商业服务、电子通信、民营学校、私立学校、营销管理、文教传媒类等。每个展位面前的工作人员都穿着职业正装、佩戴个企业胸牌，可能是精挑细选的原因，每个工作人员的普通话都很标准。今天还有不少外地的求职者也早早赶到会场，有的人手里还拿着面包和矿泉水，包里装着档案和个人简历。

在工程建筑公司的展位前，一位中年讲师拿着扩音喇叭在人群中大声宣讲："大凡有实力、有名气的公司，企业校招的重点都放在秋招，不知道大家是否同意我的观点？大学生们不要错过机会，我公司给予的待遇和薪酬相对中小企业来说都是比较高的。来我们公司也能让初入社会的大学生通过更简单的渠道获得一个展示自我的机会，互惠且双赢。"

　　吴亚婕手里拿着招聘信息挤在民营学校的展位前，这里的人比别的公司企业求职者都多，围得里三层外三层，可能是老师的职业是很适合女孩子从事的工作，招聘就业的单位又少，感觉整个学校的毕业生今天全聚这儿了。

　　吴亚婕伸头往前看看、又回头往后看看，对排在她前面的女生说："后面还有那么多人，我早上出来到现在都没来得及喝一口水，嗓子都干了。"

　　前面的女生说："我这瓶还启开了，要不就给你了。"

　　吴亚婕摆了摆手，笑着说："谢谢，我叨咕出来就不渴了。呵呵！"

　　半个多小过去了，吴亚婕被后面的人群拥到了前面，她心想可不能错过机会，一定要好好表现，这也太不容易了。吴亚婕小心翼翼地把个人简历递给了男工作人员，工作人员仔细地看了看。吴亚婕看见桌子上已经堆积了很厚一摞儿的报名表了，她拿起一张空白表放在自己的面前正准备要填写。那个工作人员看完她的简历，又放回了档案袋，问："你英语过四级了？"

　　吴亚婕愣了一下："没过四级，我还准备再考。"

　　工作人员乐了："我们总不能等你过了再来应聘吧！"说完用眼睛看着吴亚婕身后的人，用眼神告诉她下一个。

　　吴亚婕很失落地从人群中挤了出来，她边走边想刚才被问得太尴尬了，她为这场招聘会也做了很多准备，在寝室反复地练习说话的语气、表情，还有各种假设的提问、回答，没想到一句问话就决定了命运。她从没有过的自卑感困扰着心情，怎么也乐不起来了。自言自语地说道："我是学中文的还问我英语过没过四级，你们是要招聘英语老师吗？三句话没过就被 pass 了，这以后没希望当老师了，悲催。"

　　这时，郑楠的电话打了进来："二姐，你在哪儿呢？人太多了没看见你？"

　　吴亚婕语气低沉地说："楠楠，我还在招聘会现场，你和小妮在一起呢？人多听不太清，一会儿见面再说吧。"

　　周曼丽今天穿了件碎花衬衫，配条绿色的喇叭裙儿。两条修长的美腿又细又直，把长头发扎成了一个马尾辫，脸上化个淡妆，擦了一点口红。整个人看起来清新脱俗、充满活力。她知道面试的第一印象很重要。她围在新闻媒体的展位前，她前面的求职者都没她个子高，咨询问题的对话她都能听见，这些人问话嗓门大语速还快，她几乎插不上嘴。

　　接待她的工作人员是个女同志，梳着齐耳短发看上去很干练，她很淡定地问周曼丽："你是学什么专业的？"

　　周曼丽落落大方地回答："我是中文专业的，是应届毕业生。"

　　女工作人员："你以前接触过稿件吗？"

　　周曼丽笑了一下说："我在校刊上发表过作品，也是学校的广播员，读过不少同学们的作品。"

　　女工作人员："从事文字工作的人，就是爬格子很辛苦也很枯燥，薪水也一般，漂亮的女生都不愿意从事这个职业，这是报名表，按上面的要求填写个人信息。"她说着把笔递给了周曼丽。

　　长丰学校的招聘海报设计的是蓝底白字非常醒目，办公桌前排起了一条大长龙。姜小妮今天没敢穿高跟鞋，她怕人多踩到别人脚耽误时间，特意把头发编成了一个小辫子，模样很乖巧。她一手拿着档案袋、一手拿着手机，她排在队伍的中间前后围了好几十个人，后面女生催促她："你倒往前走啊！"姜小妮回过头说："前面的人不动我怎么往前走？我比你还着急呢！"

郑楠排在那个女生的身后，她今天扎个马尾辫，人看起来特别精神，她本来和姜小妮是挨着的，被那个女生插队夹在她俩中间了。姜小妮想责怪几句被郑楠化解了，她说："大家都是来应聘的互相体谅一下吧，下次想碰见都难了。"

又足足过了一个多小时，姜小妮才排到了桌子跟前，她把简历双手递给了接待人员。

那个工作人员看都没看就问姜小妮："请问你是 211 和 985 院校毕业的吗？我们只选择名校毕业生。"

姜小妮和郑楠一听从头凉到脚，这几个小时的煎熬就等来了一句话，感觉人生跌倒了谷底。她很尴尬地把档案袋接了过来，拉着郑楠从人群中挤了出来。

姜小妮红着脸说："楠姐，我们普通高校输在起跑线上了，还是名校毕业生社会资源广、就业机会多。"

郑楠苦笑了一下，安慰姜小妮："小妮，只要是专业对口都会持续升温，咱们要保持乐观的心态要有自信，别想那么多了，今晚美美地睡一觉再说。"郑楠极力地维护她们此刻的尊严。

周曼丽接到了《沃野》杂志社的面试通知，她高兴地换上了一件白衬衫和一条黑色西裤，换上一双黑瓢鞋，背起黑色的小挎包，打车来到《沃野》杂志社。眼前是一幢独立的两层办公楼，设计得非常漂亮，这家杂志社是全市排名前十的先进单位，办公条件非常好，招聘职员的要求标准很高，身高、年龄、工作经验都有要求。走廊和楼梯都铺着灰色的印花地毯，高跟鞋走上去几乎都没有声音，主任办公室的门口有几个年轻貌美的女生在排队，一个一个地进去面试，6分钟左右就出来了，最后一个是周曼丽，她小心翼翼地敲响了办公室的门。

"进来。"里面传来一个女人的声音。

周曼丽拘谨地站在办公桌对面，心里告诉自己别紧张。她冲对面的女主任笑了一下说："你好，我是周曼丽，中文系毕业的，我是来面试的。"

女主任正是招聘现场接待她的那位工作人员，她穿着一套很合体的褐色西装，说话的声音还是那么悦耳。她看完了简历得体地笑了笑说："请坐，我叫顾红，是编辑部的主任，认识你很高兴。周同学你是学中文的，中国的语言很丰富，很难分清同义词之间的区别，比如'光临'和'惠顾'你怎么解释?"

周曼丽想了想说："光临是顾客第一次进你店铺买东西或者消费了。欢迎惠顾，是表示顾客已经消费完了，要走的时候对顾客说的。"

顾主任听了没有太多表情："这么多专业你为什么选择学习中文?"这么一问，一提到中文周曼丽反而不紧张了。

周曼丽淡定地回答："小时候我第一次听到语文老师朗读课文时，学习中文的念头就在我心中萌发了，我喜欢听朗读，也是为了学习中国的语言文字，也想传承中华美德。"

顾主任："你怎么理解强项和弱项的问题?"

周曼丽："我认为所谓的强项和弱项其实都是相辅相成比较好，都是代表个人特点，这些特点在一些情况下可以是优点，在另一些情况下可以成为弱点。"

顾主任喝了一口水接着问："有一份工作没有工资、没有节假日、全天候服务，你说这个工作是什么工作？"

周曼丽动情地说："母亲。"

顾主任："你的优点是什么？"

周曼丽："我以前在学校时是学生会的干部，组织参加过很多活动，也在校刊上发表过很多作品，经常和学生打交道，工作上也有些经验，爱好广泛能歌善舞，更主要是我喜欢文学、敬畏文学。"

顾主任："你自身不足之处是什么？"

周曼丽："英语不是我们的母语，我还要花点精力去理解。"

这时，杂志社社长康庄推门进来了，说："顾主任，你来我办公室一趟有点事儿研究一下。"

顾主任赶紧从座位站了起来，赔着笑脸说："康总，我正在面试呢，马上就完了。"

康总侧过头一看周曼丽当时就愣住了，眼前这位姑娘的神情酷似一个人，而这个女人这么多年一直都是他心底的伤疤，他站在门口盯着周曼丽一动不动了，像见到了自己的家人一样，不知为什么有一种说不出的亲切感。

顾主任心想难道他们之间认识，可发现周曼丽看康总的眼神很陌生，顾主任"嗯"了一下清清嗓子，她是善意地提醒一下康总。康总的表情有点复杂，他把顾主任叫到走廊的拐角处。

告诉顾主任："我看这个姑娘不错，把她留下吧。"

顾主任心领神会，笑了笑说："知道了，不过我还得按照面试的环节问她几个问题。"说完顾主任又回到自己的办公桌前。

顾主任："还是接着刚才的话题，既然知道自己的不足将怎样改进呢？"

周曼丽："要认识自己和不断地完善自己。"

顾主任："嗯！好了，你明天到人事部报到。"

周曼丽一听心里很激动，她隔着桌子给顾主任送上一个大大的拥抱，说："太谢谢您了顾主任，您帮我实现了人生的梦想。"

顾主任被周曼丽温暖的举动打动了，她亲切地笑了："不用谢我，是你的条件很符合咱们编辑部的招聘条件，而且我们社长一眼就相中了你——"

周曼丽惊讶地说："社长？"

顾主任："对呀，刚才进来的就是我们社长。周同学，梦就在脚下，脚踏实地向前闯，总有一天会展翅翱翔。"

第三章

生活的面纱

康总和顾主任说完话以后，他的腿肚子情不自禁地抖了一下，他浑身一点力气都没有了。他拖着疲惫的身子跟跄地回到了二楼的办公室，他关上门一屁股坐到沙发上，用右手使劲地捏着额头，自言自语地说："这个应聘的姑娘长得太像你了，一晃20多年没看见你了，你在哪里呀？"

康庄从沙发上站了起来，来到老板台跟前把转椅往后挪了挪，拉开第三个抽屉拿出一张黑白照片，他慢慢地坐到了椅子上面认真地端详着照片上的女人，当年的情景又浮现在眼前，孔家店那里有他一生都割舍不断的感情。

1979 年，因为家庭出身不好，当时在出版社当编辑的 23 岁的康庄被下放到了农村"劳动改造"。

一到孔家店，康庄他们就傻眼了，这屯子一家挨一家的小土房，墙头能有半人多高，一眼看不到边的地垄沟平添了几分苍凉，康庄和他的班长袁明被安排在生产队的仓库里存宿。

在这之前，孔家店的生产队长听说知识青年要来下乡，他领着一伙人把不能用的玉米粉碎机抬到外面去了，用土坯搭了一铺大炕烧干后铺上牛皮纸，又把不用的旧门拿来钉上两个合页，算有个挡迎。

康庄和袁明坐到土炕上神色黯淡，欲哭无泪的感觉。

康庄看了一眼袁明说："班长，这是要命的地方啊，不累死就得穷死。"

袁明是他上大学时的班长，他个子不高长相很爷们，他抬头看看棚顶，又看了看康庄说："哎，既来之则安之，现在咱也没别的招啊！好赖两个大老爷们也不能被吓倒了。"

"我可是一点信心都没有啊！不知道咋熬啊？"康庄说话的表情很痛苦。

"是啊！我也感到像从天上掉到冰窟窿一样。"袁明说。

这时，生产队长在外面喊了一嗓子："你俩出来吃饭吧！在东边的豆腐坊那屋，明天就下地干活了，晚饭都多吃点吧……"

第二天分组，康庄没和袁明分到一起，康庄在离生产队二里多地的菜地里铲地，袁明在屯子大东头的苞米地里铲地。

康庄是一个肩不能挑水，手不能提篮的"文弱书生"。到了农村劳动，这下可把他难住了。

"你看看，那个小白面书生哪是干活的人哪？咱们都铲三条垄了，他一条刚到地头，哈哈！"几个妇女喊喊喳喳地取笑康庄。

"真是造孽呀！要不是他'成分'不好，又是'臭老九'，是不是咱们还能帮帮他，这谁敢呢？"

下午，大地里的男男女女铲完地都走了，康庄等太阳下山了才拖着疲惫的身子回去。

袁明看见他回来了，给他从锅里端出两个大饼子和几个土豆。

袁明心疼地问道："今天下午分的地垄都铲完了？"

"嗯哪，我在地里歇了好几气才算铲完了，我看今天得拽着猫尾巴上炕了。"

"没事，我能推你一把。"袁明咧着干裂的嘴唇调侃说。

"你先吃饭，我去挑点水，明天起你负责挑水，我负责做饭，想吃饭都得干活，呵呵！"袁明说完走了……

这天都在黄瓜地里铲草，黄瓜秧离地面很低，康庄小心翼翼地生怕把秧给铲掉了，别人铲完都回家休息了，只有他一个人还留在地里。这时，有个姑娘扛着锄头过来了，她什么也不说就帮助他干活儿。这个姑娘他认识，是他的邻居叫周英，身体强壮，十分有力气，康庄的心里有说不出的感激。周英很快就帮他铲完了，康庄一看比以前有精神头了，干活也感觉不像以前那么累了，每次他从地里回去都比以前早了。

康庄单薄的身体对挑水十分打怵，他费劲全力从井里打上水倒在铁桶里，可往回挑时走路还找不好平衡、身体不停地摇晃，肩上的扁担忽高忽低，桶里的水洒一道。

看见他挑水的妇女聚在一起，不停地取笑他："这样的男人还整这儿来干啥啊？都没我有力气，看他多费劲，哈哈！"

"可真的和走猫步一样，你看水都快洒没了，估计到家就剩两个空桶了，哈哈！"

　　这一幕正巧被周英的妈妈看到了，她回家以后把自己的想法告诉了周英。

　　"妈，你让我去帮一个男人挑水，村里人不得笑话我吗？"

　　"笑话啥呀？脚正不怕鞋歪，咱是苦底出身干点啥活不算事儿，康庄哪是出大苦力的人呢？咱给谁干活谁都知情，人心都是肉长的。"

　　周英听后抿嘴一乐，她也早有这个打算，只是没好意思说出来怕她妈妈笑话。

　　后来，周英在挑水的时候也把他家的水缸挑满。有一次还被袁明撞见了，把康庄一阵调侃，说康庄真有女人缘，自己也从中看出点端倪，真心为康庄高兴。周英是个淳朴的农村姑娘，只是念了几年小学，她的话语不多，长相也是一般，可是在这个时候能帮助康庄，这叫康庄心里暖暖的。

　　有一天，康庄因为劳动太累了心情很不好，他看见袁明走远了，一个人在屋里哭了起来。几分钟以后，他听见有脚步声进来了。

　　"我妈让我给你送碗酸菜馅饺子，她说没看见你去撒肥，可能是身体不舒服了。"周英有点羞涩地站在炕沿跟前。

　　"我、我没啥事儿，就是有点想家了。"康庄赶紧用袖子把眼泪擦干净。

　　他把脸转了过去，背对着周英说："替我谢谢周姨，谢谢你们这样关心我。"康庄像看见雨后的彩虹一样，内心充满了力量。

　　周英说："你缓缓劲趁热吃了，我给你归拢一下。"

　　周英把屋里的东西收拾完以后，又把康庄的衣服洗干净晾上了，康庄感到了一种家的温暖，周英的妈妈隔着墙头看着女儿忙碌的身影，都憋不住笑了。

她在心里说："这可咋整，康庄干啥都赶不上我闺女了。呵呵！"

有一次天下大雨，袁明被隔在屯东头了。屋里就剩康庄一个人，他把家里的盆盆碗碗全都用来接水了，他自己躲在炕里的一角看书。屋子里四处灌风，康庄觉得脑袋有点热、浑身打个冷战，他知道自己感冒了。这时，周英来了，她拿来了一块大塑料布，几下子把塑料布吊在了棚上，把漏的雨水都淌在了水桶里。接着她又开始收拾屋子，康庄的心里突然涌起了一股热浪，他刚想下地帮忙，刚站起来一下子就瘫软在炕上。

周英跑过来用手一摸他脑门都烫手，急忙说："等会儿，我回家拿退烧药。"

几分钟以后周英跑回来了，她从暖壶里倒了半碗水，看着康庄把药吃了，她脱鞋上炕拿出褥子把康庄围上了。

周英告诉康庄："一会儿你就不冷了，我给你拽着点这样暖和。"

康庄开始不好意思，可他感冒了体力不支，不一会儿就睡着了。等他睡醒睁开眼睛的时候，看见周英被雨淋过的头发还没干呢，康庄再也控制不住自己的感情了，他紧紧地抱着周英亲吻着，周英低着头没有躲闪，因为她是从心里喜欢这个男人，康庄告诉她要娶她为妻，一年多积蓄的感情碰撞出炙热的火花。

他俩结婚了，在孔家店一时引起轰动，在那个"左"的岁月里，对成分划分得很清楚。一个贫下中农的姑娘肯和一个"臭老九"结婚，那是何等的勇气啊！可他们冲破了世俗观念，在周英家的西屋结婚了，从此，康庄有了一个温暖的家，康庄感到了一种从未有过的幸福。

可是，好景不长。第二年，1980 年他们这些下放劳动的干部开始回城市工作了。当时，有这么一个政策——凡是在农村结婚，妻子是农村户口的干部一律不准许调回城市工作，这叫康庄痛苦不已。

康庄用近乎哀求的语气和领导说："我很热爱自己的编辑工作，我们出版社也几次来调我回去，您就让我回去吧！"

领导板着脸冷冰冰地说："这事我不能答应，文件规定凡是结婚的一律不能回城，上级不批准不盖章。"

康庄眼看着和自己一起的同志都纷纷地调回了城市，康庄每天都在痛苦中煎熬着，有时候他一个人喝得大醉，这一切周英都看在眼里，疼在心上。

周英躺在炕上一整夜都没合眼，她知道自己很爱康庄，她看着身边熟睡的丈夫，眼泪浸湿了枕头，她为爱可以牺牲一切，周英做出了一个大胆的决定。

第二天早上，周英看着康庄把盘子里的包子都吃完了。

她平静地说："庄子，我们离婚吧。"

"你说什么？你让我丢下你一个人自己回城里，我宁可不要那份工作也不能这么做。"康庄震惊了，要抛弃曾经帮助过自己的妻子，他说什么也不肯。

周英温柔地劝慰他："庄子，离婚了你可以回去工作，你的身体不适合在农村，你回去以后如果还想要我，咱们可以再复婚。"

康庄一听眨了眨眼，觉得这是目前最好的方法，但他也不放心就这么走了，他搂着周英说："我舍不得把你一个人扔在这儿。"

周英轻松地说:"等有机会,我就去找你。"

"那你得先答应我,等我安排好了,咱俩就复婚。"

他们两个人刚结婚就这样和平离婚了,周英看着康庄坐上客车走远了,她回到家里趴在炕上号啕大哭。

康庄的女儿一进门和周曼丽撞个满怀,她们两个都笑了,异口同声地说:"对不起!"

周曼丽看到这个女孩很惊喜,好像看见另一个自己了。

康甄也感觉在周曼丽身上仿佛看见自己的影子,她边走边回头笑。

"当、当、当"三声敲门声,打断了康庄的回忆,他赶紧把照片放进了抽屉里关好,在转椅上正正身子,努力地平复自己的心情,对着门口说:"进来。"

"爸,我正好路过你们单位,上来看看你。"康庄的女儿康甄长得很漂亮,说话的声音也很好听。

康庄低沉的心情还没完全恢复过来,他看着女儿随口问了一句:"你怎么来了?"

"爸,我刚才进屋时看见的女孩和我长得很像,她是新来的吧?"

"呵呵!我是说你没上班吗?"康庄知道自己说话心不在焉,他的表情有点尴尬。

"爸,你怎么答非所问呢?"康甄边说边坐在了对面的沙发上。

康庄听完手一哆嗦,他马上面带微笑地说:"是吗?我还没太注意,应该是新来的吧。"

他用手指敲敲了脑袋说:"昨晚陪你袁叔喝酒有点多了,现在还有点头晕呢。呵呵!"

"爸，你都这个年纪了，要多注意身体。"

"爸，你说我袁叔家的儿子结婚我该随多少钱呢?"

"你们两个是同学，我和你袁叔也是同学，这可真是很巧的事儿。"康庄乐了。

"爸，我们同学之间随礼最多就是 1000 块钱了。"

"你的随礼钱爸爸给你出了。"康庄从老板台上的公文包里拿出一沓钱递给了康甄。

"谢谢爸爸，正好我要去给车加油呢!嘿嘿!爸，那我先走了，一会儿我们同学还要聚聚。"康甄把钱放进挎包里，笑嘻嘻的像一只轻盈的蝴蝶飞了出去。

康庄在转椅上把头往后靠了靠，疲惫地闭上了眼睛。

这时，他桌子上的手机铃声响了，他伸手拿起来一看是袁明打来的。

袁明："庄子，没事过来品茶，新到的茶点你一定能喜欢。"

康庄欣然应允之后挂断了电话，袁明是最了解他的人，康庄拿起车钥匙走出了办公室。

周曼丽兴冲冲地从编辑部回到自己的公寓，她把手伸进包里掏钥匙，摸了两下没有，接着她打开包翻看也没有钥匙。她愣了一下自言自语道："是不是落在顾主任的办公室了?"她掏出电话打给吴亚婕："亚婕你在哪儿呢?把我放在你那的备用钥匙送过来吧，我的钥匙没了，我等你。"

吴亚婕："好的，我马上就到。"说着把门打开从屋里出来了。

"快进屋大姐，我们恭候你多时了。"吴亚婕边说边笑。

周曼丽进屋一下愣住了，屋里的桌子上摆了六道菜，有熏酱猪手、五花肉酸菜炖粉条、北京烤鸭、大拌凉菜等，旁边放着一个小蛋糕和一瓶果酒。东墙粘满了粉色的气球，菱形的七色板上写着：美丽的大姐生日快乐！我们爱你就像老鼠爱大米。墙的正中间贴着一张她们姐妹五个人的合影——变成了大海报。

这时，吴亚婕、那莜莎、郑楠、姜小妮站成了一排，双手抱拳齐声喊："祝大姐心想事成，万事如意。"

周曼丽笑了，脸上像盛开的一朵桃花，这是她毕业以后第一次笑，她笑着笑着就哭了。她含着眼泪给了每个人一个拥抱："我的好姐妹，谢谢你们记得我的生日，我自己都忘了。"她们几个看着曼丽流泪都很心疼，立刻都换个笑脸，郑楠抹了下自己的眼睛。

姜小妮说："大姐回来了，咱们该吃饭了，快让大姐小寿星坐中间吧，这回308寝室人员齐了，今天要一醉方休。"

郑楠把果酒倒满了杯子，一起举起酒杯说："先敬大姐一杯，永远都快乐，来，杯里的酒都干了。"

"来，干杯！"周曼丽一饮而尽，把酒杯放到了桌子上，随后姜小妮又把杯子倒满了。

那莜莎喝了一口酒，用怀疑的语气问："大姐，我听程大伟说夏雨给你安排好了留学校的工作被你拒绝了，是真的吗？"说完直愣愣地看着周曼丽。

吴亚婕一脸蒙，眼神有点惶恐说："大姐，这是啥时候的事啊？"

那莜莎说："是真的吗？你快说呀！"

周曼丽点点头，说："嗯，我不想接受他的馈赠，我不想在别人备好的帆船上启航，我应该摸索自己的路往前走。"

那迲莎："大姐，你是个很聪明的人，这会儿怎么犯糊涂了呢？你咋想的？大学生遍地都是，找个工作多难呢？我们都跑多少个地方了，都吃闭门羹了。"

姜小妮一直张着的嘴巴说："Oh，my God.（我的天）这么好的机会你都拒绝了？那么优秀的帅哥你也拒绝了？你当自己是潜力股啊！你不想留校为啥不把这个机会让给我们呢？"

那迲莎："你怕我们不给夏雨拿人情费呀？我妈给我打电话说谁要能给我安排工作，多少钱我们家都给出！"

郑楠："一想到招聘会人家问话的眼神，我的心里就像压了一块大石头，大姐你怎么不想想我们的难处呢！"郑楠说话时都哭出声了。

吴亚婕说："大姐，我是从招聘会现场哭着走回来的。"吴亚婕眼圈又红了。

她们几个人你一句、她一句的一阵猛烈的炮轰过后，突然安静下来了，因为周曼丽没说一句话。四姐妹你瞅瞅我、我看看你，瞬间又心疼起周曼丽了。

吴亚婕动情地说："大姐，你一直都是我们的主心骨，看你有这么好的机会错过了，还得自己四处找工作我们好心疼你。"

周曼丽从椅子上站起来，用手搂着吴亚婕的肩膀深情地看着她们几个心存感激地说："你们的心我知道，即使我是一块宝玉，也得忍受精雕细琢，我相信我站在正确的起点，即使不能光彩夺目，也能温暖自己。我是农村的孩子，家庭条件不好，夏雨是富二代他又那么优秀，我不想让我妈妈在他面前有压力。"

吴亚婕着急地说：“门当户对是早先的老思想了，都八十年代了还拿那句话说事，有一首歌曲叫《漂洋过海来看你》，为了爱情就得挣脱思想上的枷锁，你们两个在一起是郎才女貌、强强联手，太可惜了。”

周曼丽美丽的脸上露出一丝笑容：“告诉你们一个好消息，我找到工作了。”

姜小妮一愣：“不会吧大姐？这么快？你——你真的找到工作了？什么工作呢？”

周曼丽喜形于色：“刚才我去《沃野》杂志社面试成功了，到杂志社做编辑工作。”

郑楠高兴地拽住了那迓莎的手：“太好了，大姐工作就这么轻松地解决了，优秀的人就是抢手啊！”

吴亚婕过来抱住了周曼丽：“真为大姐高兴，你不声不响地找到了好工作，还是你最喜欢的职业。”

姜小妮一听却哭起来了：“大姐，啥事你都那么顺，我咋这么倒霉呢？你不当辅导员咋不把机会给我呢？找工作把我的脚都磨坏了，有好事你还往外推，你还是大姐呢你都不管我……呜呜。”

周曼丽她们几个连忙围上来安慰姜小妮，吴亚婕去卫生间拿来毛巾给姜小妮擦眼泪。

周曼丽心疼地把姜小妮搂在胸前：“小妮别哭了，有大姐在谁都别灰心。现在大学生那么多，找不到工作也是很正常的事，有的单位主要考虑工资低、效率不低就行，简单地选择眼前经济实惠的就可以了。这也是很多大学生毕业后自主创业的原因，没找到工作并不代表咱们比别人差，找工作也不能盲目地病急乱投医，最起码得有适合自己的平台来迈出人生第一步，你们看那些成功人士，有哪一个不是从最底层做起。所有的成功都是有备而来，小妮你放心，只要大姐能挣到钱，有我吃的就有你吃的，一定不会让你饿着。"

姜小妮慢慢地抬起头擦干了眼泪。

第四章

柳暗花明又一村

周曼丽坐在靠窗户的位置上，她把手里的书合了起来，她出差时买了本小说《天亮》这一路都快看完了。脖子有点累了，她自己轻轻按了一下。列车员轻柔的声音从广播里传出来：各位旅客你们好！前方到站是长宁站，请提前做好下车的准备，注意携带好随身物品。话音刚落，有不少下车的乘客纷纷从座位上边拿下拉杆箱，周曼丽也从座位站起来走到车厢的出口等待下车，一回到熟悉的城市心情豁然开朗。

第二天早上，周曼丽提前来到办公室，整理好这次学习内容准备打印，其他几个同事也来上班了，看到周曼丽非常高兴。

小宇说："周姐昨天回来的，怎么样？这次一定取到真经了吧！不虚此行大才女，我把你杯子里的剩茶倒掉了，把给你寄来的信件放到第二个抽屉里了。"

周曼丽说："谢谢你小宇，总是这么贴心，多亏有你，我就可以高枕无忧了，呵呵！这是我给你买的小钥匙链，正好是你的属相。呵呵！"说着递给了小宇，小宇高兴地举起来晃动着，嘴里不停地说好喜欢。

小宇："周姐，参会的人哪里的都有吧？"

周曼丽："嗯！都是杂志社和报刊媒体的主要负责人，就我是职场小白，人家都是我的老师，说是参会其实我是学习去了。"

小宇："周姐谦虚了，学到好的经验可记得分享啊！不打扰你了我去干活了。"

周曼丽："好的，正好我打印完材料了，我要去主任的办公室。"

她来到主任办公室，冲顾主任说："主任，这是这次座谈的主要内容。"说着把手里的材料递到了主任的桌子上，随后又把主任杯子里的水倒满了。

顾主任："曼丽快坐下说话，先说说大概情况。"

周曼丽："这次会议核心内容是坚持社会主义先进文化的前进方向，牢固树立马克思主义文艺观，教育广大文艺工作者深入生活，扎根人民，自觉担负起推动文化繁荣发展的使命和责任，真正做到为人民书写情怀。围绕重要纪念日做好重点选题创作，用优秀的作品聚集正能量，提振精气神儿。"

顾主任笑了："好，这个周五下午咱们编辑部开一个座谈会。近期开展采风创作，用优秀的作品推动精神文明建设，以文学、美术、书法、摄影开展民间文艺作品的创作，通过展览、展示评选等相关工作使文学编创有一个崭新的开始，一会儿我去向总编汇报一下工作。"她看了看周曼丽说："曼丽，你辛苦了，你的工作很出色，哎对了，你个人的问题解决了没有？"

周曼丽脸一红："没有呢，谢谢主任关心。"

顾主任："我这个人是提倡工作爱情两不误啊！我还等着喝你的喜酒呢！"

周曼丽不好意思地笑了。

周曼丽中午下班之后，到超市买了几样水果，还有几样青菜，她急匆匆来到吴亚婕的公寓。

吴亚婕看到大姐来了高兴得像个小孩儿一样跳了起来，连忙把周曼丽迎进屋。吴亚婕高兴的眼神清澈见底："还是大姐好，刚回来就跑来看我，快点坐这儿。"说着把周曼丽手里的东西接了过去。

周曼丽也笑成了一朵花："上午汇报工作走不开，这是迟来的祝福，我刚出差一周就有这么大的惊喜真是出乎意料。呵呵！"

吴亚婕："谢谢大姐，我真没想到可以这么顺利到长宁医院人事处工作，感觉好像做梦一样，我父母高兴得把全村人都告诉遍了。呵呵！"

周曼丽："我听你打完电话激动得晚饭都忘记吃了，找到一份随心的工作太不容易了，感谢经历让我们不断地认识自己。"她指着水果和蔬菜说："哎，咱俩做饭！"

那迳莎的家里装修得豪华、气派，客厅棚上悬挂着金色的大吊灯、周围了安装了很多颜色的小孔灯特别漂亮，棕色的真皮沙发和实木茶几颜色很协调。45英寸的壁挂电视后面是国画荷花影视墙。那迳莎抱个布娃娃边吃水果、边看电视，她的爸爸和妈妈也在客厅喝茶。她爸爸梳个小平头，白衬衫外面穿个黑马甲，中等个眼睛不大、看上去很干练，她母亲身穿蓝色连衣裙，相貌端庄长得像南方人，皮肤白净、体态轻盈。她爸爸给她妈妈使个眼色，她妈妈会意一笑就坐到那茈莎的跟前，轻声说：“莎莎，你爸说得对，去外面找工作多不容易啊！大学生就业普遍来说不太乐观，很多毕业生就业难，工作不稳定，岗位不理想，工资低等现状，大学生就业困难。”

那茈莎：“妈，正是因为不好找工作，我更要增加自己就业竞争力，这样才能证明我的价值，我不怕吃闭门羹，我是越挫越勇型的人。”

她妈妈：“妈知道你不比别人差，是个好孩子。那你爸他们的私立学校现在师资力量不够，还得对外招聘，你正是专业对口，你还去别的地方找工作干吗呀？”

那茈莎：“在自己家的学校能干出啥名堂啊？不知道的还以为我是啃老族呢！”

她妈妈：“你在哪儿工作都是为了教书育人、传授知识吧！培养出优秀学生才是本事。”

那茈莎：“我和大伟都约定好了，他去哪儿工作我就跟着去哪儿工作。”

她爸爸：“你看看，来不来胳膊肘就往外拐了，真是女大不中留啊！”

那茈莎：“爸，你可别这么说，我可不是白眼狼，你女儿我到啥时候都有自己的主张，今天我就和你拍板儿，我让大伟和我一起去你学校支援你行了吧！”

她妈妈一听乐了，说：“这就对了，你得支持你爸的工作，支持他创办的教育事业。”

那茈莎：“不过，我得丑话说在前面，工资可不能差，得按月开，我自己挣钱养活自己，不看脸色吃饭，嘿嘿！”

她妈妈："这丫头，你从小到大你喝西北风了？都是你爸把你惯得没样。"

她爸爸乐了："走吧，咱俩回房间休息吧，你也早点睡！别属夜猫子的早上不愿意起来。"

那莛莎看父母回房间以后，赶紧拨通程大伟的电话。小声说："大伟，工作问题解决了，我爸答应咱们两个一起去他学校上班了。呵呵，略施小计不求人，明天见，拜拜。"

吴亚婕和郑楠坐上了出租车，她们俩并排坐到车后面的座位上，对司机说："师傅，去长宁中学。"

司机问："你们穿得很正规啊！要去开会吧？"

吴亚婕："不是，我们有事儿。"

郑楠说："二姐，我今天很紧张，不知道面试能不能过关。"

吴亚婕微微一笑，侧过脸看了郑楠一眼："我记忆中郑楠可是个悍将啊！没听说还有啥可怕的。宝剑锋从磨砺出，梅花香自苦寒来，这熬过十年寒窗之苦，走过漫漫长路可是为了今天的一鸣惊人哪！郑楠你绝对能行。来，击掌加油！"

在长宁中学的教务处门口，郑楠等了有十多分钟了。她小声地告诉自己一定要成功，时不时地低头看看自己今天穿的这套深蓝色西装，还不停地用手抻着衣角，一定要保持完美的形象。在走廊拐角处的吴亚婕举起拳头鼓励她，这是大姐周曼丽指派给吴亚婕的任务，因为自己在外地出差，不能陪郑楠来面试，昨天晚上打电话特意叮嘱她的。

教务处的门开了，里面出来一个应聘者模样的男生，看样子有点失落，都没顾得看看旁边的郑楠，就大步流星地走了。

里面传出了一个男中音："郑楠，你进来吧！"

郑楠心想今天面试的一定就是两个人，要不都没看见人就知道我叫郑楠。

郑楠进屋后，站在地中间冲三个人行个礼："领导好！我叫郑楠，我是来面试的。"

对面有三个人，左边偏瘦点的男老师说："你好！我们是今天的面试官，你坐下来回答问题。"

郑楠端坐在带靠背的木椅子上，用眼睛和三位主考官亲切交流了一下，微微一笑。

三位主考官相视一笑点点头，右边的那位年轻一点的主考官说："恭喜你进入了面试环节，今天我们回答问题规定 5 分钟时间，最好不要紧张，请你回答一下特岗教师在什么情况下解除协议？"

郑楠想了想说："对不按合同要求履行义务的，经教育仍无转变，不适合在教师岗位继续工作的应解除协议。"

中间的主考官用一只手拿起茶杯喝了口水后对她说："上课时，如果你发现学生说话你会怎么处理这个问题？"

郑楠眼睛左右转了一下，这是她思考问题时的习惯。她说："我会走到说话的学生跟前读课文，用眼神警告他。"

主考官放下茶杯，盯了她十多秒后，问："那学生还接着说呢？"

郑楠："我会大声告诉所有同学要注意听讲，一会儿我提问你们。"

主考官们眼神中有了笑意，小声交流了几句，中间那位主考官说："你下周一来上班吧！"

郑楠站起身，向后退了三步对主考官们深深地鞠了个躬："谢谢主考官老师。"转身把门轻轻带好。她向在远处等着她的吴亚婕做了个 OK 的手势。吴亚婕看见后高兴地挥舞着双手不敢大声喧哗，冲过来和郑楠紧紧地抱在一块，此刻的心情就像当年接到大学录取通知书那样激动。她俩小声说："快出去，把这个消息告诉大姐她们。"

　

姜小妮一迈进新德乡中学的校门，她就后悔了，这和她想象中有很大的差距。整个一个学校就 8 间砖房，院墙有几个地方还被学生扒豁了，操场上有一块地还汪着雨水，靠北墙根有棵大柳有电线杆子那么粗，树杈上绑着个大广播喇叭。正巧放学，有几个学生推着自行车齐刷刷地回头看着她，一定猜到了姜小妮是新来报到的老师。

一位中年女老师从教室里迎了出来，笑呵呵地说："你好！姜小妮同志，我是学校的教导主任田新，我代表学校欢迎你的到来。"

"谢谢田主任，还请您以后多多地指导工作，我刚毕业教学经验不足。"姜小妮说。

"进了这个学校大家就是一家人，我们平凡但不普通，有意义地度过每一天，看着学生一天天地成长和一次次的进步就会很欣慰。"田主任说。

田主任接过小妮手里的东西，把姜小妮领进第三间屋子。热情地告诉小妮："小姜，这里是你们三个住校老师的寝室，靠窗户这张床位是你的，这套行李是新做的，白天都晾晒过了。咱们学校有三个男老师住校，还有一个打更的大爷，放心保证安全。你先休息一下，一会儿我领你去认识咱们学校的老师。"田主任说完回教导处了。

姜小妮坐了下来，拿出剩下的半瓶矿泉水猛喝了几口，她一看时间自己从家坐客车到这儿是 6 个多小时，而且这地方还是一天就通一次客车，心里感觉特别酸楚……

第二天上午，第二节课是姜小妮的语文课。姜小妮进入三班教室后，学生们全体起立异口同声地说："老师好！"姜小妮说："同学们好！请大家坐下。"往最后一排一看，校长、教导主任同寝室的两个老师正笑呵呵地看着她。

姜小妮落落大方地说："校长好，同事们好。同学们，我今天要给大家讲唐代诗人白居易写的《钱塘湖春行》。我给大家读一下。"

钱塘湖春行

白居易（唐）

孤山寺北贾亭西，水面初平云脚低。

几处早莺争暖树，谁家新燕啄春泥。

乱花渐欲迷人眼，浅草才能没马蹄。

最爱湖东行不足，绿杨阴里白沙堤。

"这首诗描写了西湖明媚风光，抒发了诗人对春天喜爱的感情。'几处早莺争暖树，谁家新燕啄春泥'是写了诗人所见的情景，让人感到春光的难得与宝贵。而不知是谁家檐下的燕子，此时也正忙个不停地衔泥做窝，用一个'啄'字，来描写燕子那忙碌而兴奋的神情，似乎把小燕子也写活了，这两句着意描绘出莺莺燕燕的动态，从而使得全诗洋溢着春的活力与生机，黄莺是公认的春天歌唱家，听着它们那婉转的歌喉，使人感到春天的妩媚；燕子是候鸟，它们随着春天一起回到了家乡，忙着重建家园，迎接崭新的生活，看着它们飞进飞出地搭窝，使人们倍加感到生命的美好……好了这节课就到这，下课。"

时间过得真快，一晃两个多月过后就立冬了。姜小妮她们寝室三个老师轮班起早给班级烧炉子，等孩子们来上课时屋里就暖和了。农村学校条件很艰苦，柴火大部分是学生们从家里拿来的，煤块是学校买的。姜小妮最近不知道是水土不服还是消化不好，一晚上跑了好几趟厕所。自己一个人不敢去，得拿着手电让那两个老师陪她一起去。天气冷了来回折腾几趟一时半会儿都暖和不过来，手指头冻得冰凉，猫被窝里一摸屁股比手还凉，姜小妮在被窝里偷偷地哭了起来，姜小妮做了一个决定要辞去这份工作，回到城里。

好容易天亮了，姜小妮就来找教导主任说要回城了。主任看姜小妮消瘦一圈的脸心也软了，她说："小妮，人各有志，不可勉强，我们都舍不得你走，但是，你有自己的理想希望你能越来越好，我在这里工作快十年了，对一砖一瓦都有深厚的感情，环境再好的学校我都不会走。"

周曼丽她们一起前来接站，几个气质美女往那一站是寒冷里一道亮丽的风景线。看见姜小妮都急忙跑过来把她围住了，又摸头发又摸脸，郑楠还捏了她鼻子一下，笑着接过她手里的东西。

周曼丽："小妮，只要你需要，我们这辈子永远都会在你面前随时出现。你比以前黑了，是条件差、营养不良的原因吧？好心疼啊。"

吴亚婕："我帮你租的公寓是朝阳的，不是边楼，冬天温度很好。"

郑楠："小妮，三姐说上完这节课就来看你。"

姜小妮哭了，边抹眼泪边说："我今后再也不会和你们分开了。"

她们几个人帮着姜小妮把大包小裹拿到她租的公寓里。

那芘莎也来了，一进门就说："小妮回来了，今天我请你们吃饭，咱们姐儿几个又团圆了，走吧，把门锁好。我在楼下的风味饭店订完桌了，咱们边吃边聊。"走进饭店后，她们几个围坐在一张圆桌旁。

周曼丽说："小妮，这回我们几个多留意招聘信息，一起帮你找工作别着急。"

姜小妮："嗯！大姐，我这几个月的工资都开了，先不愁房租和吃饭问题了，这回吃苦的地方我是不会去了。"

那芘莎给姜小妮夹了一大块鱼肉说："小妮，多吃点鱼，鱼的营养价值非常高，它是低热量低脂肪高蛋白食物，富含人体必需的多种微量元素。"

吴亚婕和郑楠也往姜小妮的碗里夹菜，姜小妮露出幸福的笑容，吃完饭后都回自己的住处了。

姜小妮躺在公寓的床上，回想起那段在农村学校的日子和现在相比较，感觉这里就是天堂。她在心里说一定要让自己体面地活着，理想和誓言往旁边放放吧，人要是没钱的话连一碗泡面都吃不上，一定要找到一个挣钱多又不累的工作。

周曼丽一天给姜小妮介绍了三个文职的工作都被她拒绝了，她说不熟悉业务又要重新学习一想脑袋疼，她告诉周曼丽先调整一下状态再说。

吴亚婕给她介绍一个家教工作，辅导费按小时收钱比别处高，这家人条件好、不差钱，姜小妮说不想做家教，不想看人脸色。

郑楠挺替她着急，跑来问："你学中文毕业的口才好能言善辩，难道你想进企业当讲师吗？"

姜小妮："楠姐，我在乡下的日子也吃过不少苦了，我心里的火苗渐渐熄灭了，当一辈子穷酸老师不是我想要的工作。"

郑楠："小妮，每个人的成长都会经历孤立无援的过程，只有让自己强大起来，才能为以后遮风挡雨。"

姜小妮："楠姐，我总觉得自己应该过着衣食无忧的生活，你说上班每个月挣那点钱，都不够有钱人买件好衣服的。人生短短几十年，我好羡慕那些一出生就是金蛋蛋命的人……"

郑楠感觉很无奈，说："小妮，你自己好好考虑一下该不该这么物质，咱们在学校学到的知识不该在社会上耗尽，该发扬光大。我得去趟复印社打一张作息时间表贴班级墙上，先这样有时间再来看你。"话音刚落，门"咣"的一声关上了。

姜小妮今天打扮得很时尚，和以前的穿衣风格完全不同。橘红色的羽绒服里面穿了件黑色的小衫，白色牛仔裤紧贴身，下面穿双半跟白色皮鞋，脸上淡淡地涂了脂粉，头发还做几个卷，显得青春靓丽、时尚性感。她今天去了一家 KTV 歌厅想应聘吧员。第一家看她是个大学生没用她，理由是社会经验不足，她心里不服气心想有眼不识金镶玉。她走了一会儿，看到前面有一家叫"黑玫瑰歌厅"的窗户上贴着招聘吧员的广告心里挺高兴，推门就进去了。

里面有个穿黑色蕾丝裙的女人走过来，问她："你们几个人？要大包还是小包？"

姜小妮礼貌地笑了一下说："我是来应聘吧员的。"

黑衣服女人："我叫黑玫瑰，是这家歌厅的老板。"黑玫瑰对小妮上下打量了一番，"嗯！挺好，看样子很机灵，长得也挺可爱。我们这里待遇挺好有全勤奖，但有时会熬夜，因为有的客人能唱到下半夜，你叫什么名字？"

姜小妮："我叫姜小妮，我岁数小不怕辛苦，你们这供吃住吗？"

黑玫瑰抬头一笑："当然了，有个阿姨专门做饭，住宿是三个服务员一个房间。我们选服务员不问学历，看相貌、身高、素质这几方面，工资也不低，一个月1200块钱。得不怕辛苦才行，别在该吃苦的年纪选择安逸。"

姜小妮回去把衣服装满一大提包来了，开始站吧台了。

歌厅的生活也让姜小妮大开眼界了，来这里消费的都是有钱人，女的一个个打扮得时尚高贵，男的穿得西装革履都习惯夹个包。姜小妮工作很认真，没差过一分钱。而且和服务生们相处得很和睦，有时把客人剩下的果盘端给她吃。她心想我也应该过上有钱人的生活，吃喝不愁出门以车代步、钞票塞满钱包。一个服务生过来对她说："妮子，外面有人找你。"

姜小妮出门一看，在门东边有四个熟悉的身影——周曼丽、吴亚婕、那荙莎、郑楠她们神情严肃。

周曼丽大声质问："你怎么跑这来啦？大学的书白念了，来这还用文凭吗？"

吴亚婕也接上了："一找你就说有事，我还以为你忙着找工作呢！这算啥事？"

那荙莎拉着她的一只手："小妮，快点别在这当吧员了，我和我爸爸说让你去他学校工作。"

郑楠刚要开口，姜小妮："楠姐，我不说让你替我保密吗？你怎么还是告诉她们了？"姜小妮像做了错事的孩子，弱弱地问郑楠。

郑楠着急地说："哪是我特意告诉的，今天大姐通知我们几个人聚餐，打你电话你不接，她很担心怕你出啥事，我是不得已才说的。"

姜小妮走到周曼丽跟前，怯生生地拉起大姐说："大姐，你们别生气，黑玫瑰虽然是娱乐场所，但我是在吧台收钱，不陪客人唱歌，也没有别的。"

周曼丽瞪了她一眼，余怒未消说："小妮，哪像你说得那么简单，给你找文明稳当的工作你不干，这场所多复杂万一碰到色狼你怎么办？名声还要不要了？"

那莜莎说："这钱不好挣，赶紧和我们回去。"

吴亚婕："你现在觉得很安逸，你以后一定会后悔。"

郑楠站在一边左右为难，她答应保密却又领着姐仨来找上门，她保持沉默了，也不敢看周曼丽的脸。

姜小妮又走到周曼丽面前，拉起她的手笑着说："大姐，你得给我接触社会的机会呀，我现在用的还是在学校学的那点经验，我总在你们的翅膀下生活，我都快成巨婴了。大姐，我答应你们干满一个月就走人，要不工资就瞎了。我还交了押金，还有十多天就到一个月了。"

周曼丽生气地看着姜小妮，说："我们大家都是为了你好啊！你自己说话要算数，到月末就辞职，我走了。"吴亚婕、那莜莎、郑楠她们几个一溜烟儿地跟在周曼丽的后面走了。

第五章

爱情的温度

　　柳树屯坐落在一望无际的科尔沁大草原上。这里没有山，没有河，只有一片白茫茫的盐碱地。在村口有几棵古柳树，也许就是因为它们的存在才有了柳树屯的名字吧。一条村路的两侧散布着几排"干打垒"的土房，一阵大风刮来，从房顶掀起了一股尘土。只有村委会和几家富裕户的红砖房有些显眼，也算是村子里的一道风景线了。

　　村口有一个挂满红辣椒的农家小院里，周曼丽的妈妈周英正用红砖从屋门口一直铺到院外，她把剩余的碎砖都填在家门前的一处洼地上。她四十多岁的样子，中等身材，脸色黑红，显得健壮而有力。

　　周曼丽的姥姥从屋里出来了，一边用围裙擦手一边心疼地说："英子，累了就歇一会儿吧，妈把饭都做好了，吃完饭再干活吧。"

　　周英站起身抹了一下额头上的汗，说："妈，马上就完事了，这块不垫上过车好打误，屯里拉苞米秆子的四轮车一整就颠散了，咱这山村啥时能铺上油漆路啊!"

周妈妈上前把周英的头发绾了几下,重新用皮筋扎上了。露出了她一双秀丽的眼睛。周妈妈说:"闺女这样盘起来干活不挡眼睛,妈先回屋把菜盛出来晾着,我去后院摘几个黄瓜洗了。"

"妈,你再摘几个小辣椒,天太热了没胃口。"周英说。

"嗯,知道了,你也回来吧。"

周妈妈满眼慈爱。儿女不管多大年龄在父母面前永远都是孩子。

周英虽然四十多岁了,但看起来很年轻。脸上从不涂脂抹粉天生自来美,杏核眼高鼻梁,皮肤紧致是健康颜色。从她身上能看到周曼丽的影子,很难从脸上看出来她是个经历磨难的女人,她心地善良,村里的大人小孩都很喜欢她,邻居二丫做啥好吃隔着墙头往过送,她也是热心肠,把东西两院的事当成自己家的事。

东院的二丫赶集卖货,早上走天黑才能回来。为了孩子回家方便就把钥匙放在她家一把,周英总是抽时间给二丫把晚饭做好了放到锅里,二丫感激地不知道说啥好了,心里琢磨自己认识人多,一定给周英找个好男人最起码能帮衬她,一个女人家扛起这么多农活也不是个事儿啊。

二丫今天没去赶集,她把自己打扮得很漂亮,拎袋大苹果来周家串门。她一进院嗓门就亮开了:"周姐出来接一下,我给你们娘俩买的红富士。"

周英从屋里跑了出来,接过了苹果袋客气地说:"二丫,你咋又买了呢?上次买的还有几个没吃呢。"

二丫笑呵呵地跟在她身后,进屋后把鞋一脱上炕了。看着周妈妈说:"大姨,你这是做啥呢?"

周妈妈摘下老花镜往旁边一放说："二丫，这人不服老还真不行，我的眼睛现在做针线活都上不去了，我给曼丽缝个褥子留着冬天铺，前几天打电话和我说她的腰好像凉着了。"

周妈妈中等身材不胖不瘦、人干净利落也是里里外外的一把好手。要说这好人没好命，周妈妈也是早年丧夫。好在一双儿女都很孝顺，有个当海军军官的儿子光宗耀祖，周妈妈走到哪都被村里人高看一眼，闺女周英虽说是领着周曼丽孤儿寡母地生活，但周曼丽才貌双全，是山沟里飞出的一只金凤凰，也是周家人的骄傲。

二丫用手摸了一下小被，说："周姨，你这针线活做得可真好，我们年轻人可顶不住你。"

"二丫，你心直口快好人一个，你能起早贪黑赶集是最能吃苦的人。当年要不是你把我们娘俩介绍这了，还不知道过成啥样呢！"

"周姨，一晃这么多年过去了，我在心里早把你们当亲人看待了，可没少借光啊！"

当年，二丫在集市上听周妈妈说女儿周英婚姻很可怜，她们不想在孔家店住了，怕周英触景生情。是二丫把邻居的空房子帮她们买下来，周英她们搬迁过来以后，把二丫哭够呛，她说孩子这么小就没了父亲太可怜了。她在集市上给周曼丽买了一套花衣服和一双小粉凉鞋，周曼丽晚上睡觉都放在枕头边……

二丫很有感触地说："唉，一晃20多年过去了，周曼丽出落得如同出水芙蓉一样人见人爱。"

二丫很喜欢周英，周英在村里口碑很好，谁提起来都竖起大拇指，都说她重情义，是行善积德之人，尤其二丫儿子结婚钱不够，周英和妈妈商量把家里的牛卖了，借给二丫家娶媳妇了。二丫也是守信之人，两年以后就把钱还上了。

二丫坐在周妈妈对面笑呵呵地说："大姨，我今天是来给周姐说媒的，我有个表哥在供销社上班，人长得精神心眼也好使，我嫂子和她初恋在同学聚会时又碰上了，旧情复燃非得逼着我哥给她办离婚手续，要不就寻死觅活的，我哥怕她真有啥事迫不得已才散伙的。"

周妈妈听完没作声，眼里泛起一丝酸楚，她把脸转向了坐在炕边上的周英。

周英的脸一红，她没想到二丫又来说媒，她委婉地说："二妹子，我现在还不能考虑婚姻问题，都这个岁数也没有啥心劲儿了。"

二丫瞪着眼睛看着周英，说："周姐，你是信不过我吧？我这可是第二次给你介绍对象了，都赶上三请诸葛亮了。"

周英满脸堆笑："二妹子，我知道你惦记我、关心我。可是曼丽还没有对象呢，我能忙着找人家吗？"

二丫也不买账："是那么回事吗？曼丽小的时候你说等她考上大学的，现在大学毕业了，你又说她没有对象呢！等她有对象了，你还得说等她结婚生子后再考虑呢！"

周英连忙解释说："二妹子，婚姻的事也不是着急的事儿，我感觉我没有缘分了。"

二丫怕说话语气太重伤周英的自尊心，她语气缓和了很多："周姐，你说你要哪样有哪样，也不头秃眼瞎的为啥不找啊？女人有多少好光景啊！曼丽也大了以后也得成家，谁陪你？人老了不得有个伴吗？"

这时，二丫的丈夫隔着墙头喊她回去，说家里来客人了。二丫边说边下地穿鞋往外走，周英送二丫到院门口。

　　坐在炕上的周妈妈看着闺女的背影，往事一幕幕涌上心头，她眼睛里泛起了泪花。

　　长宁市人民医院是省内的三甲医院，吴亚婕在人事科负责管理统计考勤、考核、人员培训职工档案，吴亚婕聪明能干一个多月的时间就熟悉了业务，并且出色地完成了各项工作。深得科长于琪的赏识，于琪性格温和有一手好厨艺，她有幸福美满的家庭，她丈夫是本医院化验室的主任。于科长知道吴亚婕一个人在外工作不容易，有时把家里好吃的带到单位一起分享，人事科的几个人都和她相处得很好，大家伙齐心合力干工作。

　　吴亚婕抬头看看墙上的石英钟到下班时间了，她把手机装进了包里，从屋里出来一抬手把门锁好正准备回家，听见有人大喊大叫骂骂咧咧……她急忙顺着吵闹声跑去。

　　一楼急诊室里有个酒醉的男人冲着李医生大喊："你个庸医不用你给我上药，我愿意把脑袋磕坏了你管不着，喝死了和你没关系。"

　　"同志，你先别激动，你的伤口需要处理一下，要不会感染的。"

　　急诊室的李医生正准备为患者包扎伤口，这个酒疯子从桌子上拿起玻璃杯就朝李医生头上扔过去了，吴亚婕手疾眼快一下子用胳膊挡住了水杯，"啪"的一声杯子摔到了地上，玻璃碴子崩了出去。

　　这时，这个酒疯子的酒友跑了进来，一下子把酒疯子拽住了。

　　"对不起医生！他喝多了你就别和他计较了，我刚才去挂号、他去挪车，谁知这工夫他还和你耍上酒疯了，真是不知道好歹的玩意儿……"他俩连连道歉。

　　经过这么一折腾酒劲也差不多了，他也不喊了，包扎完伤口被两个酒友领走了。

李医生才倒出时间和吴亚婕说话，他抓起吴亚婕的手说："小吴，今天多亏你用胳膊挡一下，要不然就得砸在我脑袋上，我就成患者了，太谢谢你了。"

吴亚婕把手往回一抽："哎呀，你别动我胳膊好疼。"

李医生歪头一看吴亚婕的胳膊肘有一块已经肿了，李医生着急地说："走，我领你去拍个片子，看骨头伤没伤着。"

周曼丽接到姥姥邮寄过来的小裤子，脸上笑成了一朵花。做这条裤子的布料是她最喜欢的米老鼠图案，她小时候的枕头和被子全是这个图案。从小姥姥和妈妈都把她当成了宝儿，又怕冷又怕热，家里条件虽然差，可妈妈对她的爱一点不比别人少，舅舅也会定期往家里寄些钱，嘱咐妈妈别亏了外甥女。周曼丽把床铺整理好，躺在上面伸个懒腰说："这就是家的味道，好温暖。"

周曼丽一伸手，正好碰到摆在床头柜上面的幸运星瓶子，她侧过身用手把它拿到了床上，一双清澈如水的大眼睛深情地看着瓶子里的幸运星，家乡的一切又浮现在眼前。

周曼丽16岁那年考上了县里的重点高中，可她家住在农村距离县城得有10多里地。她家条件不好没有钱住校，就天天走着去，走着回。夏天还好天长些，冬天老早就黑了，碰巧西院的邻居李群和周曼丽在同一所高中，李群看一个女孩子这么来回走也不安全，他就让他妈买了辆自行车，天天驮着周曼丽上学、放学，青春的记忆是青涩的也是最美好的，朦朦胧胧就像淡淡的花香沁人心脾。

李群比周曼丽大一岁，他像大哥哥对待小妹妹一样地照顾她。

李群说："曼丽，你好天坐后面，下雨天就坐前面。"

"为什么啊？我想坐哪就坐哪呢。"周曼丽摆出一副傲娇的小表情。

李群用胳膊肘碰了曼丽胳膊一下，满眼柔情地笑了笑，"下雨天道不好走，我怕给你甩丢了。呵呵！"

周曼丽脸一红，瞪了他一眼，"你咋那么讨厌呢！再瞎说就不用你驮我了。"

其实他们两个心里都明白咋回事，这是初恋的感觉。

周曼丽的姥姥每天都给她煮两个鸡蛋放书包里，快到学校门口了，周曼丽告诉李群等一会儿，她掏出一个鸡蛋，递给了李群。

"给，一人一个。"

"谢谢你，也谢谢姥姥。"李群满脸的幸福。

李群从书包里掏出一大把黄杏，装进周曼丽的书包里。

"曼丽，这是我家杏树上最大的果，全都给你摘下来了，留着自己吃，别给人分了。"

"嗯，知道了，走吧，快上课了。"周曼丽的脸一红，温柔地看了李群一眼，轻轻地点了点头。

有时，在路上碰到同村的人都用羡慕的眼神看着他俩，还不停地说真是郎才女貌，他们两个就像一对幸福的情侣，微风不燥，岁月静好。

又是一个周五，本应该提前放学。李群是班长，老师让他留下帮助布置会场，周六教师们要举办欢送会，校长上调到教育局工作了。等李群忙完都晚上九点半了，李群在自行车前面绑个手电筒照亮，周曼丽坐在自行车的后面。

李群："曼丽，我没想到忙到这么晚才回家，周姨都得等着急了。"

"我妈知道有你护驾，我就不会害怕。"

"天黑了，道不好走，你在后面坐好了，你搂着我的腰吧！"

"我才不呢，我用手把着车后架子。"

李群笑了一下，吃力地往前蹬着自行车，好不容易差三里地就要到家了，这时，从前面的树林里突然蹿出来一条野狗，"嗖"地一下子从自行车前面跑过去了。

周曼丽吓得"嗷"一声就从后面掉到了地上。

李群慌忙把自行车扔到了一边，赶忙把周曼丽扶了起来，着急地说："曼丽，你摔疼了吧？"

周曼丽一下子扑到李群的怀里，紧张地说："哎呀，可吓死我了。"

李群紧紧地把周曼丽搂在怀里，安抚她说："别怕，没事了，一条野狗，我保护你。"

李群长这么大头一次拥抱女生，他既紧张又兴奋，他感觉到周曼丽"怦怦"的心跳声，周曼丽第一次感受到男人如此温暖和宽广的胸怀，她的两颊绯红，心里久久不能平静。

一阵清脆的电话铃声打断了周曼丽的回忆，是《沃野》编辑部顾主任打过来的，她通知周曼丽下午两点开会。

吴亚婕护李医生的侠义之举在医院传开了，院长还在会上还提名表扬了她。"我们在救死扶伤的同时，也要保障医护人员的生命安全在健康平安的基础上进行。"就这样吴亚婕的名字一下子被同事们记住了。

　　人事科的于科长对吴亚婕比以前更好了，她没想到吴亚婕个子不高还挺有胆量真是个好姑娘，于科长有事没事都愿意和吴亚婕唠家常。她拍了吴亚婕肩膀一下，用眼睛往墙上看看："亚婕先停下吧！一会儿食堂人就满了。"

　　吴亚婕："好的这就去，我不拿包了。"两个人边说边走，不一会儿就到了一楼。

　　今天的午餐是四菜一汤荤素搭配，主食有米饭和花卷。吴亚婕知道于科长喜欢吃木耳山药，她特意多盛了点，很有礼貌地把筷子递到了于科长的手里。

　　于科长美滋滋地说："亚婕，这段时间你辛苦了，咱屋休产假的人快回来上班了。"

　　吴亚婕赶忙摆摆手说："哎呀，我做得还不够，全靠于姐帮助才完成了这些工作，我会继续努力多向你学习。"

　　于科长喝了一口紫菜蛋花汤，眼睛不停地向食堂打菜的窗口望，冲一个男生招招手大声说："我这里有位置。"那个男生端着菜盘就过来了。

　　吴亚婕刚要起身和于科长坐到一侧，于科长忙说："你坐那不用动，让他坐我这面吧。"男生大大方方地坐了下来。

　　于科长笑着说："来，我给你们俩介绍一下。"她对着吴亚婕用胖乎乎的手一指男生说："这是我的同学，博士生王云轩，在咱们院神经外科是主治医生，多才多金。"随后，又转过身来对男生说，"这是我们科新来的美女吴亚婕，是中文系毕业的。"

　　王云轩彬彬有礼地对吴亚婕一点头："前几天在会上就看到过你，能和你成为同事很荣幸。"

吴亚婕嫣然一笑："王医生过奖了，我刚参加工作经验不足，以后还得多向你学习。"

于科长哈哈一笑："你们俩还是先握个手吧，以后多交流大家就熟悉了。"

王云轩刚吃几口饭手机就响了，"王大夫，你让我测试的那位患者体温是 38.5℃现在怎么办？"值班的护士着急地说。

王云轩沉稳地回答："给他查下血常规，看看白细胞是不是增高，进一步查查是什么导致的发热，我现在就回去。"

于科长看着王云轩远去的背影，又瞄了吴亚婕一眼神秘地问道："哎，亚婕，你看王云轩这个人怎么样？"

吴亚婕脸一红有点不自然了："于姐，我才认识他感觉挺有型的，别的就不知道了。"

于科长笑了："王云轩是我大学同学，毕业后我俩又成同事了。他以前净学习了，读完研究生又读博士，这样就把自己的婚姻耽误了，今年37岁了再不找对象好姑娘可就让别人娶走了，我想给你俩介绍一下，呵呵！"

吴亚婕心里一下子明白了，今天这午餐是于科长特意设计的食堂偶遇。她还没有处过对象属于待字闺中，听于科长这么一介绍她脸颊都红了。她说："于姐，他比我大 10 多岁呢！我还有待成熟沟通上会不会有代沟？"

于科长说："你不懂，男人岁数大点不是毛病，能知道心疼老婆，人家学历高家庭条件也挺好，又都在一个医院上班多好啊！"

吴亚婕一时也不知如何作答，她的脸红得像一朵玫瑰，真诚地说："谢谢于姐让您费心了，婚姻大事我自己做不了主，得先征求一下我父母的意见。"

于科长高兴地说："那好，这是正事，办正事我保准给假。"

程大伟开车把那荙莎送到长宁中学的校门口，那荙莎准备下车。程大伟温柔地说："莎莎，你吃完饭告诉我一声，我去接你。"

那荙莎嘟起小嘴撒娇地说："不要开车接我，我让你背我回去。"

程大伟在那荙莎额头轻轻一吻，做个朗诵手势和声调："问世间情为何物？答：一物降服一物。"

那荙莎被程大伟逗笑了，轻声说："你快回去吧！学校忙看我爸找不着你。"程大伟开车回学校了。

那荙莎在校门口等了几分钟，郑楠从里面笑呵呵地出来了，见面后先是一个拥抱。

郑楠很高兴："三姐，你是越来越好看了，都说恋爱中的女人最美丽。"

那荙莎也调侃她说："楠楠，你也变得很知性、很温婉的样子不像女汉子了，还被评为优秀教师了，真是硕果累累。"

郑楠挽起那荙莎的胳膊："三姐，我俩边走边说，你们的私立学校在教学管理和教学质量上也是名列前茅不容易啊！"

那荙莎一副傲娇的小表情："是的，教学质量是核心价值观的体现，也直接关系到学校的生存和发展，生源主要依靠自主对外招生，多亏大伟了他是个全才，深得我爸和其他校领导的认可。"

那荙莎忽闪着一双大眼睛问："楠楠，你和刘金州的感情发展得怎样，他应该算是高富帅行列里的。"

郑楠满脸自信地说："嗯！还算挺好，他父母都是他原来单位的领导，人熟为宝，大伙也很配合他的工作，刚才来电话告诉我正在准备工作方案。"

那迓莎："听说他上大学时他爸爸就把婚房买好了。"

郑楠："人家不管娶谁都准备了这条件。"

那迓莎乐了："你这话是什么意思有点醋味呢？你不会怪人家上幼儿园时没追求你吧，哈哈！我们几个都很羡慕你找到随心的对象。"

那迓莎的话把郑楠逗乐了，忙说："此言差矣，我主要看的是他的人品和责任心，刘金州他是潜力股。"

那迓莎看了一下表："香格里拉大酒店离你这真近，再走几分钟就到了，今天咱姐几个可得稳住场面。"

香格里拉大酒店是长宁市最豪华的饭店，这是普通百姓想都不敢想的高级酒店。酒店那扇沉甸甸的大门慢悠悠地自动旋转，一楼大厅设计以金黄色为主色调，一只青铜大鼎放在厅中间，九龙戏珠的音乐喷泉伴着著名的钢琴曲《蓝色海洋》彰显奢华尊贵的神秘色彩。

那迓莎和郑楠一进门就有迎宾小姐对着她俩甜甜一笑，声音如同加过糖："你好，如果是王云轩先生邀请的客人，请到二楼206包房。"那迓莎和郑楠也教科书式地一笑，优雅地转身往楼上走。

在206包房用餐可以说是顶级的享受，房间里均配有最豪华的布艺、世界名画。色调浓重而不失活泼、奔放自然大气的布局很震撼，桌子中间摆放着一个仿古青花瓷瓶，上面插着一束99朵香槟色的玫瑰花。五个姐妹个个打扮得都很漂亮，就像五朵鲜花一样争奇斗艳。

王云轩来了，他身材适中穿着一身笔挺的灰色西装，白衬衫打了一条蓝色领带，一双黑皮鞋擦得铮亮。

"哎呀，王先生今天的扮相很有范，像海归一样。"姜小妮笑嘻嘻地说。

"小妮，你这样说话王先生会有约束了，呵呵！"郑楠捅咕一下姜小妮。

王云轩得体地一笑："谢谢各位亲友团的姐妹赏光，在下王云轩，以后请多多关照。"

酒席上，王云轩谈吐不凡、温文尔雅，一张脸刚刚刮过胡子是标准的熟男。他对闺密团毕恭毕敬、有礼有节，吃饭时对吴亚婕也很照顾。倒红酒时从周曼丽开始，不笑不说话谦虚有度，他对酒桌上的规矩很有研究完全是君子之风，先说起自己上学时所付出的很多艰辛，再谈论自己参加工作以后的人生感悟，风趣幽默整场气氛都很融洽。周曼丽她们几个一看还挺满意，他这次请客一顿饭下来消费了3000多块钱。

王云轩和吴亚婕开车把几个闺密都送回去了，最后一个送的是吴亚婕。车到门口了，王云轩轻轻地握着吴亚婕的手说："亚婕，我今天的表现你满意吗？没给你丢脸吧？"

吴亚婕的手还是第一次被男生攥着如同触电一般，她羞涩地说："嗯，你很成熟。"

王云轩很喜欢眼前这个姑娘，吴亚婕娇小玲珑清纯又可爱，眼神干干净净如同一潭秋水一样波光粼粼。他心里暗下决心一定要把她娶到家，不怕她嫌弃我岁数大，不怕她以后甩了我，也不怕她分家产。他温柔地看着吴亚婕说："亚婕，我可以领你去看看我们的婚房吗？"

　　吴亚婕心里有点喜出望外，她想这么快就决定非我不娶了，这算是一见钟情吧！吴亚婕看着王云轩点了点头。

　　吴亚婕长这么大还是头一次看到 140 平方米的房子，也太宽敞了。

　　王云轩拉着她的手挨个屋看一遍，每个房间的造型设计上都独具匠心，以灰、蓝、黄为主色调高端大气，客厅中间是灰色的真皮沙发，乳白色的进口茶几。

　　王云轩拉着吴亚婕坐在沙发上，柔声地问："亚婕，你喜欢这个小家吗？"

　　吴亚婕娇羞地点点头。

　　王云轩用一只手搂住吴亚婕的肩膀。吴亚婕感到了一股暖流正在袭来。

第六章

灯红酒绿的日子

姜小妮把一沓钞票存到自己的账户里，看完存折她脸上露出得意的表情，心想虽然有时熬夜，但这钱挣得也算挺轻松。

她从银行出来，掏出了电话给她妈妈打了过去。

"妮子，你今天不忙了？昨天我和你爸还叨咕你了呢！"姜小妮的妈妈语气很开心。

"妈，我们培训结束了，马上就上岗了，你和我爸在家多注意身体啊！等我有时间就回去看你们。"

"嗯，好孩子，你个姑娘家在外多注意安全，学生不听话你可别打人家孩子啊！好好教育。"

"啊，行了不说了，妈我接个电话。"姜小妮赶忙岔开话题。

她到私人订制服饰店买了一条酒红色的修身旗袍裙和一双棕色小瓢鞋，又去美发店把头发染成了金棕颜色，做了个南瓜颜色的磨砂美甲。

夜幕降临，黑玫瑰歌厅的大牌匾霓虹闪烁、彩灯耀眼，停车位上早已停满了高档轿车有宝马、奔驰、沃尔沃、保时捷等，从这里出出进进的都是西装革履打扮入时的有钱人。

歌厅二楼舞池中的男男女女随着音乐扭动着身体，不同年龄的人群此刻让自己身心无忧无虑地放松。这是中级消费标准的群体，按人头收费一小时150块钱，有时喊服务生都不愿意过去，也有人表示很不满意冷落了他们，厚此薄彼，舞厅的工作人员对于这种情况早已见怪不怪了。服务生们把精力都放到高消费的包房客人身上了，酒水果盘都有提成，一打啤酒在舞厅内售卖比市场价高出数倍，有时客人玩嗨了还打赏小费，还有个别的捡到钱和首饰都自己私吞了，黑玫瑰环境好、人脉广，天天顾客盈门。

姜小妮整个形象一下子发生了颠覆性的变化，让所有人眼前一亮，这个摩登女郎往吧台一站艳压群芳，老板娘黑玫瑰扭动着迷人的腰肢左看看右看看，鲜艳的红唇吐出两个字"够辣"。

随着服务生喊完一声"欢迎光临"，进来一对阔少和阔太模样的人，两个人勾肩搭背卿卿我我很是恩爱。

那个女人伸出镶着钻的长指甲摸了一耳环说："我要音响设备最好的包房，不怕贵。"她特意让别人看到她戴在中指上的大克拉钻戒。

"你好，小姐你看这里的包房明码标价。"姜小妮笑眯眯地把价格表递了过去。

这个女人直愣愣地盯住姜小妮几秒钟后惊喜地说："你是姜老师吧？"

姜小妮一愣，自从她在黑玫瑰歌厅上班就和所有的熟人都失去联系了，就连自己妈妈也不知道她在这工作。

"我是小亮他妈妈，新德乡中学那个小亮，想起来没有？"这个女人很热情地拍了两下姜小妮的肩膀。

姜小妮沉思片刻，惊讶地说："哦，想起来了！你现在和以前简直是判若两人，打扮得这么漂亮我都没认出来，欢迎你来这里玩。"

这个女人说："谢谢姜老师，我家那时穷，你帮俺家小亮垫付的学费我至今都没忘啊！没想到在这儿碰到你了，真是太巧了。"

她回头温柔地告诉身边那个男人："亲爱的你先上去吧！我和姜老师说几句话。"

她把自己离婚的经过和姜小妮说了一遍，说自己还年轻不能待在那个穷山沟里过苦日子。她现在认识的这个人是个大老板对她也很好，把小亮也接到城里上学了，她这一套首饰就得值二十多万，说一个女人生得好不如嫁得好，择日不如撞日，走时她问姜小妮住在哪个小区？还给姜小妮留了四连号的电话号码方便联系。

听完这个女人简简单单的几句话，姜小妮的内心开始翻江倒海，小亮他妈一个华丽的转身，从丑小鸭成功地变成了白天鹅，人家一口一个姜老师叫着感觉是对自己人生的一个嘲讽。从没有过的哀愁、颓废感充斥着她的灵魂。在纸醉金迷的黑玫瑰歌厅，姜小妮在心里偷偷地问自己："我的境界在别人眼里还可能是高尚的吗？在这个奢侈高消费的娱乐场所，才学和财富不能成正比的歌厅，我就是一个可怜的穷人。"

一直到歌厅打烊姜小妮都在思考一个问题：我应该碰碰运气。于是，姜小妮在黑玫瑰歌厅的靡靡小调之中，寻找着一双贪婪的眼睛。

郭福根是黑玫瑰歌厅的常客，也是歌厅的财神爷。他谈妥一桩生意必须来消费一笔钱，他50多岁个头不高、大腹便便、油头粉面，是一位很有实力的南方大老板，也是生意场上和情场上的高手。

财神爷来了，服务员马上告诉黑玫瑰了。黑玫瑰满脸堆笑地迎了上去："郭哥，你怎么这么多天才来呢？上哪儿去了呀？我们都想你了。"

郭福根把鳄鱼皮的手包夹在腋下，派头十足地哈哈一乐："谢黑妹子了，我回趟老家给老妈过80大寿了，昨天回来的，今天就来报到了。"

黑玫瑰两眼放电："那郭哥怎么不把家眷带过来呢？还得两处相思共暮雪。愁啊！"

郭福根把大手一挥："黑妹子，我是出来做生意的跑南闯北不方便嘛！"

黑玫瑰抿嘴一乐，媚态十足："那郭老板楼上请吧！呵呵！"

郭福根这个人唱歌跑调、五音不全他自己也知道，来黑玫瑰歌厅就是喜欢听别人唱歌他打赏小费。他品位挺高有欣赏水平，进屋两个他听了几首就叫服务生换人。黑玫瑰犯难了，今天给他服务的是顶尖的歌手都不满意，这可怎么办呢？她打电话想联系别的歌手对方还关机了。

黑玫瑰急得团团转，她自言自语地叨咕："哎呀，这可咋整，换谁呢？"

姜小妮从吧台里走了出来："玫瑰姐，我去。"黑玫瑰眼睛一亮，美滋滋地点点头。

姜小妮推开房门，这是她在歌厅工作以后头一次进入这豪华包房。柔和的灯光下郭福根跷起二郎腿随着音乐抖动着，他面前的茶几上放了一个大果盘和各种干果，旁边有一瓶开了盖的进口白兰地。

姜小妮进屋后娇滴滴地一笑："郭老板好！我是姜小妮，我愿意为你服务。"

郭福根扭过头看了姜小妮看一眼眉毛一挑，顺手拿起一根中华烟叼在嘴里："能帮我点着吗？"把打火机慢悠悠地递给了姜小妮，姜小妮礼貌地接过打火机点燃了这支烟。

姜小妮的一曲《滚滚红尘》唱完以后，郭福根高兴得直鼓掌连连说道："此曲只应天上有，人间能得几回闻。"

随后，他掏出500块钱递给姜小妮："小美女，这是你的小费。"

他惊喜地看着眼前这个性感丰满的女生，这是他在黑玫瑰歌厅见过最有气质的女生，出淤泥而不染的莲之韵。

他给姜小妮倒了半杯白兰地说："小美女，你不但人长得漂亮、歌声更美，我很欣赏你。你很像我的梦中情人，我梦中情人就像你一样穿透我的灵魂，让我朝思暮想。"

姜小妮温柔一笑，她头一次和男人近距离接触，朦朦胧胧的少女情怀却用在这个老男人身上，心理落差很大，但她表情很甜："郭老板春风得意之时，何愁天下无知己，我不会喝酒。"她优雅地把一块火龙果放到嘴里，没有人能抵挡住她凹凸有致的身体上散发着高级香水的味道，这简直就是一种诱惑。

郭福根头一次遇到这么言谈举止高贵的女生，他心里乐开了花，这是他最美的艳遇，他不会错过机会。他随手拿出1000块钱递到姜小妮的面前："这是请你喝白兰地的辛苦费，请美女赏脸。"

姜小妮用手接过钱放到包里，心想就这一会儿工夫一个月的工资到手了。她用手拿起桌子上的高脚杯转过身，冲着郭福根迷人一笑："来，郭老板生意兴隆啊。"声音如同莺声燕语，也好似玉落珠盘。

郭福根几杯酒下肚直接就表白了："小姜，只要你和我好，你有什么要求我都满足你。"说着亲了姜小妮的手一下，他彻底拜倒在姜小妮的石榴裙下，姜小妮把手抽了回来，她感觉就像被猪拱了一下。

由于屋里灯光很暗，姜小妮细微的表情变化没被发现。她柔声柔气地说："我这个人也没啥大抱负，从小家里穷，我就想过有钱人的生活。"

郭福根拍着自己的胸脯说："你这个要求不高，我准能帮你实现。"说完手又放下来。他有些心猿意马、色眼迷离地说："不过小美女，我把丑话说在前面，我是有家室的人不能离婚。"

姜小妮心想我怎么会嫁给你这样的癞蛤蟆，她装作很懂事的样子说："只要你对我真心，我不在乎那一张纸。"姜小妮坐上郭福根的豪车消失在夜色之中。

早上，姜小妮回到自己的公寓以后，第一件事情就是跑到卫生间去泡热水澡，她想用清水冲洗自己的不洁之身，一想起郭福根那肥猪一样白花花的身体，还有躺在她身边冒着绿光的淫邪的眼神，姜小妮真想抽自己的嘴巴，从未有过的屈辱感让她流下两行热泪。

姜小妮躺在浴缸里待了一个多小时才出来，她穿好睡衣以后坐到了沙发上，觉得自己再也没脸去见闺密了，自己这么年轻漂亮成了老色狼的玩物，真是一百个难堪和不情愿。

她看着包里郭福根塞给她的那沓钞票，她拿起来气愤地扔到了地上。

她两眼无光斜靠在沙发上胡思乱想，以后老男人总是纠缠她该怎么摆脱？要是被闺密们发现了该怎么办？现在社会上挣钱太不容易了，就是用青春赚钱来得比较快，可是自己又很讨厌这个老男人。姜小妮叹了一口气，感觉很无奈，她自言自语道："不寻思了，走一步算一步吧！"她走到窗台前，看到一个美女从轿车上下来，后面跟着一个老男人俯首帖耳拥着这个妙龄女子。

姜小妮自言自语："要想过上有钱人的日子就得拿青春做赌注，干着违心的事情，要不就得当个穷鬼。"

这时，她的耳旁又响起了小亮他妈的话："自己还年轻不能老待在穷山沟里过日子。"姜小妮低头看看自己都这么大了，连一件像样的衣服都没有真是悲哀，她的心情很复杂，在极度的虚荣心驱使下，她弯腰捡起了散落在地上的钱，"也罢，等以后有了钱再找个男人嫁了一样过生活。"她从牙缝里挤出了两句话。

姜小妮过上了阔太太的生活。她再也不用去歌厅上班了，花钱不用精打细算了，大手大脚，几千块钱的化妆品不喜欢就扔垃圾桶里了，她打扮得花枝招展和郭福根出入高档酒会，郭福根在市中心的繁华地段给姜小妮买了一套楼房，购买的全是进口家具，装修得富丽堂皇。

郭福根提着一袋各式各样的精品水果一进门，就迫不及待地搂住了姜小妮，满嘴的酒气把姜小妮熏得直恶心。

"宝贝，我想死你了！你想我吗？"

姜小妮却假装很温柔地搂住了他的脖子："郭哥，我想买只小宠物狗，要不然你几天来一趟，自己在家好闷啊！"姜小妮心里想我宁可和狗待在一起都不想陪你。

郭福根轻轻捏了捏姜小妮的鼻子:"只要小妮喜欢的一定得买。"

姜小妮屏住呼吸在郭福根的脸上亲了一下,嘟着嘴说:"那我还要买一个貂穿行不行啊?"

郭福根用手摸摸姜小妮的脸蛋,说:"哎呀,没问题没问题,宝贝穿得漂亮我才高兴,一会儿你把卡号发给我,我每月给你两万块钱的生活费,不过你现在得满足我的需求。"郭福根把姜小妮抱到了卧室,姜小妮闭上了眼睛,她早就厌倦了郭福根无休止的性生活,姜小妮的内心已经麻木了。

就这样姜小妮穿上了貂,随后又买回来一只白色的浑身是卷毛的小泰迪。

周曼丽坐在自己的办公桌前,仔细阅读电脑上的 Word 文档这期要出版的文学作品。她选定了一首赞美胡杨树的诗歌为卷首语,其中最能感动她的句子是:"大漠胡杨伟岸的身躯饱经沧桑/在大戈壁上历经千年不朽/倒下去的那一刻铸就了生命的辉煌。"胡杨树它远不如那一朵鲜花清丽可人,但生命的顽强和残酷的践踏成了鲜明的对比,生命的喜悦和痛楚在心灵深处震撼,就像划过夜空的一道闪电。还有一篇短篇小说《保姆》排在"小说林"栏目的第76页,文章描写了一位从农村来城里做保姆的女人文嫂,在白家做保姆。她心地善良,把白老太照顾得无微不至,文嫂得到白家人的尊重和爱戴并结下了深厚的情缘。白家老太离开人世后,文嫂帮忙料理完后事要返回乡下,却被白家人留下养老的感人故事。人世间的交往都会叠加在冷暖二字上,一篇暖心的文章能给读者带来温暖、能给人一种启迪是周曼丽作为编辑的初衷。

周曼丽对正在设计版面的小宇说："你先排一下目录看看有多少篇文章，不算封面内页够不够 100 页。"

小宇停下手，看着周曼丽问："周姐，卷首语的文字颜色和背景图片要一样颜色吗?"

周曼丽："文字要黑色字体，这样显得凝重大气。你再把背景图略浅点，让它若隐若现。"

小宇："好的，我调整完用 A4 纸打出一份彩色小样看一下效果再说。"

这时顾主任来了，她满面笑容地对大伙说："大家把手里的工作先停一下，我给你们介绍一位新来的同事林浩先生。"

办公室的几个姑娘都乐颠儿地站起来，一齐鼓掌说："欢迎! 欢迎!"

顾主任眉飞色舞地说："林浩是传媒大学的高才生，有两年的工作经验了，这回咱们《沃野》杂志社有男同志了，下去采编时，我就不用那么担心了，帅哥可以做你们的护花使者。"

林浩很帅是个阳光男孩，一乐露出个可爱的小虎牙："初来乍到，还请各位同人以后多多关照。"

小宇俏皮一笑："本人小宇和自己的名字一样，有自己的小宇宙但不轻易爆发。"满屋人都被她逗乐了。

顾主任把林浩领到周曼丽的跟前说："曼丽是咱们《沃野》杂志社的编辑，业务能力很强，你们以后多交流工作经验。"

周曼丽赶忙说："主任抬举了，我是在主任的指导下刚刚入门，相互学习，相互学习。"

这时，周曼丽电话铃响了，她轻轻地说了一句："不好意思，我接个电话。"到走廊接通了郑楠打来的电话。

周曼丽轻声说："楠楠，怎么了？"她知道在上班时间，郑楠从不给她打电话。

"大姐气死我了，我刚才在超市看见姜小妮了，她穿个貂打扮得像个妖精似的还领着一条小狗。咱们都被她骗了，她根本就没去外地找工作，是给人当情人了。"郑楠在电话里上气不接下气地一阵咆哮。

周曼丽面色凝重很难看，她声音低沉地说："楠楠，我知道了。"

周曼丽领着吴亚婕、那芟莎、郑楠直奔姜小妮的家里，进屋看到她坐在沙发上穿着睡衣抱着个泰迪，姐妹们的情绪瞬间爆发了。

郑楠指着她鼻子喊道："你是缺少父爱吗？找个那么大岁数的油腻男人，他的钱就那么好花吗？你这么懒惰用青春换钱花，你有多少个青春够挥霍？"

那芟莎接二连三地问她："你这么优秀的女生却甘愿当一个老男人的玩物，好小伙有的是，你脑袋叫驴踢了？还是进水了？"

吴亚婕也大声喊道："别整个破狗在那装阔太太，你看你现在的样子，一出去就像夜店里的人，吃青春饭的人到年老色衰时谁养你？"

周曼丽一把从沙发上拽起姜小妮到卧室，气愤地说："你实话告诉我，你幸福吗？一夜情哪有长久的？有的男人只不过是一时兴起，放纵自己玩玩而已，到后来都把眼泪留给了女人，你的智商驾驭不了这样有钱又花心的男人，小妮你醒醒吧！"

姜小妮一扭身又回到沙发上坐下了，把小泰迪往地上一放。神情漫不经心，眼睛看着小泰迪说："我有啥错啊？人往高处走，水往低处流，我在享受生活的愉悦，从小穷怕了我很满足现在的生活，你们几个不要为难我了。"

那迭莎看姜小妮对大姐周曼丽这样的态度回话，她很生气地朝姜小妮肩膀头一推："你是在消费你自己的生命，你谈过恋爱吗？你知道真正爱情的滋味吗？你这是用感情交换物质，你简直不可救药，我们没你这样的姐妹，跟你丢不起人。"

那迭莎拉起周曼丽的手："大姐，你跟这样的人说话就像对牛弹琴，她听不懂人话，我们走！"脚步声过后是重重的摔门声。

姜小妮在屋里放声大哭，她的心里五味杂陈觉得自己对不起姐妹们的一片真心。从上大学开始她在 308 寝室就享受着阳光般的温暖，有时她不爱动，姐几个还给她洗衣服。尤其大姐周曼丽总像家长一样地爱护她，自己这番话一定会让她们几个特别伤心，自己也是满怀理想的青年，现在多么的空虚无聊。自己努力了这么多年选择了这样一条路，已经丧失基本的人格，姜小妮用一双泪眼翻看手机里面保存的照片，有她们几个人在一起吃饭的、一起看电影的，还有在青山绿水间张开臂膀飞翔的样了……

姜小妮站起身来到卫生间洗一把脸，把柜子里的衣服装满了行李箱，又给小泰迪添了一些狗粮。她此时的大脑一片空白，她知道自己内心背负的东西压得她快喘不过气来了，她准备回到姐几个的身边，她觉得和她们几个在一起才是最开心的日子，她拖着拉杆箱走到门口慢慢地回过身看看这熟悉的浪漫小屋，拴在沙发腿上的那只白色小泰迪瞪着亮晶晶的眼睛正看着她，屋里每一个角落都充满着强烈的诱惑，是郭福根这个男人给了她眼前所有的一切，吃的住的都是最好的，这宽敞明亮的房子是她最理想的安乐窝。

她今天被闺密们骂醒了，自己不该再这样混日子了，她想立刻离开郭福根。可是，那大把大把的钞票实在太有诱惑力了，姜小妮左右为难迈不动步了，她蹲在门口捂着脸哭了起来。

第七章

追求不一样的幸福

王云轩成了吴亚婕的专用司机，两个人每天都成双入对地上下班，单位的同事都很羡慕他俩的感情。王云轩特意买了一箱杏仁露露送上楼，留着吴亚婕加班时喝。

"亚婕，你这段时间都瘦了，我都心疼你了。"王云轩说着亲了吴亚婕的手背一下。

"干吗，我都不好意思了！"吴亚婕撒娇地说。

"来，快点陪我坐一会儿。"王云轩拥着吴亚婕坐到了沙发上，两个人柔情蜜意地说了一阵情话。

王云轩走后，吴亚婕不知为什么有点失落感。她小时候家里困难她都节俭惯了，现在过着衣食无忧的生活虽然很舒心，可是她觉得自己三点一线的日子有些单调。她约上大姐周曼丽一起出来吃陕西特色面，读大学的时候就常来这家面馆，今天姐妹二人嘻嘻哈哈地又来怀旧了。

她们两个选了个靠窗户的位置坐了下来，周曼丽不管走到哪里都是一道光，邻桌吃饭的小伙子用欣赏的眼光不停地打量她，惹得坐在旁边的女朋友满脸醋意，在桌子下面用脚使劲地踢了小伙子一下。

这细微的动作被吴亚婕看在了眼里："大姐，你都快成万人迷了，你没看到那帅哥的眼神有多亮！"吴亚婕边笑边小声地说。

周曼丽乐了："你快别忽悠我了，你都成王大夫的心肝宝贝了，羡煞旁人了。"

吴亚婕吃了一口面条说："大姐，你说这人真的很奇怪，当时困境时有股使不完的拼劲，现在一切安稳了反而觉得闲得慌。"说完喝了一口宏宝莱。

周曼丽说："其实我们的生活就应该像一条流淌的小溪，每个人都有直奔大海的渴望，时而宁静，时而奔放。可能是职业习惯我觉得生活应该充满色彩、多一些诗情画意，更多体现出灵魂境界的东西。"

吴亚婕说："王云轩看的都是医学方面的书籍，满满的一书柜我也看不懂，呵呵。"

周曼丽说："你的小说写得那么好，可以在笔下讴歌人性的真善美，你订一本《小说园地》多好。"

吴亚婕眼神立马亮了："不愧是大姐身上总是有一股阳光的力量，总能带给别人高雅的乐趣，一下子就能说到点子上。"

周曼丽伸出食指在吴亚婕眼前晃了两下，说："别唱赞歌了，想逃单哪！"

吴亚婕买单时给周曼丽又买了一瓶矿泉水，然后都回自己单位上班了。

一星期以后吴亚婕接到《小说园地》编辑鲁凡打来的电话。

"你是小吴吗？你的小说内容很符合时代气息，人物塑造也很丰满，但是得需要稍稍改动一下，如果你有时间咱们见面谈。"

"好的，谢谢主编，我现在就可以……"吴亚婕撂下电话高高兴兴地去赴约了。

薰衣草咖啡屋是文人墨客聚集的地方，每套茶具都古色古香，还有诗文印在上面特别赏心悦目，房间内时不时地还散发着淡淡的花香。

吴亚婕一进屋看到一位文质彬彬的男士正在翻看一本书，看到吴亚婕后马上站了起来。他优雅地伸出了右手："你好，我是《小说园地》执行主编鲁凡。"

吴亚婕大大方方地和他握了一下手："鲁老师好！认识你很荣幸，以后请老师多多指导。"说着在鲁凡的对面轻轻坐下。

鲁凡递给吴亚婕几张订着的稿纸，说："吴老师，我建议把第二段的几句话去掉，要不和最后面的句子有些重复。"

吴亚婕一看不好意思地笑了："鲁编辑真厉害，你修改完了就经典了，谢谢……"

初次见面吴亚婕对鲁凡的印象就非常好，他们聊得特别开心就像老熟人一样。从小小说谈论到中篇小说和长篇小说，从推理小说到科幻小说，还有风靡大江南北的武侠小说，鲁凡博学多才不愧为金牌主编。鲁凡虽然比她高三届，可现在还是单身贵族，他一个人住在公寓却很有生活情趣，常约同事去品尝他的厨艺。她告诉鲁凡最开始以为他是个老气横秋的书呆子，没想到是个年轻有为的帅小伙，鲁凡听完乐了。吴亚婕自从和鲁凡见面以后，眼睛里总是晃动着他的影子。

那迳莎一边走一边给程大伟打电话，她刚处理完学校的事情向程大伟汇报。原来二班的两个男生下课闹着玩把同桌的衣服给扯坏了，后来还要动手，被同学们拉开了。两个孩子家庭条件相差悬殊，一个家长是烧烤店老板，另一个家长是公司大股东。那迳莎一视同仁不偏不向她仔细询问了事件的缘由，很严肃地告诉他俩打架是解决不了任何问题的，只会让事情更严重，让他们彼此承认错误并且互相道歉，最后两个学生握手言和。

那迳莎："大伟，你在哪里呢？事情办完了吗？今天有点累了我想出去吃饭。"

程大伟："莎莎，我在打印社呢，招生简章的内容和版面需要重新设计一下广告语。"

那迳莎："大伟，今天是几号了，我都忙忘了时间了。"

程大伟："反正今天不是周五，还没到双休日呢！好了，先这样我这正忙着呢。"

那迳莎有点失望地自言自语："忙得啥都忙忘了。"那迳莎心想自己一个人在外面吃饭也没意思，回家算了，正好还能休息一下。

她一进屋愣住了，客厅到卧室的地上撒满了玫瑰花的花瓣，电视里播放着他们结婚时刻录的光盘，程大伟穿着笔挺的西装拿着一束玫瑰花从房间里出来了，脸上充满幸福的笑容："亲爱的莎莎，今天是咱们结婚一周年纪念日，祝愿我的宝贝永远幸福开心。"

那迳莎高兴地扑到大伟的怀里："谢谢亲爱的老公，你辛苦了。"

程大伟从兜里掏出一枚戒指替那迳莎戴在手上。

那迳莎一看："啊！真漂亮！这是我在上大学时最喜欢的那一款，你在哪儿买到的？"

程大伟兴致勃勃地说："这是我为你特意订制的，还你一个当伴娘时的心愿。"

那莜莎搂着程大伟的脖子说："亲爱的你太棒了，我无意的一句话都被你记住了我没嫁错人。"她秒变成一只温顺的小猫。

程大伟拥着那莜莎来到厨房，做了一桌子的山珍海味还有那莜莎最喜欢吃的冬瓜馅水饺。

那莜莎高兴地拍着手说："哇，我太幸福了，这都是我喜欢吃的。"

程大伟的电话响了，他拿起电话一按："喂！妈，我挺好的……"

那莜莎在门外听着他们母子的对话低着头回卧室了。

吴亚婕正准备去卫生局送报表，那莜莎的电话就打来了。她说自己的婆婆很着急抱孙子，她和程大伟也都很着急。让吴亚婕帮着找个有经验的老大夫看看是怎么回事。

十多分钟以后人就来到了，吴亚婕一看那莜莎有些憔悴很是心疼。搂着她的肩膀安慰她说："莎莎，你先别着急，一会儿我领你去好好检查一下。"

那莜莎一脸愁容："二姐，我婆婆最近老打电话问大伟怀没怀上呢？大伟总是推说在外面说话不方便就急忙挂了，婆婆说过几天还要来我家呢。"

吴亚婕拉着那莜莎的手这姿势太熟悉了，她们遇到难题时就会心手相牵，总会有一种温暖传递过去："走吧，咱俩去二楼找郝大夫去。"

妇科的郝大夫给那莜莎诊断以后，让她做了输卵管通液与通气试验等八项检查，好在吴亚婕是医院的职工，上哪个科室都减少了排队时间，下午检查结果出来了是输卵管堵塞。

那芷莎回家后蒙着被子"呜呜"哭了起来。

程大伟听吴亚婕打完电话，也从学校赶回来了。

他搂着那芷莎一边给她擦眼泪一边哄她："莎莎别哭啊！你一哭我心疼得要死，咱们感情这么好，就是没有孩子我也会爱你一辈子，你都不嫌弃我穷，下嫁给我，我才有今天的幸福生活，你比谁都重要。"

那芷莎躺在程大伟怀里，眼角流着泪："大伟，我很喜欢孩子，一看到幼儿园的小朋友我就走不动道了。"

程大伟用手抹掉她的眼泪说："莎莎，要不这样呢？咱们可以领养一个孩子，从小领回来养长大了一样能对咱们好，有很多条件好的女人怕自己生孩子遭罪，就领养孤儿了。"

那芷莎一下坐了起来："没有接户口本的怎么能行呢？我家那么大的家底子以后谁继承啊？不管是男孩还是女孩，怎么也得是我俩亲生的。"

程大伟在她耳边说："我不是怕你有思想负担吗？咱们可以做试管婴儿。"

那芷莎心情好多了，她攥着大伟的手说："郝大夫说要是做试管婴儿头三个月必须静躺着，不能走动防止流产，孩子出生前也不能过性生活。"

经过精心备孕以后，程大伟在长宁医院花8万块钱做了试管婴儿，把最后形成的胚胎移植到那芷莎子宫里。

随后程大伟开车把那莅莎送回了娘家，岳母家条件好又能精心照顾她，这样两家都放心。

吴亚婕高兴地拿着《小说园地》告诉王云轩她的作品发表了，而且还得到 15 块钱的稿费。

王云轩一边看手机一边说："你说那么费脑筋写那东西，一篇上千字的小说就给那点钱！你还挺开心。"

吴亚婕心里有点不舒服："文学创作是有魅力的，可以赋予作品意境和激情，或悲或喜都富有哲理，能产生深远影响的还是取决于作品的内涵价值。文学创作是精神世界又一次升华过程，生活不光是柴米油盐酱醋茶，也要有诗酒花。"

王云轩放下了手机，在吴亚婕脸上捏了一下说："要不这样吧！你再写小说直接发给我，一篇我给你 200 块钱。"

吴亚婕在回家的路上一直想——我是希望得到他的肯定，需要他从阅读者的角度多给自己一些鼓励和信心，能成为自己的心灵知音，她忽然间明白了他们俩缺少的是一种共同语言。

王云轩的同学都是会生活的人，只要一听说喝酒没有一个人愿意落下。王云轩从大超市买回来很多菜，他今天要亲自下厨露一手给吴业婕看看，一大桌子菜不一会儿就做好了。酒过三巡，菜过五味，王云轩端着酒杯站了起来，说："我向大家宣布一个好消息，我准备在'五一'举办婚礼。"

他的同学老肥子拍手叫好："这么多年我们可是一直都在等这个喜讯，你小子老夫少妻艳福不浅，不抓紧结婚都耽误下一代了。"

这一桌同学推杯换盏有说有笑，两瓶茅台酒也都喝没了，吃完饭他们高高兴兴地回家了。

王云轩送完同学回来，看见吴亚婕正在厨房洗碗。他一下从后面把她抱住了，一缓手就抱进了卧室。

吴亚婕边挣扎边说："云轩，你干吗啊？快点放开我。"

王云轩激动地喘着粗气："宝贝，咱们都快结婚了，你害什么羞啊？"

吴亚婕嗔怒："我是保守的人，不能先吃禁果，要互相尊重对方，你快冷静点。"

王云轩酒劲正酣："宝贝，我是太喜欢你了，太爱你了，我是男人啊！忍了这么长时间了，你体谅一下我吧。"

吴亚婕被王云轩压在了身下无力反抗。王云轩脱掉吴亚婕的上衣扔到了一边，一下子就拽开吴亚婕的裤子。

吴亚婕闭上了眼睛，心想自己的身体今天真要被这个男人占有了，自己守身如玉这么多年，马上要成了被煮熟的鸭子了。

这时，吴亚婕的电话铃声突然响起，电话是《小说园地》编辑鲁凡打来的。"小吴，你马上过来一趟，新来的编辑要见你，你的小小说写得很精彩，编辑部决定和你协商签约作家的有关事宜，见面地点还是薰衣草咖啡屋。"

吴亚婕一听非常高兴，连忙说："好的，谢谢鲁老师，我马上就去。"

她对着镜子快速地梳好头发，急急忙忙地跑了出去。

王云轩这个气啊，在屋里来回走两圈，嘴里骂道："早不来电话、晚不来电话，偏偏这个时候来电话，破坏好事。"他生气地拿起水杯摔在了地上。

薰衣草咖啡屋里坐着两个人，一个是鲁凡，另一个是新来的副主编。吴亚婕看这位副主编竟然是位女同志，这位大姐有40多岁，谈吐高雅、锋芒毕露是个热心肠。她很欣赏吴亚婕把小说里的人物刻画得细致入微，很有画面感。她以前写过很多小说在海外版发表过，她认为自己遇到一个好作家和知心朋友。主编大姐眉飞色舞地讲说，屋子都充满了阳光，她博学多才从凡·高的《自画像》到《向日葵》，说凡·高的内心就是炽热的阳光，在画面上体现放大的是内心的色彩，闪烁着灵魂深处的光芒，她端起桌子上的茶杯喝了一口，告诉鲁凡去给她换杯绿茶。

主编大姐笑着问吴亚婕："小吴你结婚了吗?"

吴亚婕含蓄一笑："还没有呢，正……"

主编大姐一摆手，打断了吴亚婕的话。她用手一指鲁凡的背影说："不用考虑了，小鲁就是最好的人选，他不但人品好、文笔好，还会写一手好书法，我就是在'翰林杯'书法大赛上认识他的，小伙子年轻有为是潜力股。"

吴亚婕岔开话题问："咱们签约作家有哪些待遇?"

主编大姐说："可以优先向大型出版社或者电视剧制作公司推荐你的小说……"

吴亚婕回到公寓以后，回想起这次谈论自己签约的事情只用了10分钟，其余的时间主编大姐成了给鲁凡介绍对象的亲友团了。鲁凡总是给人一种蓬勃向上的精神，不知为什么在他面前特别的踏实，这就是男人的安全感。她和王云轩看似很完美的姻缘，但他根本不懂自己，王云轩的各方面条件都很好，可是和他在一起时，总像有一种无形枷锁一样快乐不起来，缺少心灵方面的共识，一个写小说的文人不能没有精神世界，自己心灵上有一片净土，究竟谁该住进来?

郑楠把脑袋摇成拨浪鼓："二姐，白手起家和万事俱备绝对有二次投胎的感觉，你说鲁凡是很优秀，但他家是农村的，没房子、没车，啥都得他自己张罗，就他那 3000 块钱一个月，想把婚礼置办齐了，够他攒半辈子了。"

吴亚婕看看大姐周曼丽想征求一下意见，周曼丽没吱声。

郑楠继续说："现在多现实啊！我同事的妹妹就是个例子，为了爱情放弃优越的条件，婚前你侬我侬，婚后自己一个人在家带孩子吃苦受累，等条件好转了，自己也熬成黄脸婆了，男的变心了，你说是不是亏得慌。"

吴亚婕把和王云轩相处以来的大事小事全说了一遍，眼神有些黯淡，她想打电话问问那莜莎听听她咋说，被周曼丽拦住了。

周曼丽："她正在养胎就别打扰她了，等咱们几个休班时去她妈家看看她。"吴亚婕点点头。

周曼丽看看郑楠，又看看吴亚婕："亚婕，刚才楠楠说得也有道理，爱情美好面包也很重要，现在对你来说还有选择的机会，如果结婚了可就没得选择了。"

吴亚婕叹了一口气说："我们小时候真傻，天天盼着快点长大，小时候的快乐这辈子都无法超越了。"

周曼丽安慰吴亚婕的每一句话都掷地有声："每个人都有活明白的时候，就是知道了自己究竟想要什么，就会三思而后行了。可能和我从事的职业有关，每个人都想在精神上寻求彼此传递给对方的能量。一辈子很短，好的感情都是互补的，你知道我的不容易，我也懂得你的悲喜，我支持亚婕一切事情遵从内心的选择，你和谁结婚我都不管，只要你能幸福就行。"

吴亚婕茅塞顿开脱口而出："大姐，我知道该怎么做了。"

第八章

冲破围城的欲望

程大伟自从负责学校的招生工作以后，经常穿着一身得体的西装，很有派头，看上去人也很精神，他拎个包一进学校门口，殷勤的保安一边为他开大门，一边和他打招呼："程主任好，有啥事儿尽管吩咐！"程大伟礼貌地点点头："好的，知道了。"眼神当中有掩饰不住的高傲。

前几天有个老师不小心把他桌子上的茶杯碰倒了，被他狠狠地斥责了一顿，整个学校的员工一下子都知道了，都说校长的姑爷可得罪不起。但是，程大伟也很有工作能力，他本身是中文系毕业的就是老师出身，对私立学校的工作更是得心应手，涉及教育局和主管单位的事情都是他去办理。

一晃那莈莎在她妈家住了快三个月了，最开始程大伟下班去岳母家吃饭，后来学校事儿多他有时点外卖，有时他的酒肉朋友也请他出去喝酒，虽然说不到一个话题，但是不耽误谈天说地唠唠家长里短、论论酒色财气，一伙年轻人都有股初生牛犊不怕虎的劲头。

程大伟在电脑上传完最后一个文件正准备下班，朋友的电话就打进来说晚上请他喝酒。

"我不去了，最近忙有点累了！"

"大伟，忙可就更应该出来放松一下啊！喝完酒咱们去 K 歌。"

不一会儿，五个酒友全都到齐了，程大伟来了他们觉得很有面子。

穿衬衫的男人说："大伟可是有文凭的人，不像咱们几个都是初中文化，你能来是看得起哥几个。"

小平头接过话题说："都是好哥们，没必要整虚的啦！咱们也不是差钱的主，所以哥们才投缘。"

一顿胡吃海喝以后，他们把程大伟领进了 KTV 歌厅，马上就进来几个性感妖娆的伴舞小姐，不但歌唱得好，交际舞跳得也很标准。

小平头附在他耳边说："大伟，你风华正茂也不能老守空房啊！这里的服务很周到收费也合理。"

程大伟歪头一看，那几个哥们正和几个小姐左拥右抱喝着啤酒，玩得不亦乐乎，心里也是痒痒的。

这时，一个长发小姐一步三扭地来到程大伟身边，用手钩住他的脖子，脸都快贴上了，程大伟心里很紧张，心想那莛莎比她漂亮多了，他自然不会把这种平庸的姿色放在眼里，赶紧往旁边一挪，完全不被美色所动。

那个小姐随后又娇滴滴地坐在他的腿上，柔声浪气地说："今朝有酒今朝醉，明天不知是哪回，会活的男人都是为自己而活。"说着用手指尖摸着程大伟的脸蛋。

程大伟头一次被女人挑逗，他心里一动，但他似乎看到那莛莎那

双会说话的眼睛正火辣辣地望着他，他推开了这个小姐快步走出了
KTV 歌厅。

　　王云轩和吴亚婕还在生气，心想我也不是缺衣少食的穷酸书生，
能给你提供丰厚的物质生活条件。该有的我都有就是比你大点这算
什么呢？现在的社会老夫少妻多的是，我不能在你面前低三下四地哄
着你，要不以后我还哪有家庭地位了，所以他一直没给吴亚婕打
电话。

　　这时，电话铃声响了，王云轩一看是吴亚婕打来的。他窃喜女人
就是不识惯。

　　他淡定地说："亚婕，有事你就说吧！我这儿挺忙的。什么什
么？你请我吃饭，这可是头一回啊！好啊，下班老地方见。"

　　吴亚婕早早地来到"盛元火锅城"，点了青虾和海兔还有青菜，
这都是王云轩最喜欢吃的东西。相处这么长时间他俩说的心里话不
太多，今天想坐下来好好谈谈。

　　王云轩满面春风地进来了，看见吴亚婕先凑过来想亲近一下，被
吴业婕拒绝了。

　　她说："这大庭广众的多难为情啊！快点坐下吧。"

　　王云轩乐了："宝贝说得有道理，几天不见我感觉你都瘦了。"

　　吴亚婕淡然一笑："我们边吃边说，无论我说得好还是说得坏，
都希望你能认真地听完。"她说着给王云轩碗里夹了几只煮好的大虾
和海兔。

　　王云轩听着她的话音有点不对头，但也没往别处想，心里告诉自
己他们都是谈婚论嫁的人了。

吴亚婕真诚地说:"云轩,我得感谢你一直以来对我很用心,也很坦诚。我是对感情负责的女生,我不是自己明明不爱还要演戏的爱情骗子,你很优秀,我觉得配不上你。"

王云轩足足愣了十几秒,心里的火一下子冒了出来,他朝吴亚婕喊道:"你是想分手吗?我天天陪在你身边,我的脾气很差,可在你面前都不敢大声说话,我对你这么好百依百顺换来的是什么?"

吴亚婕平静地说:"我也反复地适应着让自己高兴起来,不知为什么我在你面前一点都不踏实,一颗心总是悬空着落不下来。"

王云轩情绪很激动:"不要说得那么好听,你不就是移情别恋了吗?自从那个穷酸编辑出来,你就看我不顺眼了。"他生气地点了一支烟,手指在发抖。

吴亚婕也很生气:"你根本就不懂我,更不尊重我的爱好,你说我喜欢什么?讨厌什么?爱吃什么?你知道吗?"

王云轩心里知道他们之间的感情已经无法挽回了,他站起来指着吴亚婕的鼻子问:"婚期都定了,你早干什么去了?啊?你让我的脸往哪儿搁?好吧!吴亚婕我成全你。谁离开谁活不了!"

说完,他转身就往外走,把桌上的筷子碰掉地上,还把凳子也推倒了。

吴亚婕看着王云轩远去的背影,她的眼泪顺着脸颊流了下来。

第二天上班,吴亚婕远远地看见有几个大夫聚在一起小声地议论事儿,看见她来了就都回自己科室了,她知道他们说的话一定和自己有关。尽管她知道提出分手的事很快医院的同事都会知道,但没想到会这么快。吴亚婕从没有过的尴尬,她努力装出很平静的样子,不让别人看到她的难为情，每个人都有自己的尊严。她心里知道世间没有永恒不变的东西，明明白白的爱才可以让自己坦坦荡荡地生活。

吴亚婕到办公室刚坐下，于科长也到了，脸上一副冷冰冰的样子，一反常态告诉她："把你桌上的东西整理一下装好，你被调到档案室工作了。"

长宁市"迎国庆庆中秋"文艺会演大赛正在紧张地筹备当中，按相关要求每个学校报送一个文艺精品。那迭莎爸爸的私立学校有一个学生写的小话剧特别感人，题目叫《一个都不能丢》被选为上报作品，主要内容讲的是学校一个学生家里遭遇地震想退学回家，老师和学生们一起帮助他渡过难关，继续上学的故事。

负责抓这项工作的任务落到程大伟的肩上，他在学校里挑了几个会表演的学生扮演话剧里的人物，并且敲定了人选。可是这个女一号演员怎么也没有合适的，按要求要说一口标准的普通话、长相和身高都很标准。这两天来了几个都不合适，不是差在外形上就是差在表演上。演出日程越来越近，程大伟很着急。

这时一个学生敲门，程大伟有些不耐烦了："进来！"

"程主任，我发现有个人很适合演这个角色。"

程大伟一听马上来精神了，从座位站了起来。

"快说，这个人在哪里？"

"她是经济管理系的叫孙紫函，曾因为要去报考模特大赛而休学了，不但长得漂亮，而且有表演的天赋。"

程大伟来到市体育馆，当他见到孙紫函的时候目瞪口呆了。眼前的这位姑娘太漂亮了，简直是清水出芙蓉，天然去雕饰，高高的个头，平平的肩膀，端庄秀丽的面庞，修长的美腿。"一骑红尘妃子笑，无人知是荔枝来。"说心里话他长这么大除了在电视剧或者广告里见过的美女，他还是第一次亲眼看见这么漂亮的姑娘。

孙紫函被程大伟看得有些不好意思了，连忙问："先生找我什么事情？"

程大伟觉得有点不好意思，刚才的面部表情太直白了，他红着脸说："我想请你帮我们学校一个忙，我们的小话剧里缺一个女老师的扮演者，我们可以付给你报酬。"

孙紫函听后大大方方地说："报酬就不用了，我也爱好文艺，我明天就去你们学校排练。"

程大伟一听很高兴："太好了，今天晚上请你喝咖啡。"

晚上，两个人如约地来到了咖啡厅。程大伟以前就是学校话剧团的成员，表演对他来说一点都不陌生。他和孙紫函边喝咖啡边讨论剧情，他给孙紫函讲戏，她听得入迷，剧本中的台词动作和语气表情设计很快就达成了一致。他俩说得很投缘也很兴奋，咖啡厅快打烊了才驾车各自回家。这天晚上，程大伟失眠了，他知道他爱上了这个姑娘，可自己是个已婚的男人，他告诉自己别瞎想了。

孙紫函果然不负众望，她扮演的老师有一颗金子般的心，她的表演真挚感人让台下的观众几次落泪。当主持人宣布大赛一等奖是话剧《一个都不能丢》时，孙紫函和几个同学激动得跳起来。

程大伟兴高采烈地说："今天晚上，我请全体演员吃大餐。"

这几个人吃完饭，又去KTV歌厅唱歌，一共消费了一千多块钱。

程大伟先把学生演员都送了回去，最后送的是孙紫函。

孙紫函下车后没马上走，她慢悠悠地回过头问程大伟："你不想和我上去看看吗？"

程大伟鬼使神差地跟在了她后面。他目测孙紫函的小屋只有十多平方米，是一家人的小阁楼改装的各走各的门。屋里以紫色调为主，窗帘、床单、被罩都是藕荷色，椅子上放的毛绒小兔子也是紫色的，小屋不大但很温馨。

孙紫函："我的家庭也不富裕，为了省钱没租大房子。"

程大伟连连说："你是个好女孩，节俭干净，会生活。"

孙紫函看程大伟盯着她的小床，温柔地问程大伟："你是不是累了？"

程大伟说："有点，你到家，我就放心了，我该回去了。"

孙紫函妩媚一笑："我想帮你揉揉肩。"

程大伟心知肚明了，他用力地把孙紫函揽在怀里亲吻着她的小嘴，抚摩着她的身体。

孙紫函抱着他的腰耳鬓厮磨轻声说："春宵一刻值千金。"然后伸出一只手把床头的灯关了。

吴亚婕向大姐哭诉了被调到档案室工作的事情，周曼丽知道她心情不好在她家陪她住了一宿。

躺在床上安慰她说："我们的人生，难免会遇到这样或者那样的问题，也像天气一样有风有雨，生活本身就是痛并快乐着，遇到挫折时就勇敢地去面对。如果你不腾出手怎么能拿起别的东西，时间能帮你找到正确的答案。"

吴亚婕转过身，看着周曼丽说："大姐，我也不知道以后的生活能不能顺心，但我和王云轩在一起不开心。"

"亚婕，只要找到一个真心相爱的人，工作累点又能怎样，每个优秀的人都会有一段不平凡的经历。一生很短暂，好好地去工作、去相爱，过去的事情就让它清零，明天又是一个崭新的开始。"

周曼丽的话很管用，就像一缕清风吹进了吴亚婕的心田。从那天起，她又开始化妆了，把自己打扮得漂漂亮亮，档案室的工作很清闲，她每天把新来住院的患者名字编排序号录入电脑，其余时间就开始创作。鲁凡对她体贴入微，每次吴亚婕下班晚点，他就来医院接她，虽然鲁凡挣的钱不多，但是也舍得为吴亚婕买东西。他一有点奖金和稿费，在兜里热乎一下马上就送到吴亚婕手里，他们两个人在一起相处很浪漫，总是能给对方小小的惊喜。吴亚婕看韩剧的男主角都喜欢戴个围脖，她也为鲁凡织了一个围脖送到编辑部。

鲁凡乐得合不拢嘴："你就是我心中的女神，也是我的最爱。"

吴亚婕在鲁凡面前就是个小女人，她的一颦一笑都可爱至极，她两眼放电："凡哥，你就是夜空中最闪亮的那颗星。"

鲁凡回头从地上抱起一束山菊花，捧到吴亚婕的面前："女神，这是我今天下去采风时，给你采回来的喜欢吗？"

吴亚婕一拍手说："太好看了，这才叫原生态。这是家乡的味道。"

鲁凡用手摸了摸她的头发深情地说："等我们攒够了房子的首付，我就给你一个温馨的小家。好吗？"

吴亚婕双目含情，温柔地点点头："嗯！凡哥，我都听你的。"

主编大姐也闻声过来了，她高兴地说："亚婕不但是你的女神，也是我们作家里的女神。"

"正好请亚婕帮我看一下这篇农村题材的小说，有几句都是东北的方言，比如'旮旯'这个词?"

吴亚婕乐了："是北方的方言，主要是指屋子里或院子里的角落。"

鲁凡说："大姐，这个词我也知道啊!"

主编大姐哈哈一笑："我是喜欢听你的女神说话的声音，哈哈!"她这一句话把鲁凡和吴亚婕全都逗乐了。

鲁凡给主编大姐泡了一杯茶，说："大姐这段时间稿件多也很忙，我净下去采风了，今天正好女神来了，我们俩请大姐吃饭。"

主编大姐往后一仰身说："不用浪费钱了，攒着买婚房吧!"

吴亚婕也说："早该请大姐了，为我俩的事没少辛苦。"

主编大姐看他俩是真心请她，也就爽快地答应了，说先回办公室再整理一会儿稿件。

鲁凡和吴亚婕请主编大姐吃完饭，一边走一边聊。主编大姐说："我和领导申请了，准备给鲁凡涨点工资，年轻人头脑灵活干工作也很认真。《小小说月刊》办得非常好，近期读者和销量都有上升趋势，都说鲁凡设计的版面插图很巧妙，把一家公司的广告语放在了上面，这家公司也产生了经济效益，答应每期给提供一部分印刷费，并且还订阅了300本书刊，领导答应可以考虑我的建议。"

鲁凡很感激地说："谢谢大姐对我的帮助和支持，不但成就我的姻缘，还助力我的事业。"

主编大姐停下了脚步，说："好了，别送了，我到家了，鲁凡你们两个也早点回去休息吧!"

鲁凡和吴亚婕相拥着往回走，正好路过薰衣草咖啡屋门前。鲁凡说："今天大姐传递的信息真给力，涨工资加薪水是让人最兴奋的事情。"

"嗯，我的心里也跟着乐开花了。"吴亚婕高兴得像个孩子。

鲁凡看着面前的吴亚婕，正是自己等到的那个对的人，人生不容易，有很多人错过了缘分。这么优秀的女人，愿意放弃优越的条件和自己过着清贫的日子，这是我人生最大的幸运。我爱这个女人，而她也同样地爱着我。

鲁凡停下了脚步说："女神，我请你喝咖啡去，还去我们第一次见面的小屋。"

吴亚婕也是满怀少女心："好啊！你还坐原来的那个位置，我还喝那天点的茶。"

他们两个相拥着走进了咖啡厅，一进门还是那熟悉的薰衣草味道沁人心脾。

吴亚婕一推门进去后，又闪电般地撤了出来，拉着鲁凡快速走到一边表情惊悚地说："我看见程大伟和一个很漂亮的女人在里面，那个女人躺在他的怀里。"

鲁凡一听眼睛瞪得很大，直愣愣看着吴亚婕："你确定没看错人？"

吴亚婕压低嗓门说："他我还能认错了，烧成灰都认得他。"

鲁凡和吴亚婕从薰衣草咖啡屋出来，就躲到了一边，直到程大伟和那个女人上车走了以后，他俩才回家。

第九章

梦总有清醒的时候

姜小妮每天把自己打扮成名媛范，华丽奢侈的生活让她趾高气扬。只有在闺密面前才能低头说话，因为她知道闺密了解她的过去和现在。

她从街上一走，马上就有回头率，有几个岁数大的老太太指指点点，"看看，这打扮好像唱大戏的。"

姜小妮回头，瞪了一眼不屑一顾地哼了一声："少见多怪，老眼昏花的知道个啥。"

这边的郭福根自从和她好上以后，就再没去过黑玫瑰歌厅，被姜小妮迷得神魂颠倒，百分百地满足她的一切要求。不过姜小妮的确有与生俱来的优雅和灵动，粉嫩的脸颊，温柔的眼神，高挑的身段配上精致的白色旗袍裙，白色立跟瓢鞋，完美的曲线勾勒出一个性感十足的女郎，谁看上去都有一种说不出的魅惑，郭福根有些乐不思蜀了，一直在北方过着神仙般的快乐生活。

姜小妮有时还在郭福根面前卖弄文化，她穿着红色的小纱裙，一步三拧地晃动着腰肢坐到了郭福根的腿上。

"喂，你和我在一起，可得多学点怎样呵护女人。另外还得知道人生哲理、心灵鸡汤啥的，听明白了吗？"

郭福根色眯眯地在她的脸上亲了一口，用手搂住她的脖子说："宝贝说得有道理，我好好学就是了。嗯，哈哈！"

郭福根心里想这个女生聪明有智慧精通的还不少，他明白只有丰厚的物质条件才能让她对自己死心塌地，郭福根站起身从包里掏出一沓钱塞给了姜小妮。

抓起她的小手在手背上亲了一口说："这钱给你买零食用的，买糕点就买几十块钱一斤的，车厘子、大榴梿你喜欢吃啥就买啥。"

随后，两个人在温馨的小屋里一起烛光晚餐，似乎人生已经达到了巅峰……就这样他俩在一起耳鬓厮磨过着神仙般的日子，一晃三个多月过去了。

这天，郭福根接到他老婆打来的电话，告诉他："马上回来一趟，地里盖的房子要拆迁了。"

姜小妮躺在他腿上听得真真切切，郭福根一撂下电话姜小妮就撒娇地说："我不让你回去，你走了谁陪我呀？"

郭福根安慰她说："宝贝，我也舍不得走啊，可拆迁涉及补偿问题，钱多了你也能花上是不是？"

姜小妮瞪了他一眼说："你就嘴好，一到家你就把我忘得一干二净了。"

郭福根信誓旦旦地说："你在我心里是最重要的人，你得排在我老婆前面，你放心，我办完事马上回来。"

姜小妮用手捂住了他的嘴说："不许在我跟前提她，一听见就来气。"

郭福根连忙说："好了，我记住了，不过你在家消停点不许给我招蜂引蝶，一会儿我把包里的钱给你留下。"

第二天，郭福根开车到了机场，把车停好以后坐飞机回了南方。

郭福根走了以后，姜小妮感觉百般无聊，从未有过的孤独感困扰着她。屋里连个说话的人都没有，她天天都躺到中午才起床，在家也不打扮了像个二大妈一样，她给几个闺密打电话，大家都在上班没时间理她，她寻思也不能老待在家里还是出去溜达一下。她洗完脸抱着小狗到楼下的麻将馆里看热闹，屋里的人看见她来了，顿时鸦雀无声，脸上的表情告诉她不欢迎她，姜小妮知道自己不招人待见，她一生气扭头就出来了。

她抱着小狗在小区里溜达，看见和她同龄人都是一对一双往楼里进，一个和她年龄相仿的女人，非得让老公背着走一会儿，两个人看上去很恩爱。姜小妮的心里一阵酸楚，这不是名正言顺的婚姻就是见不得光，她的情绪很低落，眼睛有点发涩。

郭福根回到家以后，每天都背地里偷着给姜小妮打电话，有时姜小妮不愿意接就直接按了。这会儿电话又打过来了，姜小妮接起电话没好气地问："你都回去快一个月了，啥时候回来呀？要不别回来了。"

郭福根今天说话的语气挺兴奋："小妮，我后天就回去了，机票都订完了。"

可把郭福根盼回来了，姜小妮看见他第一件事就是哭闹，郭福根又是赔礼道歉，又是连哄带劝。领着姜小妮出去一顿消费，一星期花掉他八千多块钱，郭福根财大气粗，心甘情愿。为了哄姜小妮开心，郭福根又领她去了一趟广州。

姜小妮打扮入时黑超遮面，看见品牌店就往里进，光进口丝巾就买了好几条，还有香奈儿包。郭福根像个私人助理一样跟在她身边帮着拎东西，一看就是典型的美女傍大款。广州之行让姜小妮忘掉了所有的不愉快，她和郭福根在那待了半个月以后，才高高兴兴地回来了。

她又过起了阔太太的生活，整天吃喝玩乐逛街加购物。

这天，姜小妮给郭福根打电话说："我累了想做做足疗，你忙完回来接我。"

郭福根说："嗯，等我谈完生意就陪你去……"

他们两个人做完足疗，又去烧烤店吃完串儿才回来，都有点喝高了，躺下不一会儿就迷迷糊糊睡着了。

突然，他们被一阵敲门声惊醒了，姜小妮朦胧中推了推郭福根："你去看看这是谁啊？大半夜干吗啊？是不是喝多了敲错门了。"

郭福根穿着睡衣趿拉着拖鞋来到门口大声喊："谁啊？"从猫眼往外一看倒吸一口凉气。他老婆和他儿子冲进屋后不由分说上来就是一阵拳打脚踢，姜小妮吓得尖叫着被那个南方女人挠个"满脸花"，她试图站起来反抗，郭福根的儿子照她脸上就一拳，就把她的下巴给打掉了。姜小妮全身颤抖疼得直冒冷汗，她在羞辱、恐惧和危险中嗷嗷大叫。郭福根大声制止他暴怒的老婆和儿子："再打你们俩就进局子了，谁都回不去家了。"他的老婆和儿子觉得还是气不过，就把屋里的家电都砸碎了。

姜小妮住进了医院，她哭着给大姐周曼丽打电话："大姐，你快来啊！我被人打了在医院躺着呢！"

周曼丽她们几个人很快就赶到了医院。

在病房里，姜小妮抱着周曼丽大哭："大姐，我当初没听你们的话，才落到今天的下场，呜呜……"

那苤莎生气地说："该！叫你主意正，玩火者自焚，一口一个爱你，躺在病床上他咋不来陪你呢？人家老婆比你重要。"

吴亚婕也说："你现在知道了，脚上的泡都是自己走的，后悔药上哪儿买去？爱慕虚荣贪图荣华富贵的女人，男人不会把你当回事。"

周曼丽又气又心疼："没有自律的人生就是悲剧，自己赚钱花才踏实，谁都负担不起你的未来，讲多少道理都没用，不摔这一跤你都记不住。"

郑楠看着姜小妮现在的惨样心软了，给她买回一碗小米粥一边喂一边安慰她。

第二天，周曼丽特意请假来医院照顾她。又过了一星期，医生告诉姜小妮可以办理出院手续了。周曼丽求林浩开车把姜小妮接到了自己的公寓。

姜小妮对她们几个闺密心怀感恩，哭着说："真正的闺密，是在黑夜里陪她一起等天亮的人。"

吴亚婕："小妮，你也别上火了，先养好身体比啥都重要。"

那苤莎看姜小妮在大姐这里住，就买了很多好吃的送过来了。姜小妮百感交集，她才过了三个多月大富大贵的生活，她看着这简陋的公寓，心里有种说不出的凄凉和孤独。

大姐周曼丽看出她精神有些恍惚心不在焉，就开导她说："小妮，每个人都会经历酸甜苦辣，自责和懊悔解决不了问题，鼓足勇气生活一切再重新开始。"

那迷莎说："三姐经历的痛苦一点都不比你少，不能让别人看我们的笑话，我会风雨兼程寻找到我想要的幸福。"

吴亚婕也坐到她跟前："年轻时做过些傻事都可以理解，吃一堑长一智，时间能磨平所有的棱角，你这么聪明漂亮，以后一定能遇到自己喜欢的那个人。"

郑楠说："那也不能就这么便宜了那个郭福根，应该把小妮的楼房要回来，我明天去咨询一下律师看看咋整。"

后来，郑楠告诉周曼丽她调查完了，那个楼房根本不是姜小妮的名字。尽管在电话里说的声音不大，还是被姜小妮听到了，姜小妮十分憎恨郭福根骗了她，她在心里暗暗发誓一定要报复他。周曼丽一直很忙，天天都是早出晚归，姜小妮也很懂事知道体谅人，她都是在周曼丽下班之前就把饭做好了。

这天早上，她看着周曼丽上班走了，她收拾妥当就下楼了。她在街上偷偷地买了一把水果刀藏在包里，然后走向新锐地产开发大厦。

这里是郭福根的地盘，一楼是售楼营业厅，二楼是他的经理办公室。姜小妮以前来过公司，几个保安都认识她，所以没人问她。她推开门一看，郭福根的两条腿放在老板台上，正在和一个年轻的女子视频。姜小妮拿出水果刀一下子捅进了郭福根的肚子里，郭福根疼得杀猪般号叫应声倒下，血流了一地。

姜小妮尖叫着："我杀人了！"一边喊一边往外跑，被几个保安上前抓住了。楼上楼下顿时乱作一团，有的打110，有的快速拨打了120救护车，不一会儿，救护车风驰电掣般地把郭福根送进了抢救室，姜小妮被押上了警车。

姜小妮被法院判处有期徒刑三年，临上囚车时允许见一面，姜小妮隔着一个玻璃窗户在里面哭，她们几个闺密在外面哭。

周曼丽告诉姜小妮："小妮，在狱中好好学习，好好改造，掌握生存本领，争取早日回归社会。"

姜小妮："大姐，你们几个千万不要让我家里人知道。"

吴亚婕听同事说郭福根的脾被刀扎漏了，经过三个多小时的抢救才保住了性命，他的身体以后也得留下后遗症，自己酿的苦酒自己喝了。

第十章

命运捉弄人

那莐莎这几天感觉特别闹心，程大伟都一星期没来看她了。

从怀孕开始那莐莎在父母家就是国宝级的待遇，吃饭时都是她妈妈把小桌子端到床上，那莐莎把一碗蔬菜粥和两个鸡蛋吃完以后，想要下床收拾碗筷，被她妈妈拦住了。

"你可消停地待着吧！别乱动了，虽说静养三个月了，还是过几天再下地吧！"那妈妈笑着说。

"妈，你一天做好几顿饭都累坏了，要不请个保姆吧！"

"我还不是怕你吃不惯别人做的饭吗？妈不累，现在我多享福啊！以前过苦日子比这累多了。"那妈妈生怕女儿着急。

那莐莎往后挪了挪，靠在床头上说："妈，爸爸在外地开会得下周一才能回来，家里就剩下咱俩了屋里空荡荡的感觉。"

"是呀，以前总能听见程大伟早晚都给你打电话，嘘寒问暖安慰你，最近他是不是很忙啊？"

"妈，我昨天给他打电话了，可能是不方便接吧！他摁了以后也没给我回。"

那莐莎心里也觉得很奇怪，难道程大伟是有啥事瞒着自己？可转念又一想不能啊！他们从大学到结婚时间也不短了，程大伟一直都对自己挺好的，现在自己又怀孕了婚姻更多了一重保障。

那妈妈看出女儿心里不痛快了，她就坐在床边安慰那莐莎："他可能是工作忙，那么大学校有很多事儿呢！你爸爸又不在家人手也不够，你觉得无聊就找个轻松的喜剧片看看，要是怕累眼睛就听听评书啥的。"

那莐莎望着妈妈慈祥的笑容，心里一热："妈，你受累了，等我生完孩子以后，好好地孝敬您二老。"

"傻孩子你是妈身上掉下来的肉，不疼你疼谁呀。"她妈妈嘴上这么说，心里还是很欣慰。

这时，床头柜上的手机铃声响了，那莐莎对她妈妈说："一定是大伟打来的，他想我了。"一看屏幕却说，"哦，是二姐的电话。"

孙紫函自从和程大伟有了肌肤之亲男欢女爱之后，每天脸上都露出甜甜的微笑。快乐得像个公主一样，而程大伟也是百般地献殷勤庆幸自己抱得美人归，他每天的心思全在孙紫函身上。孙紫函还继续在省体育馆进行模特培训，程大伟早接晚送俨然一对初恋的情侣，还经常带她喝咖啡、看电影朝夕相伴，把那莐莎早都忘脑后去了。孙紫函提醒程大伟别露出马脚，程大伟打算这个周日买点好吃的去岳母家看看那莐莎，程大伟没等出门孙紫函就打来了电话。

"亲爱的带我出去兜兜风吧！我要找找生活的灵感才能在 T 台上更好地发挥。好不好啊？嗯?"

"这，我正准备去看看她呢！"程大伟有些犹豫。

"那我和她谁重要啊？你自己说啊！"

"当然是你了，我爱你。"

"那你还不赶紧来陪我？"

"嗯，好吧！一会儿见。"

两个人有说有笑地开车出去溜达了，白天出去的，到晚上吃完饭才回来。

程大伟把车停好以后，搂着孙紫函亲亲热热地往楼上走。躲在树后面的那苂莎刚想冲上去却被吴亚婕拦住了。

吴亚婕压低声音说："莎莎听我的，等等再说。"那苂莎站住了，吴亚婕拽着她的手，那苂莎的手冰凉一直在抖。

"莎莎，你一定要控制点情绪。"吴亚婕伸手搂住她的肩膀。

"这个伪君子，可惜我对他一片真心。"那苂莎的眼泪夺眶而出，她直勾勾地盯着自己家的窗户。

她们两个在楼下看着程大伟穿着睡衣把窗帘拉上了，灯光也换成暗色调了，吴亚婕和那苂莎相互一看说："走。"

她俩蹑手蹑脚地来到她家门口，那苂莎掏出钥匙打开了家门。

看见程大伟和孙紫函一丝不挂地相拥在床上，他看到那苂莎和吴亚婕突然在屋里出现一下子都蒙了，那苂莎愣愣地盯着床上看了几秒，霍地冲上去就把孙紫函的头发薅住了，把她从床上拽到了地上，对着孙紫函破口大骂："不要脸的烂货，这么点岁数就不学好勾引我老公，看我今天怎么教训你。"挥舞着两只手上去就是一阵猛挠，还不停地用脚踹，孙紫函披头散发哭喊着被挠个满脸花。

这工夫程大伟也把衣服穿上了，他拿着床单把孙紫函裸露的身体遮上，挡在前面护住了她。

那芷莎疯了一样指着程大伟骂："你这个忘恩负义的败类，你有今天全靠我们家，这屋里哪一样东西是你买的，你还敢把野女人领回家里犯贱。"

那芷莎连哭带喊又去打孙紫函，程大伟抓住那芷莎的手使劲往旁边一推，那芷莎一个趔趄被地上的枕头绊倒摔个大跟头，她"哎呀"一声用手捂住了肚子，血从她的裤管里流了出来，那芷莎的嘴角越抿越紧，脸色苍白很吓人，她流产了。程大伟带着哭腔拨打急救电话："是120吗？你们快点来救救我老婆……"

长宁医院手术室门外，周曼丽、吴亚婕、郑楠和姜小妮她们面色凝重眼里含着泪，程大伟坐在走廊的长条椅子上，低着头一声不吭一直叹气。

那芷莎的父母也紧接着跑进了医院，她妈妈抓着大夫的手哭着说："大夫，求求你，我只要我女儿平安……"

程大伟怯生生地走了过来，对那芷莎的爸爸哭着说："爸妈我对不起你们，我错了。"

那芷莎的爸爸回手就是一拳，怒吼着："你这个人渣，有多远给我滚多远。"

《沃野》编辑部二楼的会议室气氛非常融洽，顾主任拿着一沓厚厚的发言稿坐了下来。

她开会时从不在同事的面前摆主管领导的架子，就像和大伙唠家常一样特别亲和，她清了清嗓子说："大家辛苦了，这次来的稿件不管是人物描写、语言结构还是突出主题思想方面都是精品。回归了《沃野》杂志社以文学为主的宗旨，这期增加的板块发表了大学生的原创作品，是周曼丽编辑建议的，出刊以后效果很好，更可喜的是又收到校园原创作品50多篇，感谢学生们对我们工作的支持，以后要更多地关注毕业生实习和就业的动态，要让咱们的栏目起到指路灯和鼓舞人心的作用。"她的话音刚落，就响起齐刷刷的掌声。

顾主任把杯子往旁边挪了挪说："我们又接到一个新的任务，帮助市里整理出版《老兵的自传》这本书，这是市文化局对我们杂志社的信任，这本书的设计、编撰及稿件审理由周曼丽和林浩负责，所以希望大家抖擞精神齐心协力地干工作，争取在月末之前完成出版任务。"

周曼丽和林浩下班都没走，因为时间紧任务重，就一人泡碗方便面在编辑部继续加班。周曼丽要在多篇作品中选稿，再对内容进行审核校对，林浩也搬个凳子坐了过来。周曼丽两个眼睛盯着电脑仔细地看着，林浩帮她泡杯茶水她都不知道，可见她对工作的认真程度。

她回头对林浩说："这篇叙事散文写得非常好，写出了很多人挥之不去的乡愁，妙就妙在他在文章里用怀旧的老物件让人产生联想，把人带入了他的故乡。"

林浩看完点点头说："曼丽，你的文学水平很高，审美观点也很强，我也很喜欢这篇文章。"

林浩在心里承认周曼丽做编辑太够格了，不愧是中文专业毕业，采编水平都很高。

林浩说："我也表达一下我的观点，这篇文章的插图不要选用网络图片，应该让作者本人在乡村的小道上拿着背包拍一张，然后咱们给做一下逆光技术处理。

周曼丽乐了："你的建议很好，我欣然接受。"

她的话一下子把林浩逗乐了，林浩一笑就露出个小虎牙。

"你是编审，我服从领导指挥。哈哈！"

周曼丽以前比较注重古体诗词传承和弘扬，忽略释放现代文学的活力和魅力，她和林浩首度合作就相当默契。林浩对周曼丽的印象很好，美丽的女神，林浩心里明白高贵的女人就像冰山上的雪莲，自己不够强大时绝不可以打扰她的生活，要默默地守护她。林浩到现在还没谈过恋爱，他有点受国外青年的思想影响，想做个不婚主义者，他看到女神周曼丽以后觉得人间值得。

周曼丽光顾忙活了，刚有空想喝点水。她站起来准备去沏茶，一看杯子里的水还冒着热气呢，她乐了："你什么时候倒的水我都不知道，还得劳烦你。"

林浩一乐就露出小虎牙："我一般做好事时都不留姓名。"

周曼丽说："很幸运和无名英雄做搭档，我都感觉自己有一种英雄豪气了。"

林浩："聪明也能影响别人，我现在发现自己都不笨了。"两个人同时笑了起来，在轻松的环境下工作对健康有好处，舒缓的心情就像风和日丽的天气一样让人无比惬意。

加完班林浩送周曼丽回家，他们俩一路上谈论了很多有趣的问题。

周曼丽："我觉得童年的时光最快乐，小时候总爱在我们家门口的老榆树下乘凉。"

林浩也颇有感触地说："是的，长大以后成年人就会有很多压力，但是，以乐观的心态面对未来就会有很大动力了……"林浩说他是个合格的护花使者，直到看见周曼丽上楼以后才转身回去。

郑楠在准婆婆家吃完饭，和男友刘金州又到婚房把窗帘提前挂上了，按理说应该等到结婚当天婆家和娘家两头男孩子上去给挂，刘金州的意思是都现代社会了哪还有那些习俗了。

他俩的大婚纱照挂在床头上方，传统的唐装高贵大气穿在身上红红火火，真可谓是天造地设的一双才子佳人。郑楠以前比较喜欢短发，为了结婚盘头几个月前不得已留起了长发，这还是刘金州用500块钱商量通的。

他们这对情侣恋爱时没有轰轰烈烈晒幸福，但是互相尊重、有均有让其乐融融。刘金州把装家电的纸壳箱子放到了走廊的拐角处，又把桌子上的通讯录看一遍有没有落下了人。他从冰箱里给郑楠拿出一瓶牛奶，拧开盖以后递了过去。

郑楠接过牛奶喝了一半，对刘金州眨眨眼说："金州，我怎么不会暗送秋波呢？呵呵！"

刘金州用手刮了她鼻子一下说："你有点傻呗，以后多学着点好和我撒娇。楠楠，我终于要和你结婚了，简直高兴得都睡不好觉了，咱们结婚你闺密可以做伴娘了，那还差一个伴娘得成双成对。"

郑楠瞬间秒变成小女人："一想到还有几天就结婚了，我在父母家还没待够呢！最主要是我有恐婚症了，看到有的家庭婚前和婚后判若两样，整天为了柴米油盐那点事争争吵吵，一言不合就去离婚了，把孩子往爹妈那一扔不管了，最后苦的都是孩子。"

刘金州拉起郑楠的手，亲了一下说："也有很多夫妻典范相濡以沫白头到老，最主要是两口子要坦诚相见，相互理解学会换位思考。以后我们可以一起回家看父母，一个女婿半个儿。对了，你那个闺密那莐莎现在怎样了？"

郑楠眼神有点忧郁："三姐出院第一件事儿就是去民政局和程大伟办理了离婚手续，那个渣男现在和渣女结婚了。我前几天去看三姐了，她受了这次打击以后，整个人的精神状态特别不好。"

"等咱俩结完婚就有时间了，你以后多陪陪她，精神疗法可以治愈心病。"刘金州怕郑楠难过。

"嗯！这么多年的姐妹情同手足，我们都会善待她，她更需要我们的爱。金州送我回去吧！忙活一天了我有点累了。"郑楠伸个懒腰说。

他们的婚房离郑楠的公寓不远，不一会儿就到了。

郑楠刚下车，突然听见有婴儿的哭声。她急忙跑过去一看——马路边上有个包裹，里面包着一个刚出生不久的婴儿。

"这是谁啊？这么狠心该天杀的！把孩子扔这不管了！"郑楠惊呼。

她急忙蹲下把孩子抱了起来，紧紧地贴在胸前，刘金州也跑过来告诉郑楠赶紧报警。

"楠楠，快点报警啊！别摊上官司。"

"这孩子都冻得直哆嗦，派出所哪有被子包她呀？先把孩子抱回去再说吧！一会儿要冻坏了。"郑楠边说边快步往家走。

刘金州上前阻拦住她说："快点送走吧！"他拽都没拽住郑楠。

郑楠连跑带颠地把婴儿抱回公寓，放到床上打开一看是个女孩，这个女婴张着小嘴左右晃着脑袋，小腿还一蹬一蹬的。郑楠赶紧拿出自己的睡衣把孩子包严了，紧紧地抱在怀里给她取暖。

然后，拿起电话告诉吴亚婕："二姐，你快点买一袋奶粉送过来，再告诉大姐把不要的床单、被罩都拿过来，越快越好。"

不一会儿工夫，人也到了东西也置办齐了，几个闺密临时变成了代理妈妈，说也奇怪小家伙儿喂饱了以后，一声也不哭了。

周曼丽："楠楠，我把水烧好了，暖瓶也灌满了。"

吴亚婕："我把这些做尿布的床单都撕成小块了，拿起来就能用了。"

"大姐，你先抱一会儿，我去拿脸盆。"周曼丽接过了孩子。

郑楠把买回来留着结婚装化妆品的脸盆拿了出来，到卫生间接点凉水又接点热水，用手试了一下温度，说："正好，我给她洗洗澡。"

周曼丽把女婴放到了床上，她和郑楠小心翼翼地把小家伙的脸和身体擦得干干净净，然后又重新包好了。几个人站在地上轮班抱着，等孩子睡着了才回家。

第二天早上，刘金州开车来到了公寓。他告诉郑楠和民政局救助站的工作人员联系好了，让他们现在就把孩子送过去。

郑楠冲完奶粉又喂了喂襁褓中的婴儿，准备包严了抱她下去。这个小家伙伸出小手攥住了郑楠的大拇指，还使劲地哭起来了。郑楠的心突然颤抖了一下，眼泪就出来了。

她心疼极了："这个孩子是个弃婴，她未来的命运不知是好是坏？她这么小在救助站谁能照顾她？对她不好怎么办？我不放心啊！我要收养这个孩子。"

刘金州一听她这么说，扯着嗓子喊道："你是不是有病，你要她，我们结婚得有自己的孩子，把她往哪儿放？"

郑楠理直气壮地说："她是个弃婴多可怜啊！我能照顾她，我挣钱养她。"

刘金州喝问："没等结婚你就让我当爹啊？你整个累赘！你是要她还是要我！"

郑楠的犟劲也上来了，她生气地说："你一点慈悲心都没有，我不想跟你这样的人结婚。"

刘金州吼道："你不结就不结，天底下没人了？离开你我还能打光棍咋地？大不了我去饭店把酒席退了。"说完气呼呼地摔门而去。

郑楠和刘金州分手的事情几个闺密全都知道了，一下子炸开锅了，都说这样太可惜了，刘金州是公务员人家条件那么好，他俩再过几天就要结婚了，不能因为半路杀出来程咬金就这么散了。

周曼丽领着吴亚婕、那茈莎来劝郑楠。看见那个小家伙在郑楠的怀里睡着了，她们几个人不敢大声说话怕吵醒孩子。

"楠楠，你不能这样冲动，一个姑娘家领着个孩子生活以后咋整啊？你还结不结婚了？有她能影响你一辈子的幸福。"周曼丽说话近乎贴在她脸上了。

吴亚婕也接着说："是啊，不知道情况的还以为是你的私生女，这可好说不好听。"

郑楠轻轻地把孩子放到了床上，转过身对她们说："你们不知道这个孩子和我多有缘，一想到把她送走，我的心就针扎似的难受，我不能送走她。"

那莛莎看见孩子想起自己流产的事情，她的眼圈红了。

她抹了抹下眼睛说："楠楠，这可不是小事儿，养一个孩子需要很大的一笔花销，从幼儿园到读大学没有几十万都下不来，你那点工资哪能够啊？有哪个男人愿意养活别人的孩子。"

周曼丽更是着急："楠楠，孩子是别人的，有一天她的母亲良心发现要回去那多后悔啊？到那时你钱花了还落个人财两空，这么好的婚姻耽误了，到那时后悔就太晚了。"

郑楠知道大姐她们都是为了自己好，她眼含热泪表达自己的决心。周曼丽她们几个好话说了一大堆，都知道郑楠是啥脾气，她认准的事儿撞到南墙都不会回头的，几个闺密很无奈地摇摇头，从公寓里出来了。

郑楠的爸爸在家给郑楠一顿骂，告诉郑楠如果做出对不起老祖宗的事情，就和她断绝父女关系。

郑楠的爸爸对郑妈妈说："你别去，她愿意咋整就咋整。"

郑妈妈说："你先消消气，咱闺女啥样咱心里还没数吗？我去让她把那个孩子该送哪儿送哪儿得了。"

郑楠的爸爸余怒未消地说："哪有这样的败家玩意儿，有福不享整个累赘，以后看谁能要她……"

郑楠的妈妈从乡下来了，还拎来一筐笨鸡蛋和木耳山药。她来是为了揭开心里的谜团，到这里才知道她真是收养的弃婴。

郑妈妈在外面给郑爸爸打了个电话："她爸，真是在路边捡到的孩子，和咱闺女没有啥瓜葛，我在这待几天劝劝她就回去了。你就不用惦记了，在家把自己的身子骨照顾好了。"

郑楠的妈妈起初坚决不同意要这个孩子，郑楠连哄带劝、又哭又号把她妈说得心软了，她说自己从小到大净上学了，没有时间陪她妈，这样正好能和她妈在一起生活了，她的妈妈看着郑楠消瘦的脸颊很心疼，只好勉强答应留了下来。

郑楠骗她妈说是去联系事情，却跑到律师事务所咨询了律师自己可不可以收养这个孩子。律师回答她按照收养法规定——这个女婴属于查找不到生父母的弃婴，如果郑楠有正当工作，也具备抚养能力可以收养。郑楠足足跑了两天才把手续办理妥当，她把这个女婴落到自己的户口本上，取名叫郑路路，寓意是在路边获得新生。

那莑莎回学校上班的第一天，教导主任就来看她，一是慰问，二是想给她介绍对象，说男方是一个很成功的企业家，拥有雄厚的资金，不但人品好，长得也帅，还特意拿一张照片让那莑莎看看。

那莑莎乐了："谢谢主任关心，我暂时还不想考虑婚姻问题。"被她一口拒绝了。

之后，又有好几个前来说媒的，那莑莎都没有下文。可那莑莎心里的裂痕透进了光亮，自己所放弃的感情就是最好的解脱，旧的不去新的不来，不过现在她还没有精力对谁好。

那莑莎买了个笔记本电脑，每天上完课有时间就写对生活的感悟，时间内容标注得都很详细，她的父母看到她脸上有了笑容，才稍稍地松了一口气。

她们语文组一共有两个老师，她和男老师佟中立坐对桌。佟中立今年44岁，为人憨厚、低调也爱好文学，已经发表过两部长篇小说了。他经常说他的宝贝女儿很优秀，一个人去美国念大学，立志学成回国。可能和他经历有关，他的小说主要是描写婚姻生活的。自从他老婆去世以后，他为了从痛苦里走出来，就在柴米油盐的故事中，打造热气腾腾的完美的婚姻，有的人物对话也很经典，语言朴实接地气，引起很多夫妻的共鸣。

那莐莎爸爸制定了学校管理责任制，老师和学生都在一个食堂吃饭，食堂的青菜必须要新鲜，隔夜的菜一定要倒掉，学生不得擅自离校，违纪者开除，有很多做买卖的家长都把孩子都送这个学校念书来了。

中午，佟中立拿着一沓厚厚的稿纸递给那莐莎："小那，麻烦你明天雇人帮我把它打出来，该给人多少钱就给多少钱，我有事倒不出手了。"

那莐莎接过一看是《翔云女子公寓》的长篇小说，心想佟老师写得挺合时代节拍，她放到桌子说："好的，完成以后告诉你。"

佟中立高兴地说："那先谢谢了，我出去办点事。"说完就走了。

那莐莎随手翻开佟中立写的小说，里面细腻地刻画了几个姑娘的就业、工作、爱情和婚姻生活，几个女孩的种种经历和不向命运低头倔强的性格十分感人，很像她们几个人身上发生的事情。那莐莎几次潸然泪下，不知为什么她竟然对比她大 10 岁的佟中立产生了爱慕之情。

她利用两天休息时间，把小说全部变成 Word 版本并打印出来。佟中立非常感谢她，下班后一定要请那莐莎吃饭。于是，他们两个在附近很有名气的中餐馆坐下，佟中立问都没问那莐莎吃什么菜，就直接点菜了，那莐莎心里很奇怪他点的菜全都是自己喜欢吃的，难道这是巧合吗？不一会儿菜就上齐了。

佟中立盛了一小碗牛肉炖山药，端到那莛莎的面前说："小那，辛苦了！趁热多吃点补补身体。"

那莛莎的脸一红，没想到他这么会体贴人，她美滋滋地喝了一口说："嗯，味道很好。"

佟中立又夹起一块鸡腿放到那莛莎的盘子里，亲切地说："这是乌鸡肉颜色黑，但它的营养价值高。"

那莛莎心里一热，这是在家吃饭时爸爸的行为举止，她把另一只鸡腿放到佟中立的碗里，两个人满眼温情相视一笑。

佟中立从包里掏出一个信封递给了那莛莎："小那，这是打印小说的费用。"

那莛莎笑了："佟老师哪用得这么多啊！"

佟中立："像你这么优秀的人，别人拿钱都不一定能请动。"

那莛莎眨着水灵灵的大眼睛说："风雨沧桑，我被岁月洗掉了颜色。"她的意思是说自己是离婚的女人，不再是妙龄少女了。

佟中立说："律回岁晚冰霜少，春到人间草木知。"说完他看着那莛莎会心一笑。

吃完饭两个人又聊了很久，佟中立告诉那莛莎他大学毕业后自己也创业了，他的买卖现在还是他爸爸在替他经营着。他爸爸告诉他不能光想着挣钱，人生的价值应该在社会上体现，应该在教学领域树立标杆，能提高学生文化道德水平才是对社会真正的贡献。

那莛莎惊奇地发现这个佟老师才是真正的人杰，不但有责任心、有担当，还有满腹的柔情。

那莛莎吃完饭回家以后，她妈妈看她手里拎了不少水果。脸上还红扑扑的像喝了酒一样，她妈妈的心里好像开了一扇窗，自从女儿离婚后就没见她有笑容，今天那莐莎的脸上像朵盛开的桃花。

趁那莐莎看电视剧时，她爸爸拿出一沓钱让她妈妈放进那莐莎的包里，说只要女儿高兴就好。

周六的早上，那莐莎换上自己最喜欢穿的带向日葵图案的连衣裙，还喷了点香水。

"妈，我中午不回来吃饭了。"

"嗯，你在外面可要吃饱了啊！"

"妈，我都这么大了，你还把我当小孩呢！"

那莐莎开车直奔电脑专卖店去了，她用佟中立给她的打印费，买了一个笔记本电脑，回学校后就放到佟中立的办公桌上了。

等佟中立来上班看见了，他莫名其妙地问："小那，这是谁的电脑？"

"我给你买的呀！"

"我得咋谢谢你啊？我太喜欢了！"

那莐莎亲自教他使用"搜狗"的方法，给他桌面添加了 Word 文档，没用几天佟中立啥都学会了。他心里知道那莐莎已经成为他生命中最重要的人了，可是人家比自己小 10 岁又那么年轻漂亮，要是不成功见面多尴尬，他还是告诉自己一定要抓住机会。

有一天，那莐莎还没到家，就接到佟中立打来的电话。他说他存在电脑上的文件打不开了，自己不敢乱动怕把别的东西删没了。那莐莎看了看表，顺道买了两份外卖，还有两瓶饮料。

不一会儿就到他家了，佟中立的家里收拾得很整洁，书柜里装满了中外名著。可今天佟中立说话有点不自然了，那芷莎以前和他沟通啥事儿时都很轻松，她也感觉有点不好意思了，她看到佟中立的眼睛里满是柔情，凭女人特有的直觉她知道佟中立对她动心了。

佟中立说："莎莎，我找到文件了，那可是10万字的中篇呢。"

那芷莎一听称呼都改了，她的脸颊一红心里一热，她避开了佟中立那火辣辣的目光笑而不答。佟中立看在眼里，他走过来拉着那芷莎的手说："莎莎，我能保护你一辈吗？"

那芷莎羞涩地看了他一眼，然后又轻轻地点了点头。佟中立张开坚实的臂膀把那芷莎拥在怀里，用手抚摩着她的头发，温柔地说："莎莎，你是最好的女人，我爱你。"

那芷莎也轻声说："中立，我也爱你。"

佟中立深情地看着那芷莎："莎莎，请原谅我没在最好的年纪遇到你，没来得及保护你。"

那芷莎的鼻子一酸，泪珠滑落在佟中立的肩上。佟中立用手轻轻地帮她擦了擦睫毛，动情地说："莎莎我可比你大10岁啊！你会不会后悔啊！"

那芷莎说话的声音很轻柔，就像自言自语一样："爱情都不分国界了，还能分年龄吗？没看到你以前我的世界一片灰暗，看到你以后我才相信这个世界上有美好的人和美好的爱情，我如同大梦初醒。"

佟中立从纸抽里拿出纸巾帮那芷莎擦干了眼泪，然后又握着她的手说："莎莎你饿不饿？"他的话就像一股暖流涌遍那芷莎的全身。

那芷莎温柔地说："我们还没吃晚饭呢！"

佟中立就像一个英勇的骑士一样，一拍自己的胸脯说："今天是我最开心的日子，我领你去一个好地方吃饭。"

那莐莎坐在副驾上，用崇拜的眼神看着身边的这个男人。难怪他的小说写得那么好，他的内心就是人间的百味书屋，有取之不尽的才华和能量，能得到他的爱经历多少磨难都值得。那莐莎一看饭店的牌子乐了，这家是她上大学时和几个闺密常来的地方。

佟中立停好车以后，大大方方地拉着那莐莎进去了。那莐莎刚要问服务员有没有地方，佟中立用手往东边一指说："你跟我来。"

来到包房里面一看，那莐莎惊讶了，周曼丽、吴亚婕、郑楠三个闺密正对着门口坐在那儿，她的爸爸和妈妈坐在东边主位置上，她怎么也没想到会是这种场面。

大姐周曼丽笑得很开心："愿我们的莎莎永远幸福。"她们四个闺密紧紧地抱在一起。

那莐莎的母亲说："莎莎有你们这样的好姐妹，是她的福分。"

佟中立从包里掏出那莐莎的日记本双手递给她："莎莎这里面也有我的心声。"

那莐莎翻开一看，从第一页开始每篇日记下面都有佟中立对她的表白，旁边还贴上了用那莐莎从小到大的照片做成的大头贴，上边每一张空白的边框上都是用那莐莎的名字组成"爱"字图案。最后面记录的是他向那莐莎求婚的时间地点和见证人的名字，那莐莎看完十分兴奋地捧在手里舍不得放下。

佟中立说："莎莎让妈妈为我们保管。"他随后从桌子下面拿出一束红玫瑰："莎莎我爱你，请你嫁给我。"

那莐莎接过玫瑰花像个幸福的芭比娃娃，眨着长睫毛的大眼睛，伸出左手说："求婚成功。"

佟中立温柔地拉起她的中指，拿出早已准备好的钻戒给她戴上了，几个闺密同时响起了掌声。

这时佟中立的手机响了，接通后里面传出一个女孩子的说话声："请你用免提，把手机递给那莛莎阿姨。"

那莛莎用眼睛看着她妈妈，她妈妈示意她把电话接过来。女孩的声音清脆悦耳："那阿姨您好！我是佟童，很感谢你走进我们的生活，我和爸爸可以说是不幸的人，经历过难以承受的痛苦，你用真心温暖和疼爱我们，阿姨你很了不起，你是我最敬重的人。我不在爸爸的身边让您受累了，谢谢你的陪伴，等我回去咱家就团圆了。最后祝姥爷姥姥身体健康，祝每一位阿姨都年轻漂亮。"

第十一章

沉积心底的秘密

《小说园地》编辑部最近的好事一个接着一个，编辑部被市里评为"文化先进单位"，最主要还是副市长给颁发的证书，这是对编辑部全体工作人员的褒奖和鼓励。

主编大姐推开鲁凡他们办公室的门，兴高采烈地说："小鲁，我的建议得到赞同，鉴于你对编辑部所做的贡献，领导同意给你升职加薪，并且安排了一个单独的办公室。"

"太谢谢大姐啦！我会好好工作，多向部里优秀的人学习，好好提升自己……"

鲁凡在第一时间把这个好消息告诉了吴亚婕，吴亚婕请他去薰衣草咖啡屋喝咖啡，而且是在第一次见面的那个浪漫小屋。

鲁凡要带吴亚婕回家见家长的消息像一阵风似的传开了，他的父母早就惦记这一回事儿了，都想看看未来的儿媳妇是个啥样的女孩，他家的左邻右舍也都知道儿媳妇要来了。

鲁凡的爸爸很高兴，边喝水边对老伴说："这回家里外头全都收拾一遍，三间房都重新刷了大白真亮堂，炕上这块地板革也不便宜呀！"

"人家女孩在城里上班，环境比咱农村好多了，一会儿还得去买几双碗筷。"他老伴脸上乐开了花。

"再把自己家种的花生、瓜子炒两袋子，等孩子走的时候拿点回去。"

鲁凡虽然是农村长大的孩子，但他的上进心和责任心都很强，工作认真负责，对待感情也很专一。尽管媒人也提醒他早点把婚事办了，两个人都能互相有个照顾，可他自己的目标是买完按揭房子再张罗婚事，他觉得现在省吃俭用苦点没啥，以后别让吴亚婕在闺密面前没面子就行。吴亚婕放弃那么优厚的条件一心一意对自己，他一定要对得起她的那片心。

他和吴亚婕去看了几个楼盘，有两个小区的位置和户型感觉还挺满意，但售楼小姐告诉他俩经理出差了，价格上她做不了主，请改日再来。

吴亚婕在商场选了见面礼，鲁凡拎着礼品盒跟在她的身后。他们两个今天特意穿了情侣装有说有笑地坐上了长途客车，没想到迎来了很多羡慕的目光。

有个妇女对着自己的小孩说："看看大哥大姐多好看。"

她旁边的老太太也不住地叨咕："这俩孩子可真般配。"车上有不少人顺着老太太的声音回头看。

吴亚婕用手指点了一下拍鲁凡的手背："听到没有，你说般配吗？"

　　鲁凡抓住她的手说："是一只受了伤的白天鹅不小心落到蛤蟆头上了。"

　　吴亚婕幸福地笑了，把头靠在了他的肩上。

　　鲁凡小声说："你累了就倚这儿睡会儿，坐车时间长累。"吴亚婕乖顺地闭上了眼睛。

　　鲁凡怕座位上的冷风吹到她，用手掉转了方向，一个细微的动作足以证明他的责任心有多强。

　　鲁凡的家是在山区，他对这里的一草一木都有深厚的感情，他家后山的林子里有一条小溪，他没考走之前暑假时常去溪边打猪草，可能是有水滋养的原因草长得比别的地方茂盛，大叶子的水草还能吹叫叫。秋天雨过天晴以后就在树下采蘑菇在院子里晾晒，他妈妈把蘑菇洗净后用小坛子腌制了，过年时用它炖小笨鸡味道特别鲜美。

　　他俩坐了 7 个多小时的客车才到家，鲁凡的父母乐颠地从屋里迎了出来。鲁凡的母亲抓着吴亚婕的手上下打量着："我们家的凡儿真是好眼力，这闺女的长相是百里挑一啊！不嫌弃我家穷，这是我家祖上有德修来的福报。"

　　吴亚婕握着鲁凡妈妈的手让她坐到炕上，从礼品袋里拿出一件枣红色的羊毛衫说："阿姨，这是给您买的衣服不知道您喜不喜欢这个颜色？"

　　鲁凡的妈妈乐得合不拢嘴，摸着衣服高兴地说："闺女，我这么大岁数还没穿过这么好的衣服呢，让你破费了。"

　　"这是我们应该做的，您二老辛苦了。"吴亚婕的语气很真挚。

　　鲁凡拿出两瓶酒递到他爸爸的手里："爸爸，这是亚婕给您买的 65 度纯高粱酒，她知道您爱喝老白干。"

"那一会儿就启开，咱爷俩喝点儿，你小子多长时间没陪我喝酒了。"鲁凡的爸爸像捡到一个金元宝那么高兴。

鲁凡的妈妈用手捅咕他爸一下："咱们还是一边吃一边唠吧，孩子们都饿了，我挨着儿媳妇坐。"

一桌子的菜都是大锅里做出来的，这是久别的家的味道。

虽然是第一次见面，但是吴亚婕的心和这家人贴得很近，看到鲁凡的父母她就感觉像回到自己家里一样，她相信这个世界上的缘分是天生注定的。

吃完饭，鲁凡的妈妈从柜子里拿出一个花手绢，里面包着一个银手镯。

她满眼慈爱地对吴亚婕说："闺女，这个手镯还是鲁凡她奶奶在我们结婚那天送给我的，我留了好几十年了，寻思等鲁凡结婚时再拿出来，今天就给你，这个儿媳妇我认定了。"

吴亚婕把手镯捧在手里，兴奋得像怀里揣个小鹿一样，这手镯的设计很有创意，宽度不到一厘米，上面雕刻一龙一凤，在龙凤之间有一个小太阳，是老银匠纯手工打造出来的，这个礼物太珍贵了，这是老人的一片心意。

鲁凡的爸爸也接上话题："闺女，咱家就这条件了，也不能藏着掖着的，你们结婚我也拿不出钱来，就得靠你们俩自己攒了。"他说话时一双布满老茧的手不停地在腿上搓着。

吴亚婕给两位老人倒上茶水，用双手端到跟前毕恭毕敬地说："谢谢二老能这样真心对我，这份礼物太珍贵了，我会一直把它戴在手上，二老这么多年含辛茹苦地把鲁凡养育成人，就是最大的财富，给金山银山都比不了父母健健康康让我们心安。"

鲁凡的父母听到吴亚婕的话，布满皱纹的脸上露出了幸福的笑容。

周曼丽翻开挂历一看，距离上次看姜小妮到现在快两个月了。上次看姜小妮的时候，周曼丽特意给她拿去几本书有《如何才能停止焦虑开始新生活》《唤醒心中的巨人》《牛虻》，还有一张她们几个在308寝室的合影。隔着玻璃告诉她要沉下心来多看书、多学习，她们几个一直都很惦记她，家里有什么事情她们几个会帮忙解决的，她们是姜小妮的精神支柱。

周曼丽知道现在姜小妮很需要她们的关爱，不管别人怎么看，应该多多鼓励她重新站起来。

那迭莎特意买了不少生活用品，告诉周曼丽和郑楠不用再花钱了。前几天，周曼丽和郑楠以姜小妮的名义给她们家寄去了2000块钱，姜小妮的妈妈做阑尾炎手术了，现在没事了出院了。

这次，在监狱里见到姜小妮她又哭了，她们几个觉得姜小妮比以前成熟了，坐有坐相了，她穿着一身印有编号的蓝色囚服，一头短发，眼神中多了一分自信。

姜小妮对周曼丽说："大姐，通过在这里的思想改造我找到了生活的方向，我要把我的亲身经历写一部长篇小说给人一些警示。"

她几个闺密听姜小妮这么一说，都向她伸出了大拇指。

周曼丽高兴得不得了："好啊，这个想法太好了，我们杂志社刊登的作品真是没有这样的文章。"

姜小妮听后语气更加坚定地说："名字我都想好了，就叫《一个女大学生的梦》，副标题是'一个小三的自述'。"

周曼丽连忙说："好，我负责给你出版。希望你早日拿出作品……"

郑楠鼓励她说："人不是为了失败而生的，一个人可以毁灭，但不能被打败。"

在回来的路上周曼丽想起一句话，人在什么时候最明白？莫过于有过特殊的人生经历以后才能大彻大悟。其实人生就像考驾照一样，都在对错中调整方向。无论社会怎样进步，科学怎样发达，眼界多宽格局多大，困扰我们的仍然是悲欢离合和生老病死，也许正因为这些才是我们生命奔赴的意义。车在山路上有些颠簸，窗外传来喜鹊叽叽喳喳的叫声，周曼丽打开车窗往外一看，有两只喜鹊嘴里衔着干树枝在大树上筑巢，阳光透过树叶的缝隙照在山间小路上。

到家后，周曼丽对她们几个说："今天咱们应该在公寓聚餐，姜小妮有这么大变化值得庆贺，正好林浩给了我一瓶香槟酒还没喝。"

"这个主意好，我亲自下厨露一手。"那莅莎说。

吴亚婕："你啊就别露了，我可净听说你妈妈给你做饭了。"

郑楠："今天咱们坐了这么久的车都挺累了，谁都别做了我买点熟食和凉菜咱们吃现成的吧。"

周曼丽的公寓楼下有两个熟食店和一个大超市，不一会儿东西就买回来了。

就这样几个闺密凑在一起菜没吃多少，把一瓶酒都喝完了，谁也不愿意走了，待在一起唠上心里话了。

郑楠说："大姐，我们从毕业到现在发生了这么多事情，有些事情我们根本没得选择，不成熟也被催熟了。"

周曼丽笑了一下说："女性更不容易，事业和家庭二者都要兼顾。"

郑楠："我不管在外边多累，一回家看到小路路那可爱的小样儿啥烦恼都忘了。呵呵！"她脸上洋溢着幸福的笑容。

那莐莎羡慕地说："楠楠可是最伟大的'母亲'。一个女孩家扛起这么大的事，而且无怨无悔，这种勇气让人敬畏。"

郑楠："路路是上天赐给我的礼物，我的生命之中不能没有她，等她会说话时我就教她背诵《唐诗三百首》，给她讲《老子》《孟子》《道德经》，从《国风》开始。"

周曼丽给她们削了几个苹果摆在茶几上，说："是的，一切命运都在自己的掌握当中，生活像一面镜子，你哭你笑全凭自己拿捏。多亏你妈妈照顾小路路，让你腾出时间工作赚钱养家，每次看见小路路的时候，都干干净净的可招人稀罕了。"

郑楠："有时回家晚了，看见我妈妈搂着小路路睡着了，也很心疼她，毕竟都这个岁数了，真多亏她了。我妈最开始时是爱屋及乌，现在把我排在路路后面了，她有时还给路路讲故事，不管路路能不能听懂。"

那莐莎说："人生就像旅游一样，真正的乐趣是沿途看四季的风景，你最幸福的事情是见证了自己的幸福。"

周曼丽摸摸自己的脑袋说："我今天也没喝多少酒啊！怎么有

点晕的感觉呢？我先躺一会儿。"

那芷莎说："大姐，用不用给你沏杯浓茶？"

周曼丽笑着说："不用，你们几个先聊吧。"

那芷莎赶紧给大姐让个地方，从床上下来坐到沙发上了。

郑楠说："现在看到三姐每天都开开心心的，心里真高兴。"

那芷莎瞪着一双清澈的大眼睛说："我现在是缓过来了，真得感谢我家的佟老师，他可有耐性了，都把我当成小孩儿宠了，前几天逛公园他非得租个自行车驮我，还让我坐前面了。呵呵！"她的话把吴亚婕和郑楠都逗笑了。

那芷莎回头看看大姐乐没乐，她一看愣住了。只见周曼丽躺在那儿悄悄地流着眼泪，手里握着那个装幸运星的小瓶子。

那芷莎连忙问："大姐，你怎么哭了？"吴亚婕和郑楠也都围了过来。

周曼丽抽噎着说："我看到这个瓶子心难受了。"

吴亚婕一边给她擦眼泪，一边哄她说："大姐别哭，你有话就说出来别憋在心里。"

那芷莎说："大姐，这个幸运星的瓶子是谁送给你的？大学四年你从来都不让我们碰，是谁呀？"

周曼丽看看几个姐妹都围在她身边，那种关切又着急的眼神让她很感动，她平复了一下心情，可语气还是很低沉，说："这还要从我上大学之前说起，这是我初恋送给我的。"

那芷莎说："大姐，他叫啥名啊？长得一定很帅吧！"

周曼丽看了一眼那芷莎说："他叫李群，和我家是邻居，他比我大一岁。那年我们俩双双考上了县里的重点高中，可学校离家比较远，高中三年都是他天天用自行车带我上学，在朝夕相处中，我们俩产生了真挚的感情。这个瓶子是他送给我的，他特别聪明，在学校全年级都是排名第一的学习尖子。"

那莐莎着急地问："大姐，那他考上哪所大学了，怎么没和你考一个学校呢？"

周曼丽叹了一口气说："他没有上大学，在高考的前三天，他妈妈为了给他筹集上大学的学费，就去山上采药材准备卖给外地客商，谁知当天下午不小心从山上摔了下去，整个下半身截瘫了，孝顺的李群毅然地放弃了高考，回家一边照顾他妈妈一边拿到了电大的文凭。"

郑楠说："大姐，他可真是个大孝子、好样的青年，那他爸爸怎么不照顾他妈吗？耽误李群的大好前程太可惜了。"

那莐莎也说："对啊，他第二年可以再接着考啊？他念完大学能挣钱了，可以更好地孝敬父母啊！"

周曼丽有些失望的表情："命运不是对每个人都公平的，就像我俩有开始没有结局一样。李群的爸爸最开始在城里的工程队打工，一走就是一整年，到过年时才能回家。李群的妈妈不能满足他的性生活，后来他和一个打工的女人跑了，电话号也换了，至今杳无音信。这样，照顾妈妈和养家糊口的重担全部压在李群的肩上了。"

郑楠气愤地说："没想到会一波三折，李群的爸爸不配是男人，也不配做个父亲，抛妻弃子的人不会有好下场。他竟忍心牺牲儿子的前途，真可恶。"

那莐莎也很激动："大姐，你是觉得李群哪方面都配不上你了，才放手的吗?"

周曼丽略带忧伤的眼睛看着那莐莎说:"不是你想的那样,我考上大学以后,本村一个叫小芳的姑娘闯进了李群的生活。小芳姑娘是李群妈妈一个远房的亲戚,她应该和咱们同岁,她念完初中就在家做农活了。小芳先是每天过来帮助李群照顾一下他妈妈,她来了李群就能去干农活了,后来小芳又帮助李群洗衣服做饭,她人特别好总是把好吃的留给李群和他妈妈,自己就吃些苞米、土豆啥的,渐渐地这个家已经离不开她了。李群的妈妈知道小芳心里爱上了李群,她就执意让儿子娶小芳为妻。"

郑楠用手拍了一下那莐莎说:"太遗憾了,为什么有情人就不能终成眷属呢?这都赶上电视剧和爱情片演的故事一样虐心了。"

周曼丽看着家乡的方向,眼神忧郁地说:"当时,李群虽然心里对我有很多不舍,可残酷的现实生活摆在他的面前别无选择。小芳为他们家付出太多了,他就同意结婚了。小芳也没要一分钱彩礼,拿包就嫁过去了,他们的家又像个家样了。第二年,他们的儿子出生了,为这个家庭增加了许多的欢乐。"

那莐莎和郑楠听哭了,她们还不知道大姐曾经历过刻骨铭心的感情,最让她们感到不安的是在大姐最痛苦的时候,谁都没有安慰过她。

那莐莎:"大姐,从你上大学以后李群一直都没找过你吗?"

周曼丽擦了擦溢出的眼泪说:"我给他打过电话,他没接,听我姥姥说看见他一个人坐在杏树下面哭了。"

吴亚婕被大姐的恋情感动得泪流满面:"大姐你有一个高尚的灵魂,你总是帮我们疗伤给我们无限温暖,你始终都是在坚持做最好的自己，你以后一定会遇到能读懂你、珍惜你的好男人。初恋是最刻骨铭心的，这么苦情你是怎么坚持过来的？你一个人憋在心里多难受啊？你说出来至少我们可以陪着你。"

周曼丽的脸上挂满了泪水："人生若只如初见，何事秋风悲画扇。记得有一次我让你们几个去做公益课吧！你们忙到晚上才回来，那天就是李群结婚的日子，我把自己关在寝室哭了一天。"

吴亚婕、那莶莎和郑楠哭了，她们抱住了周曼丽说："大姐我们爱你，永远。"

第十二章

彩虹总在风雨后

林浩在周曼丽住的公寓对面买了个 100 多平方米的楼房，这件事在《沃野》杂志社议论开了。

周曼丽对这件事的态度是觉得很正常没什么奇怪的，因为她住的地方是市中心位置，交通便利，可以坐公交车上班，而且，附近又有大商场和超市买东西也方便。

可是，小宇心里却有说不出的醋意。她和编辑部的同事在背后悄悄地议论："林浩他家有豪宅、有豪车，家里都请保姆了，我猜测他是为了想和曼丽姐多接触才买的。"

同事说："你想多了吧！也许是巧合而已。"

小宇反问同事："我家离咱们单位这么近，上班走一会儿就到了，那多省时间啊！他怎么没在我家附近买呢？"

小宇隔着玻璃门看见周曼丽正往办公室走来，小宇赶忙起身回到自己的位置上。

周曼丽推门进来了，手里拿着一本书刊兴高采烈地说："大伙早啊！我有个小惊喜告诉大家，我的诗歌《救赎》在'第二届丝路花雨诗歌大赛'中得了二等奖。"说着还晃动着手里的书刊。

"拿来我先看看你的大作吧！"小宇一把就把书抢过去了。

周曼丽说："女孩家就不能温柔点。"

小宇调皮一笑："和你相比可能是差远了点，但是和林浩比我还是小女生，哈哈！"

周曼丽笑了："别说，我真得感谢在投稿前林浩给我的灵感，我用'黑夜'代替'黑暗'这个词，真起到画龙点睛的作用了。"

小宇嘴一咧："一个单位就是好啊，近水楼台先得月，住近点林浩能多学不少东西。"

周曼丽赶忙插话："小宇别那么说，林浩是传媒大学的高才生，他掌握的专业知识也很全面。"

小宇："我以后得多向曼丽姐学习，努力成为一个优秀的写手。"

屋里其他的同事也都纷纷向周曼丽表示祝贺，都非常欣赏她写的诗歌，还让她有时间多介绍一下创作经验好借鉴一下。

同事们对周曼丽的印象都非常好，都夸周曼丽有才又善解人意，说话总是恰到好处，前一段时间杂志社资金周转不开，周曼丽开口向林浩说了这种情况，林浩一下子就转账 10 万块钱，可这话小宇听着就不是滋味。

《沃野》杂志社都知道林浩是个不婚主义者，他父母的感情也很好，他父母金婚时林浩送的礼物是一对价格不菲的瑞士情侣表，还有进口香水，林浩是个很贴心的孝子。

林浩最大的爱好就是喜欢看书，尤其喜欢看中外名著，杂志社开联欢会他朗读的《老人与海》惊艳全场，他把故事里的主人公老渔夫圣地亚哥和配角小男孩马诺林的声音演绎得惟妙惟肖，小宇在台下激动得站起来鼓掌叫好。

周曼丽朗诵了自己的获奖诗歌《救赎》，她的情感自然流畅，感染了台下的每一位观众，她把一个无处安放的灵魂那种孤独寂寞、彷徨和恐惧演绎得淋漓尽致，诗歌结尾"用一轮朝阳冲出天际"点燃希望之光引爆了全场，从此，周曼丽的名字和女神紧紧地联系在一起。

这时，小宇对周曼丽喊了一声："曼丽姐，你电话响了。"说着把在她跟前充电的电话递给了周曼丽。

"大姐你快点儿来我家一趟，有急事。"郑楠很着急的语气。

周曼丽说："好的，我马上就去。"郑楠那边就把电话就挂了。

林浩看周曼丽紧张的表情，他随后也跟了出来："曼丽你去哪儿？我送你去吧！"

"去郑楠公寓。"周曼丽边说边上了林浩的车。

林浩以前听周曼丽说过郑楠和小路路的事情，知道她很不容易，她们娘儿仨住在公寓。林浩把周曼丽送到郑楠的公寓楼下，告诉周曼丽他先不走，在车里待着，有事需要帮忙就喊他上去。

周曼丽三步并作两步地跑进屋里，凳子上坐着一男一女，看样子能有30多岁，看见周曼丽进屋这两个人很不高兴地互相对视一下。

"大姐他们两个来要孩子。"郑楠气愤地说。

那个女的站起来喊道："我的孩子不应该要回去吗？"

那个男的也理直气壮地说："可算找到了，我们找两年了。"

郑楠的妈妈抱着小路路都急哭了："你说是你的孩子就是啊？是

你的孩子当初为什么遗弃她。"

郑楠指着那个女的鼻子说："你说你家孩子当年是在哪里丢的?"

那个女的说："我俩吵架闹离婚,我一气之下把孩子放在公园椅子上了,再回去找时就被你抱走了。"

"撒谎!你根本不是孩子她妈妈,我也不是在那儿抱的,我有证明人!"郑楠怒吼道。

郑楠随后拿起电话打给刘金州,因为他当时在场可以证明这件事,电话通了没等郑楠说话,刘金州先说了："我要结婚了,以后咱们不要再联系了。"电话挂断了。

这对男女一看没找到证明人就更来劲了,女的就上前去抱孩子,周曼丽一下把她推坐下了,大声呵斥:"你想干什么?抢啊?现在是法制社会,你往这一站空口无凭就想认孩子,你怎么能证明你是孩子的父母?我们已经办理了合法收养手续,在派出所都有备案。"周曼丽义正词严地告诉这对男女。

那个男的走到周曼丽的面前,突然伸出一只手掐住周曼丽的脖子:"谁用你多管闲事!"

"把你的脏手拿开!""啪",林浩一拳打在那个男人的脸上,那个男人被打了一个趔趄,林浩冲过去又是两拳。

林浩被那个女人给抱住了,哀求说:"大兄弟别动手打人哪!有话好好说呀!"

这时,正好110的警车也到了。

警察喝问:"谁让你私闯民宅?走!到派出所去。"他们告诉郑楠也跟着到派出所去做笔录。

郑楠的妈妈才缓过神了,她抓住周曼丽的手哭了:"曼丽呀,多亏你们俩来了，要不这孩子就得被他们硬抱走了，我和楠楠撕巴不过人家呀！"

周曼丽亲切地说："阿姨，我和楠楠亲如姐妹，我们几个闺密都在这个城市住不用害怕，楠楠有事喊我们谁都能马上过来！有事还可以报警，直接拨打110就行。"

周曼丽看着林浩心存感激地说："今天多亏你了，你上来的时间正好。"

林浩紧张地说："你没事吧！脖子疼不疼啊？"

"没事。"周曼丽的脸一红。

"我在楼下等你有点不放心，我寻思上楼看看怎么回事儿，一进二楼就听见争吵声了。"

周曼丽笑了："我没想到你文质彬彬的竟然这么勇敢！"

林浩一笑又露出小虎牙："一个男人要具备保护女人的能力，尤其是面对坏人时绝不能手软，我都有十多年不打架了。"

周曼丽乐了："那十多年前你就是护花使者了。"

林浩："那可不是，是学校的校草欺负我，被我教训了。"

楠楠的妈妈一听也跟着乐上了，她说："你俩快坐下呀！我这半天才想起来说这句话，都吓蒙了。"

周曼丽帮小路路冲好了奶粉，郑楠的妈妈一边喂她一边说："小路路能有你们这样的姨妈真幸运啊！孩子命好。"

郑楠回来了，她听民警说这对夫妻确实是因为吵架没注意孩子被别人抱走了，因为去别人家认孩子叫人报警都好几回了，今天他们是听邻居说起小路路的事儿就来了。

在送周曼丽回家的路上，林浩告诉周曼丽他的新家就在她的对面，周曼丽乐了，心想小宇的消息还真准确。林浩说："我长这么大衣食住行都是妈妈照顾，我现在对家务一窍不通，我得不断地自我完善才行，正好我现在有个创作任务不想被他们打扰，我父母也同意在这儿买楼，他们说不住时卖了也能增值。"

周曼丽听他说完淡然一笑："真挺近，和我的公寓就隔了一条道。"

林浩："这老邻旧居的以后还请多多关照，别吝啬分享厨艺。"

周曼丽："我粗茶淡饭的没有太多技术含量，呵呵！"

林浩乐了："绝对是我要学习的老师。"

不一会儿车到地方了，他们两个下车后都各自回家了。

那莅莎的父母正在商量订哪个酒店举办婚礼，她爸爸的建议是那莅莎属于二婚了，差不多就行了。她妈妈的意思是头婚嫁给程大伟那个穷小子，到头来还不是养了个白眼狼负心汉。这次那莅莎结婚一定要订五星级酒店和最贵的酒席，让程大伟看看他们有能力让女儿幸福，有人会对她一心一意愿意娶她为妻。

那莅莎告诉她的父母佟中立订了花园婚礼，佟中立是个感情细腻又很走心的男人，他看那莅莎的穿衣风格多半都是以裙子为主，知道她一定有颗少女心。

接到那莅莎和佟中立结婚请柬后，最高兴的是周曼丽她们姐儿几个，头一天晚上就住到那莅莎父母家了，因为是娘家客人，周曼丽、吴亚婕、郑楠按照那莅莎的要求都穿伴娘裙出场。豪华的婚礼现场布满了绿色的植物和鲜花，长长的通道上铺满了白色的花瓣，浪漫温馨，正前方用各种颜色的玫瑰花和绿植的叶子扎成了两个大大的

"心"字，让人有融入大自然的感觉，气氛清新自然。

那迓莎的父亲穿着一套灰色笔挺的西装，在庄重的《结婚进行曲》中挽着那迓莎的胳膊走向红地毯，当他把那迓莎的手放到佟中立的手里时，嘉宾席上顿时爆发出热烈的掌声……

那迓莎在婚礼答谢上致辞："感谢我的父母把我带到这个世界，感谢我亲如姐妹的好闺密对我的呵护和鼓励，感谢佟中立先生对我的包容和理解，在漫漫的人生路上给我一个温暖的家。"那迓莎的人生开启了幸福的旅程。

私立学校给那迓莎和佟中立夫妇放了婚假，他们两个订了机票飞往周庄，又去了海南。佟中立诗兴大发感慨万千："江南的柔情不经意间融化了/北方的寒冷/每一处美丽的风景都会给我带来感动/不赏奇景怎知山水绝妙/读万卷书不如行万里路。"

那迓莎的妈妈在家里把贴着"喜"字的窗户玻璃擦了又擦，她爸爸也把自己卧室的花搬到这屋窗台上了。

她爸爸说："你歇会儿吧，一听说女儿要回来看把你忙的。呵呵！"

那迓莎的妈妈说："莎莎和姑爷都出去溜达一个多月了，我能不想她吗？今天就回来了太高兴了，莎莎最爱吃虾了，你挑大个的把虾线挑了，小的放冰箱里。"

"我都按你说的做完了，还有什么吩咐？"那迓莎的爸爸扎着个围裙进屋来问她。

给她妈逗笑了："看看你围裙都戴反了。"

那迓莎的和佟中立下了飞机就直奔家中，一见面和就她妈妈紧紧地抱住了，她爸爸赶紧把佟中立手里的东西接了过去，以前是学校的领导现在是岳父了，以前是同事现在变成老婆了，使他们都积累了深厚的感情。那迭莎看着一桌子好吃的菜高兴得像个孩子，她嚷道："回家的感觉可真好。"

佟中立夹起一只大虾放到岳母的碗里说："妈，您辛苦了。"说完接着又给岳父夹了一只。

那迭莎眨着一双大眼睛看着他乐没吱声。

佟中立说："我明白了。"他把剥好的虾放到那迭莎的嘴里。

她母亲看着乐了："这么大的人了还像个小孩子，呵呵！"

一家人高高兴兴地吃完饭，都坐到沙发上喝茶了。

佟中立知道岳父喜欢喝铁观音，特意从西湖产茶基地买回精品茶叶和茶点，给岳母买了一串纯天然的珍珠项链和手镯，给两位老人乐得合不拢嘴。其实，佟中立这样成熟稳重的男人才是那家最理想的女婿。

那迭莎的母亲说："中立，你父母年岁也不小了，你和莎莎要多用心照顾他们。"

那迭莎说："妈，给婆婆买的礼物和你的一样，茶叶也是双份的。"

佟中立说："妈，您放心吧！我姐姐已经搬回家了。我父母告诉我们在这里陪您二老，生儿养女的都不容易，得是需要年轻人尽孝道的时候了。"

那迭莎的母亲赶紧说："那哪行啊？你们得有二人世界，得有自己的空间。"

那迭莎搂着母亲的胳膊说："妈，我看这样吧！在你这住够了就回新房住，想你时再回来，愿意回婆婆家，那儿也有间卧室。"

"这个主意不错，呵呵！"她妈妈高兴地说。

随后，那莜莎的妈妈领着她和佟中立进了里边的卧室。

房间布置得像个童话王国，里面是新买的电脑和桌椅，单人席梦思床上铺好了珊瑚绒床单，牡丹孔雀图案高贵典雅，浅蓝色的落地窗帘上绣着孔雀翎，床头柜上放着一个带有孔雀图案的花瓶插了几支翎羽，墙上挂着傣族风情精美壁画，整个一个云南风情。

那莜莎说："妈，这屋布置得太漂亮了，佟童一定能喜欢。"

佟中立一听很激动："谢谢妈妈！谢谢莎莎！"他眼睛里一热。

自打佟童的妈妈去世以后，他没看见佟童真正地开心过，父亲的爱没有母亲细腻温婉，佟中立也抽出很多时间陪过佟童，但佟童看见三口之家从眼前经过时，总是用目光把人家送得好远。佟中立看在眼里，心里很难过，他心疼得不得了，这是他一生的遗憾，而且永远都没有办法能让其圆满。就像他在小说里写的一段话——人生会让我们经历很多无能为力的事情就像生老病死，刻骨铭心的疼痛过后又让我们不得不选择坚强，而熬到太阳出来了的那一刻，会鼓励自己说是生命里的涅槃重生。

他没想到那莜莎会这么善良，也没想到岳父岳母心眼这么好，那家一家人完全接受了他们父女俩个人。

他情不自禁地抱住了那莜莎说："亲爱的能娶你为妻，我是何其幸运。"

那莜莎的母亲往门口一闪："我还在这儿呢，不怕我笑话你俩。"回头对他俩说："看完就上客厅喝茶。"

她妈妈回到客厅挨着她爸爸坐下了，她爸爸又给女婿的茶杯满上了。

那爸爸看了佟中立一眼，笑着说："都是自己家人也别讲究茶道了，有外人再摆谱吧。中立，莎莎和你旅游之前就交代我和你妈的任务，我俩也完成了，你们新房的小卧室也布置得和这里一模一样，等佟童回来随她住，你们回来也得把她带回来，咱们的家庭成员一个都不能少了。"

那莶莎的妈妈说："你爸说得对，咱们家以后得多给孩子些温暖，别人有的她一样都不能缺少，人无论有钱没钱得良心好，生她养她是父母不可推卸的责任和义务，做父母的一定要称职，父母是孩子最好的榜样，咱们都要为她遮风挡雨做孩子最坚强的后盾。"

佟中立站起身走到岳父岳母面前深深地鞠了一躬。

第十三章

情感的峰回路转

　　鲁凡和吴亚婕是一对最佳黄金伴侣，他俩的文学水平是旗鼓相当富有情趣。吴亚婕如果发表了一篇小说，没过几天鲁凡就会有一首新诗见诸报端。文学圈子里的人都调侃他俩的爱情是在笔下生风一见钟情，说他们像两只快乐的蝴蝶在文学的百花园里翩翩起舞。他们都是品行高雅之人没有被喧嚣的世界染上一点杂尘，对文学创作的执着和热爱让人敬佩。

　　鲁凡白天上班整理稿件，晚上还要写小说有时会熬夜到天亮。

　　吴亚婕很心疼他，有时给他熬点大骨头汤送过去。

　　鲁凡自己舍不得花钱，但他看见吴亚婕的挎包有褶皱了就用稿费买了一个新的给她，真正的爱情也许不需要过多的甜言蜜语，而是用实际行动去为自己喜欢的人做点什么。

　　主编大姐是个热心肠，她对鲁凡说："距离咱们编辑部不远的盛世小区有个房子挺不错，这个人是我的同学。他家儿子在外地买房子了，让把这里的楼卖掉，相中了，价格还可以商量，你和亚婕去看看相不相当?"

"好，大姐，我现在就给亚婕打电话。"鲁凡边说边拿起了电话。

这家房东是很会享受生活的人。屋里装修很典雅，壁纸和家具的颜色都很清淡，让人看了心情特别敞亮。

房东说："我这个房子是去年新装修的，我以前在乡下住了，那的养殖场离不开人，在这还没住够呢! 为了儿子没办法。"

"你好好看看，我不咋懂这些。"吴亚婕说。

鲁凡和吴亚婕把客厅、厨房、卫生间、前后阳台全看了一遍，真是觉得挺称心的，正赶上中午阳光从玻璃照射进来，坐在沙发上像开了暖风一样舒服。

鲁凡："这楼房要是付全款我们指定是买不起，我不知道你咋个卖法?"

房东说："市里的房子不像县城的房价，谁花全款买房都为难，尤其是年轻人，我准备以按揭的形式出售。"

鲁凡："这样还可以，我们俩回去再合计合计。"

房东说："我没猜错的话，你俩还没结婚吧?"

吴亚婕听完乐了，没吱声。

房东："这屋子要是做婚房正好，装修新、采光好，换换床上用品就行了。"

鲁凡一看表已经是中午了，对房东说："我们先回去吃饭，下午还要上班，你把电话号码给我，来之前我给你打电话。"

鲁凡和吴亚婕在路上边走边唠，他们两个对这个房子都比较满意。

鲁凡："咱俩之前看的那些和这家一比差得太多了，买房子还真得多走多看才行。"

吴亚婕娇羞地瞪了他一眼说："忙啥？没相当的就先不结婚呗！"

"那怎么行啊？谁不想早点娶媳妇啊！"鲁凡贴在吴亚婕的耳边说。

他们含情脉脉地对视了一下，两个人都笑了。

"咱俩在这附近吃点饭吧。"

"嗯，好的，我真有点饿了。"

两个人走进一家小饭店。不一会儿，两碗热气腾腾的面条就端上来了。餐馆里一条电视新闻把鲁凡吃饭的筷子都吓掉了，吴亚婕惊恐地看着电视。

"今天上午 10 点 10 分，在鹿鸣县梅山区发生了 5.8 级的地震，震中位于哈斯镇西北 30 公里，震源深度 37 公里，其中距离梅山区约 70 公里的哈木村震感强烈。据前方记者报道目前没有造成人员伤亡，此次地震可能造成 350 间房屋倒塌，当地政府的领导干部和救援人员在第一时间赶到现场。"

"快给家里打电话！"吴亚婕喊道。

鲁凡慌忙地掏出电话："喂，喂，爸爸能不能听见我说话？啊？"

"听见了，听见了，刚有信号啊！"鲁凡爸爸声音很激动。

"爸爸，你和我妈现在怎么样？"鲁凡着急地问。

"刚才地震时，我和你妈妈在地里干活了都没事，就是咱家的房子已经震塌了。"他爸爸说。

鲁凡眼圈红了："爸爸妈妈没事就好，谢天谢地！"

当天下午，鲁凡和吴亚婕到邮局把自己攒的买房子钱全都寄回了家里。

长宁中学的校园门口，刘金州坐在车里不停地看着手机。他巴不得一下子见到郑楠，他有好多话想对她说。

郑楠最近也比较忙，她现在是一班的班主任了。做班主任要负责的事情多，比科任老师操心多了。她班里的学习委员贾娜是个品学兼优的女生，和班里的体育委员坐前后桌。这两个班干部家庭条件都挺好，都能积极配合老师完成学校的各项工作。

郑楠很认可这两个学生。这次月考当中体育委员的考试成绩很不好，没想到他妈妈来学校把学习委员贾娜叫了出去，告诉她以后别给她儿子发信息。

贾娜被气哭了，她和体育委员的妈妈一起到办公室找老师郑楠说明情况。前两个月体育委员约她周日去看电影，她没答应假称家里有事；后来体育委员写了一封求爱信塞到她书包里，回家后是她妈妈洗书包时发现了，无缘无故被她妈妈训斥了一顿；最近体育委员又往她手机发信息，她先前没回信息装作不知道，后来越发越多了。她不得已才回复了两条，但信息的内容都是劝他好好学习的话。

体育委员的妈妈一听然后说："那怎么可能呢？我儿子也没和你说话呀！我只看到你的信息了。"

贾娜从兜里掏出手机递给了郑楠说："老师，您看看信息。"

郑楠在收件箱里翻到了信息，拿给体育委员的妈妈看。

他妈妈连声道歉："对不起孩子，是阿姨错怪你了。"

郑楠满脸不悦："咱们作为家长一定要为孩子树立榜样，不能随便去伤别人的自尊，学生就该好好学习，在学校就要遵守学校的纪律，做了不该做的就一定得接受批评教育，一会儿让他来我办公室。"

体育委员的妈妈立刻赔着一副笑脸："郑老师你别生气，我念的书不多，没文化，是我鲁莽了。"

郑楠很平静地说："教书育人是我们的责任和义务，我们希望每个孩子都能学好文化知识——成为对社会有贡献的人。但现在的孩子都有点懵懂和叛逆，也得需要家长对我们工作上的支持，我会用合适的方式处理这件事情的，他也是挺上进的学生。"

体育委员的妈妈连忙道谢："郑老师给你添麻烦了，那我就不打扰你了，我走了。"郑楠把她送出办公室。

刘金州一看见郑楠从学校大门出来了，就赶紧迎了上去。"楠楠，我有话想和你说，给我点时间好吗？"他跟在郑楠的后面。

郑楠冷冷地看着他说："怎么？你是想告诉我你现在很幸福吗？"

"楠楠，我真有事和你说，我请你吃点东西边吃边说好吗？"

郑楠看刘金州的架势，今天不请她是不到黄河不死心了。

她板着脸说："可以，但你以后就不要再来找我了，影响不好。"

刘金州开车拉郑楠走了几条街后，在一家传统饺子馆门前停下了。他给郑楠点了她最喜欢吃的西葫芦鸡蛋馅饺子，自己要了一个素三鲜馅的，又点了四样炒菜。

郑楠看他没有了往日的阳刚之气，甚至有些颓废，心想：他到底经历了什么？他俩当时没有结婚是差在小路路身上，并不是因为性格不合的问题，所以都希望彼此能过上自己想要的生活。

刘金州让服务员拿来了一瓶啤酒刚要喝,被郑楠拿起来放到了一边,"不行,开车怎么能喝酒呀?"

刘金州拍了自己大腿一下说:"哎呀,你看我这记性和老年人有一拼了。"

他用湿巾擦完手,把郑楠喜欢吃的菜盘往她跟前挪挪,"楠楠,我长这么大做的最后悔的事情就是没和你结婚。我现在还沉浸在我们过去的感情中,我很希望能挽回我们的感情,你是最懂我的人,我想知道我怎么样做才能让你回心转意。"刘金州的语气和眼神都很真诚。

郑楠喝了一口茶水,一本正经地说:"你是结过婚的人,这样说话太不理智了,婚姻是受法律保护的,它不是儿戏,男人要对自己的老婆和家庭负责。"

"楠楠我和她已经离婚了,她的东西都从我家里搬走了……"

郑楠从饺子馆出来没坐车,她想一个人走走,就当一边散步一边散心。最近发生的事情有点荒诞和出乎意料,看清之后每个人都有自己的无奈。

毕业之前她们几个充满青春活力,对未来也是满怀信心。现在几个闺密身上发生了这么多事情让她们都措手不及,"理想很丰满,现实很骨感"这句话太贴切了。当时,都寻思读完大学就能改变自己的命运了,但是,现在看命运有时真是天注定的。

这时,郑楠的身边过去几个高中生样子的女孩子,每个人手里拿着个冰激凌嘻嘻哈哈地边走边吃,郑楠用羡慕的眼神看着她们,这是女生最美好的青春季。

郑楠一个人忙忙碌碌地工作生活，好久没有静下心来看看身边的风景了，长宁市也是一个美丽的城市，有江有河、真山真水，在这个城市发生了许多故事，她们有泪水、有欢笑、有悲有喜，谁也没想到会经历这么多事情。

郑楠在水果店给妈妈买了点苹果才回家了，小路路一看见郑楠回来了，就从她妈妈怀里转过头伸出小手冲郑楠挥舞着，嘟起可爱的小嘴"啊""啊"的像是和她说话，郑楠高兴地抱起小路路亲了一下她的小脸蛋，说："路宝宝真乖，妈妈爱你。"

"宝贝今天在睡觉时，还自己咧着个小嘴笑了。"郑妈妈开心地说。

"楠楠，饭和菜都在电饭煲里你快去吃吧。"

郑楠说："妈，我吃完了，你可能猜不到我和谁吃的。"

"你这孩子，你又是闺密、又是同事，我可不是神仙。"郑妈妈笑着说。

郑楠说："刘金州今天找我了要跟我和好，不过我没答应他。"

郑妈妈听完没有说话，她很了解自己女儿的脾气，虽然她不了解刘金州的为人，但是既然他和别人结婚了，和咱们就不会像以前那么亲近了。郑妈妈说："妈也没念过多少书，也不明白你们年轻人的感情，只要你能开开心心的就是妈想看到的。"

郑楠打开电饭煲，看饭一点儿都没少，她回过身问："妈，你没吃晚饭啊，小路路闹人了？"

郑妈妈说："我把她先喂饱了，等我要吃饭时她非得让我抱着她去外面溜达，回来时她困了我又哄她睡觉，忙活完我也不饿了就没吃。"

郑楠说:"妈,我把饭给你热一下吃点吧,看你一会儿饿。"

郑妈妈连忙说:"不用了,你一天也够累的了,我能照顾好自己啊。"

这时,周曼丽来电话了。她说:"楠楠,你在家吗?我在你家楼下呢,你下来拿点东西。"

"好的,大姐,我现在就下楼。"郑楠换上鞋子就出来了。

周曼丽手里拎着一个塑料袋,看见郑楠就递过去了。

她说:"这是我给小路路买的奶粉。"

郑楠从心里感激大姐周曼丽,她自己总是舍不得花钱,一开支指定得给小路路买奶粉。

"大姐,又让你浪费钱我都不好意思了,到屋里坐一会儿吧。"郑楠接过周曼丽手里的塑料袋。

周曼丽说:"不上去了,咱俩就坐这儿说吧。"说着从包里拿出两张纸铺完坐下了。

周曼丽说:"楠楠,你知道鲁凡老家发生地震的情况吧?"

"我听二姐说把他们买房子的钱全都寄回去了。"郑楠说完叹了一口气。

周曼丽说:"亚婕倒是个好女孩,总是无怨无悔地为鲁凡做任何事情,可是结婚也是个大事儿不能老拖下去啊!"

郑楠说:"大姐,我现在养个孩子真是心有余而力不足啊。"

周曼丽看了郑楠一眼说:"你就别跟着急了,你都是泥菩萨过江自身难保了,我想想看有没有别的办法了。"

郑楠说："对了，大姐，今天刘金州找我了。"

周曼丽一脸惊奇地问："找你，你说他找你了？什么情况？"

郑楠说："他想和我破镜重圆，说他已经离婚了。我说你离婚了我就能和你啊？结婚这么短时间你就离婚了，怎么能保证我和你结婚不是这样的结局呢？"

周曼丽拍了郑楠的大腿一下说："这话说得没毛病。"

郑楠接着说："刘金州说我误会他了，他说自己不是朝三暮四的人，不是他想离婚，是人家不要他了。我问他都说得不到的人才是最好的，你也犯这个病吧。刘金州告诉我他是被迫离婚的，医生确诊他身体有病不能传宗接代。"

周曼丽听完郑楠的话沉默了一会儿，她也没想到会是这种情况，她问郑楠："你是怎么回答的？"

郑楠把手里的塑料袋放到了地上，揉揉了手说："我劝他也不要自卑，一个男人的尊严也不局限在这一方面，真正喜欢你的人也不会在乎你能不能生育的问题，人生不容易都该好好珍惜现在活在当下，你父母都没给你压力，你应该调整好心态面对生活，人生不可能事事都圆满。"

周曼丽也没想到刘金州是这种情况，她的心情也有点压抑，她说："是的，无论是以朋友还是过去恋人的身份都该劝慰他，你的话是医治他心灵愈合的最好良药。"

郑楠说："我也只能做到这些了，为了小路路都把我妈误这儿了，这么多年的老夫妻一下子分开了，我心里也不好受，我妈还安慰我说不帮我帮谁啊？家家不都这样吗？"

周曼丽认为郑楠和刘金州如果能破镜重圆也是一件好事，最起码能有个照应，对抚养孩子也有很大的好处，她想趁机劝劝郑楠，因为当时她们姐几个对刘金州的印象很好，他和郑楠是因为在抚养小路路这件事情上起的争执导致的分手。

周曼丽试探着说："刘金州各方面都还挺可取，经历了这场失败的婚姻他应该有很大的改变，你说呢？"

郑楠说："应该吧，不过我今天没答应他。"

周曼丽说："你俩以前也不是因为感情问题分手的，是因为意见不一致，应该学会换位思考，刘金州这个人挺优秀，有他也是个好帮手，要不什么事情都你一个人多辛苦！"

郑楠说："既然当时都没有缘分，再和好也得有隔阂，我都习惯了自己带孩子的生活。"

周曼丽说："家里面有个男人才像个家样，你看你三姐和佟中立结婚后多开心，再说孩子处好了就和自己亲生的一样，佟童和莎莎一点都不生分。你一个人遇到事情家里都没个主心骨，那天我要是不去你怎么办？刘金州有正式工作家庭条件也好，两个人挣钱养家和一个挣钱能一样吗？多一个人对小路路好那不更好吗？"

郑楠说："大姐，我知道你是为我好，可是两个人生活在一起时间长了就会有矛盾，何况还有一个和刘金州没有血缘关系的小路路，吵架的时候她都会害怕，她要是一哭我的心得有多难受。"郑楠说着眼泪就下来了。

她这一哭周曼丽很心疼她，郑楠以前是个不会哭的女生，从收养小路路以后她变得敏感脆弱，可能是一个人养家糊口生活的担子太重了，压得她喘不过气来。

周曼丽搂着她的肩膀安慰她说："有些事不是我们想象的那样糟

糕，刘金州和莎莎都是同病相怜的人，都是生育方面存在问题，刘金州自己没孩子他不对小路路好还能对别的孩子好吗？毕竟是从小养大的，时间长了都能处出感情来。"

郑楠却摇了摇头说："大姐，我心没底儿怕他以后对孩子不好，再说了刘金州的父母都是高级知识分子，他们根深蒂固的老思想不会接受一个陌生的孩子。"

郑楠看了一下手表，她突然站起身说："大姐我得先回去了，我妈妈让我给小路路洗澡呢，谢谢大姐惦记我们。"周曼丽望着郑楠远去的背影，无奈地叹了一口气。

第十四章

带血的红玫瑰

姜小妮的长篇小说《带血的红玫瑰》要出版了，是林浩用了半个月的时间帮助周曼丽打字排版，并且设计的封面。

《沃野》杂志社也有人建议周曼丽应该发表弘扬正能量的文章，一时间众说纷纭。

小宇凑到周曼丽的跟前，压低嗓音说："曼丽姐，你还是考虑一下吧！姜小妮写的小说毕竟是失足女人的自传，出版发行怕影响女性形象。"

周曼丽笑呵呵地说："姜小妮是我的闺密，我有义务帮她实现心愿，她在服刑期间能把自己的经历以小说的形式真实地反映出来，这也需要很大的勇气。"

小宇真诚地说："曼丽姐，我知道你是个善良的人，就怕给你带来不必要的麻烦。"

周曼丽笑了一下说："我作为一名编辑更应该具备更广泛的视角，多方位诠释人生的沟沟坎坎和酸甜苦辣，生活不都是顺风顺水，但枯木逢春也会带来新生。姜小妮在小说里细致地描写了'小三'对物质欲望的满足、情感上的空虚和挣扎，还有扭曲的人生价值观给自己带来的苦果，她痛苦后的觉醒和如泣如诉的真情实感对涉世未深的女孩有一定的教育意义，也为高墙内每个热爱生活的人在心里打开一扇窗，社会始终向他们敞开温暖的怀抱。"

小宇一听周曼丽始终坚持自己的主张，就再也没说啥，回去忙自己的事儿了。

周曼丽拿着林浩的茶杯走到饮水机前，问："你是喝大红袍还是喝龙井？"

"女神为我沏茶，我怎么有点受宠若惊的感觉呢？"林浩咧着嘴露出了小虎牙。

周曼丽被他逗乐了："你还是别仰视我，这么辛苦看颈椎不舒服。"边说边把茶杯递给了林浩，在他旁边坐了下来。

林浩转过头美滋滋地看着周曼丽，这是他最欣赏的女生，为人处世落落大方，高贵典雅像一朵盛开的莲花。

周曼丽看他只看不吱声，就问他："你在想什么？"

"我在想姜小妮这篇小说的序最好由你来写，你最了解她的生活经历，你写的话情感一定最真实，更能打动读者。"林浩认真地说。

"我很欣赏你对文学的敬畏之心，很多事情我俩都能想到一块儿去，感谢你对姜小妮的支持，谢谢你为她出版这本书赞助印刷费。"周曼丽说话的语气很真诚。

"姜小妮这段时间精神状态很好，她对未来也充满了希望。前段时间还受到表扬了，在放风时一个狱友犯心脏病她及时给做了人工呼吸，这家人探监时给她买了件衣服表示感谢。"

林浩一听高兴地说："很好，可以把姜小妮救人的事儿写进小说的尾声部分，今后你们几个做好事时也算我一个，我也要不断地陶冶情操、净化灵魂，能帮助需要帮助的人是件很快乐的事情。"

周曼丽露出赞许的目光，说："谢谢你的善良，你想要的美好都在路上。"

林浩说："我喜欢原生态的自然景观，没有雕琢之感，比如蓝天白云。对了，你以后回家时带我去看看炊烟袅袅的小山村……"

在柳树屯的周家院内，屋里周英和她的妈妈正在吃饭，炕中间的小方桌上摆满了绿色食品有大白菜、辣椒酱、地瓜、土豆，还有新烀的苞米。

周英挑了一个嫩苞米递给她妈妈说："妈，你吃这个我特意给你掰回来的。"

周妈妈乐了："妈的牙齿很好还没老呢，你到地里时多掰点苞米用纸壳箱装上给曼丽邮去，她在城里都吃不着。"

周英小声说："妈，我听二丫说李群的媳妇治病花不少钱了，前天在二丫家还借了1000块钱。"

周妈妈叹了一口气说："唉，挺好的孩子就是命不好，大学没上成娶个媳妇身体又不好，生了孩子还是个小子这负担太重了，要是不心胜要强早就压垮了。"

周英是个善良的人，她也很感激女儿上高中时多亏李群骑着自行车来回驮着走，现在人家有难处了应该帮助他家。

周英小心翼翼地说："妈，我想和你商量个事儿！"

"这孩子有啥事就说呗，还请示我干啥？"周妈妈乐了。

周英："妈，我想把咱家存折上的钱借给李群。"

"他和你开口借了？"周妈妈问。

周英解释说："没借，我听二丫说村里主动筹钱帮李群给媳妇看病，说李群的事情就是他们的事儿，说他心眼好谁家有事他都跑在前头，他现在有难了都得拉他一把。"

"嗯，这些都是好的人。你吃完饭就去储蓄所把钱支出来给他送去，告诉他咱不着急用，啥时候有啥时候给。"周妈妈说。

姜小妮捧着自己的长篇小说《带血的红玫瑰》激动得泪流满面，她一生想说的话全在这一本书里说了。她的小说在监狱里引起了轩然大波，监狱领导认为服刑人员能出版长篇小说这件事很值得推广和学习。

当天下午，在监狱里召开了"新梦想，新希望"学习大会，一共有近千人参加了会议，都是在狱中表现良好的服刑人员上台分享自己的心得，姜小妮因为发表了警示小说是第一个上台演讲的人。

她向台下深深地鞠了一躬："各位领导、各位狱友大家好！我今天能有机会第一个出场非常激动，我能有勇气作为服刑人员来讲述我的过去，能把见不得人的事情在阳光下晾晒，非常感谢监狱领导对我们的关心和教诲，使我深切地认识到法律的尊严不容践踏，人生的道路是要掌握在自己手中的，在这里我学会了自尊和自爱。我还要感谢我大姐周曼丽给我的信心，我写这篇小说的想法和她一说就得到她的全力支持，也感谢我的闺密们对我不离不弃，写小说就像一盏灯一样照亮了我的心灵，使我的精神有了寄托。今后我要做个传播正能量的人，感谢党和政府能给我们打造了'新梦想，新希望'。"姜小妮的精彩演讲获得了阵阵掌声。

监狱长上台鼓励所有人的话她这辈子都不会忘："只要好好表现就会减刑提前出狱的。"

周曼丽绝对没想到她主编的《带血的红玫瑰》这本书一出版就会引起这么多人的兴趣，昨天一整天编辑部的电话响个不停，都是争先恐后要买书的商家和读者。

今天早上在去杂志社的路上，包里的电话就响了。

是小宇打来的，她笑嘻嘻地说："大姐你走到哪儿了？这儿可有一帮警察等你呢。"

周曼丽一到《沃野》杂志社的办公大楼，就看见院里停了好几辆警车，还有两辆是外地的车牌号。

她刚进了办公室，一个女记者对准她就按下快门拍了几张照片，高兴地说："周编辑你好，我是《视野报》的记者，你作为主编能谈谈出版《带血的红玫瑰》这本书的采编情况吗？"

"周编辑你好，我是《公安周报》的主编，可以说咱们都是同行，你主编的小说在社会上引起了很大反响，我想通过你认识一下《带血的红玫瑰》这本小说的作者，准备给她写一篇专题报道，对涉世未深的青年有一定的警示作用。"他们举着闪光灯围住了周曼丽。

周曼丽热情而又不失礼貌地说："谢谢我的同行和媒体朋友对我们工作的支持，之前我和姜小妮有过沟通，她说自己还在服刑期间不方便见媒体朋友，大家能认可她的作品她就很满足了。她希望通过这篇小说唤醒那些偏离轨道犯错误的人员，要深刻认识到自己的行为对社会造成的危害和不良影响，如果能痛改前非好好珍惜生活就达到作者的心愿了，她不想浪费大家的宝贵时间，谢谢你们。"

劝走了采访团之后，林浩乐颠地给周曼丽倒了一杯水，"辛苦了，周编辑是新闻发言人一定口渴了吧！"林浩露出一个小虎牙。

"最辛苦的应该是你，出力出钱真正的助人为乐，今天下班请你吃饭。"周曼丽高兴地说。

"还有我们几个呢。"吴亚婕、那迲莎、郑楠同时从门口挤了进来。

"你们啥时候进来的，我怎么没听见走道声呢？"周曼丽兴奋地问她们。

那迲莎说："你和林浩说话太认真了，没注意外面的事。呵呵！"

吴亚婕拿起一本书，说："我们几个是特意来取小妮的书，也顺便看看大姐。"

郑楠说："这本小说让我看到和以前不一样的姜小妮，她的文采这么好，我妈还让我给她拿回去一本留着做纪念。"

"我家佟先生说自己发表的几篇长篇小说都没有《带血的红玫瑰》这本书火，他说是不是该改改自己的思路了，　大早就催我来拿。"那迲莎笑着说。

吴亚婕也说："鲁凡对这本书也很感兴趣，他说每个人在创作时构思和着墨点都不一样，能写到别人心里的才是好作品，他也要一本。"

周曼丽笑着看着林浩说："林浩是版权人，他是出资大老板。"

林浩说："我早都为闺密团准备好了，每人赠书三本。"

"曼丽的序写得太好了，我百读不厌。"林浩露出了小虎牙。

周曼丽的笑容很甜美，对她的闺密说："林浩设计的封面是一流水准，吸引读者眼球的就是感兴趣的封面或者标题，然后才能让买书的人停下脚步仔细看。"

几个闺密非常认可她说的话，她们听周曼丽介绍了林浩的"英雄"行为之后都对林浩很有好感。也希望她们的闺密团有这样的护花使者加入进来，最主要是他能对大姐周曼丽有个照顾，少一些孤单。总之，姜小妮的长篇小说《带血的红玫瑰》问世，让平静的水面泛起了波澜，就像在沙漠里看到一株水仙。

周曼丽开心地说："祝贺小妮的新书出版，正好几个闺密也来了，最主要是答谢林浩，走吃饭去。"一伙人跟在她后面直奔饭店而去……

郑楠坐在办公室里批改学生的试卷，这次考试学生的平均成绩比上次分数高，这是她当班主任以后第一件开心的事情。她考到这个学校上班属于比较年轻的老师，一些教龄长的老师对她没有太多信心，都认为她刚出校门经验不足，这回她用教学水平证明了能力不分年龄，她们班的学生自觉性都很高，班级纪律好，没有一个迟到早退的现象发生。这时，她们办公室的王老师回来告诉她校长让她过去一趟。

长宁中学的校长年纪不大，四十刚出头，他为人低调很沉稳，有点偏瘦，总爱穿运动装整个人看上去充满活力，戴着一副金丝边眼睛很有学院范。他正在给窗台上的花浇水，看见郑楠来了放下了水壶，回到自己的转椅上坐了下来。

"郑老师，你工作挺有成绩，为你高兴。"校长边说边推了推金丝边眼镜框。

"谢谢校长鼓励，我还得向校长和有经验的老师多学习，才能更好地完成工作任务。"郑楠说话谦虚又不失礼貌。

校长："学校的事情烦琐，工作忙，有时我对教职员工的关心也不够。"

"学校就像个大家庭，管理上千人的大家长一定很辛苦，只求我管的学生们不给学校添麻烦。"郑楠认真地说。

"郑老师，有件事情我也不知道该说不该说。"校长说完笑了笑，不作声地看着郑楠。

"校长，我在工作上有不妥之处请您及时指出来，我好改正。"郑楠有些拘谨。

"郑老师，不是工作上的事情，有人背后向我反映你有私生子是真的吗？这是你个人隐私如果不方便说可以不谈。"

郑楠心想谁这么无聊用眼睛盯着自己，还背后打小报告。自己收养小路路也没花别人一分钱，给被遗弃的孩子一个温暖的家，但凡有良知的人都会这么想。郑楠不怪校长和自己谈论这个问题，她理解校长的职责，不但要全面抓好教学工作，还要了解教师教学和学生的生活情况。郑楠一抬头看见校长正用充满关切的眼神看着她，郑楠的心里有一丝温暖。

郑楠平静地说："校长，小路路的事情要从两年前说起……"

听了郑楠的讲述，校长站起身给郑楠倒了一杯茶，递到她的手里说："郑老师，听你说完我都非常感动，如果都像你这么有爱心，世界一定会更美好，你以后有什么需要帮忙的尽管说，学校也希望能为你们做点事情。"

"谢谢校长关心，没别的事情我就先回去了。"郑楠回到了自己的办公室。

郑楠的妈妈在家里给小路路洗完澡用浴巾包好了，随后给她冲了点奶粉，可小路路把脸往旁边一扭不吃，没吃啥东西小肚子却是鼓鼓的。

郑楠的妈妈自言自语："小路路你怎么了？告诉姥姥。"

小路路瞪着像黑葡萄一样的眼睛看着她，张着小嘴打个哈欠，不一会儿就睡着了。郑楠的妈妈想摆弄醒她，看她睡得太沉了又不忍心，就轻轻地把她放到床上盖好了被子，然后到卫生间去给小路路洗衣服去了。

她在里面听到小路路喘气的声音和平时不一样，就赶紧跑了出来，一看小路路的脸蛋通红、嘴唇发干，用手一摸脸蛋都烫手。

她赶紧拨通了郑楠的电话："楠楠，快点回来，孩子发烧了。"

郑楠急匆匆地从学校跑了出来，叫了一辆出租车就往家赶。

她在车上给吴亚婕打电话："二姐，你在没在单位，刚才我妈妈告诉我小路路发烧了，一会儿我去医院找你。"

出租车到公寓门口停下，郑楠的妈妈抱着小路路在楼下等着呢，郑楠下车接过孩子坐到车的后面，她妈妈拿着小路路的奶瓶坐在前面。

"妈，孩子是刚发烧啊？"郑楠看着小路路眼泪都流下来了。

"是啊，我发现了就赶紧给你打电话。"郑楠的妈妈说话都带哭腔了。

司机开车技术很好，15分钟就到长宁医院了。

　　吴亚婕早就在医院的一楼门口等着郑楠了，郑楠抱着小路路跑了过来。

　　"二姐，咱们去几楼啊？"郑楠气喘吁吁地说。

　　吴亚婕接过孩子，"跟我来，在三楼。"

　　三楼儿科，老大夫熟练地拿出体温计甩了两下夹在小路路的腋下，让吴亚婕捏着小路路的嘴用压舌板一看，发现孩子的嗓子红肿，是发炎症状，老大夫看看表拿出体温计一看是 38.5℃。

　　郑楠抹着眼泪着急地说："大夫，孩子体温咋能降下来呀？快说呀！"

　　大夫对吴亚婕说："你领着她们到二楼去做个血常规，回来我再对症开药。"

　　吴亚婕穿着白大褂抱着孩子，郑楠跟在她后面，哭着说："二姐多亏你在这，我有个主心骨。"

　　"别哭没事，现在医疗设备先进查完就能用药了。"吴亚婕安慰郑楠说。

　　郑楠的妈妈老泪纵横，她责怪自己没用，连个孩子都看不好，心疼小路路也心疼女儿，她就见不得郑楠哭。老大夫听吴亚婕介绍过她们母女的事情，也很尊重这位善良的母亲。

　　"大妹子不要难过，小孩有点小病也算正常。小孩子不像大人哪里不舒服自己能知道，你照顾得很好了。"老大夫安慰郑楠的妈妈。

　　不一会儿，郑楠抱着小路路回来了，她妈妈赶紧把眼泪擦干了，她不想让女儿担心她。

　　老大夫看完血常规化验单说："是炎症引起的发热，先消炎。"他随后写诊断开处方，吴亚婕取完药找护士长给小路路扎的吊瓶。

　　郑楠和她妈妈一左一右地看护着，吴亚婕用棉签蘸点水把小路路的嘴唇润湿了，小家伙的眼睛睁开了。

　　郑楠哽咽着说："路路，你谢谢二姨妈，她是你的守护神。"那小家伙像听懂了话一样，看着吴亚婕一咧嘴，把这三个女人都逗笑了。

　　吴亚婕看了看体温计，眼睛一亮说："孩子体温正常了！"

　　郑楠和她妈妈高兴得直跺脚说："太好了！"

　　郑楠妈妈说："楠楠，你去给老大夫买点水果送去，我看着孩子。"

　　"不用买了，我拿来了。"刘金州从门口进来了。

　　郑楠惊讶地说："你怎么来了，谁告诉你的？"

　　"我看见王云轩了，听他说的。"刘金州说完看看吴亚婕，觉得说漏嘴了。

　　吴亚婕听到这个名字没有太多反应，也许是没有真正爱过的原因，她的心里只有鲁凡一个人。

　　郑楠对刘金州说："你来看不太合适吧！谢谢你的心意把水果拿回去吧，路路还小她不能吃这些东西。"

　　刘金州："今后，我会以一个爱心志愿者的身份关心小路路的，让小路路多一分温暖。"

　　郑楠和吴亚婕没想到刘金州会这样说话，她俩互相看了一下没作声。

第十五章

苦难岁月的闪回

小宇凑到周曼丽的面前小声说："曼丽姐，我支持你的想法，顾主任不但高冷，还有点偏执。"

《沃野》杂志社的气氛最近有点紧张，几个同事说话都不像以前那样放松了，都有点小心翼翼的感觉。可能是因为周曼丽和顾主任之间的发生了点不愉快，周曼丽可没想那么多，她认为都是为了工作上的事情，她们个人之间没有误会。

小宇又说："曼丽姐，顾主任的话我们都是服从，你是头一个和她僵持意见的人，不得不佩服你的勇气。"

周曼丽看了小宇一眼说："你也知道这件事情了。"

"你们争论得那么大声谁听不见呢？"小宇说。

"一会儿顾主任来，我还去找她商量。"周曼丽说话的语气很坚定。

小宇："要不我和林浩也一起去找顾主任，多一个人帮你说话就会多些机会。"

周曼丽眨了两下眼睛，思考了一下说："不行，这是我自己的想法。"

小宇往门外一瞅看见顾主任来了，她在走廊里和同事笑呵呵地打完招呼，就进自己的办公室了。

小宇用手捅咕周曼丽一下，冲外边努努嘴，用眼神告诉周曼丽顾主任来了。

周曼丽拿着一本厚厚的稿件，就进顾主任的办公室了。

顾主任把《沸腾的乡村》样本往旁边一放，用手推了一下眼镜，语气有些冷淡地说："曼丽，那天我就告诉你了我不同意发表这篇小说。"

周曼丽："主任，我想知道不发表的理由。"

顾主任："市场需求都是紧扣时代脉搏的文艺作品，这篇小说的内容有点老旧写的都是乡村生活的景象，让人看到愚昧、落后的一面。缺少朝气蓬勃的青春活力，篇幅又那么长，现在的读者青年人居多，他们谁会看过去的老皇历？"

周曼丽辩解道："主任，现在的年轻人祖辈不也是一代农民吗？乡土题材的小说看似平淡土里土气，但是他们对美好生活有强烈的渴望，是在成长、挣扎和蜕变后发生了翻天覆地的变化。"

"曼丽，你作为一个编辑不迎合时代气息，都市题材的小说没有吗？为什么把眼光老盯在乡下。"顾主任毫不客气地问。

周曼丽的语气有些激动："提倡绿色环保就是亲近大自然，乡下空气清新没有污染，乡土题材的小说虽然没有华丽的语言，但具有鲜明的地方特色，是在喧嚣中回归人性的本真，符合大多数读者的审美心态和情感寄托。"

顾主任："我不同意。"说完开门就出去了。

"顾主任，我们……"周曼丽话到嘴边又咽了回去。

她拿起桌子上《沸腾的乡村》的样本，表情很失望地回到自己的电脑前。她翻开这本小说有种爱不释手的感觉，小说里的每一章节都深深地打动她的心，她从小就生活在农村，真希望有一天能改变家乡的面貌，而这部小说的主人公就是把建设家乡的梦想变成了现实，带领农民走上了一条致富之路，青山绿水成了最动人的色彩。这么好的小说如果不能发表太可惜了，就像一件辛辛苦苦织好的毛衣被人抓住一个线头轻易地就给拆了一样。

周曼丽决定去找《沃野》杂志社的社长——总裁康庄。

周曼丽在这个办公大楼工作快三年了，从没去过康总的办公室。顾主任是她的顶头上司，而且精明能干，所有的工作都处理得恰到好处，根本用不上康总费心。

康总的办公室在二楼东侧，走廊过道铺的是灰色的地毯，两旁放着几对青花瓷的大花瓶，办公室的门是开着的，康总正坐在老板台前喝茶。

听见敲门声一看是周曼丽，他连忙放下了茶杯。

"有事进来说吧！"康总说话的语气特别亲切。

周曼丽确实有点拘束，康总会不会答应她的请求，她心里没底儿。

她表情有点拘谨说："康总，打扰您了，我想让您看看这篇小说。"

她把《沸腾的乡村》小说的样本双手递给了康总。

"康总，我想让您看看这篇小说能不能在咱们的杂志上发表。"

康庄看到周曼丽就像看见了他的前妻一样，他的思维一下子又乱了，他有点不知所措了。

"小周你、你先坐那儿，我先看看故事梗概。"康总说话时嘴有点打蹩。

他心想正好低头看故事梗概，这样周曼丽就看不到他的眼神了。

周曼丽头一次近距离地接触康总，康总虽然年近半百，但相貌堂堂精神矍铄，有棱有角的脸具有男子汉的阳刚之美，一双炯炯有神的眼睛深邃睿智，不知为什么周曼丽的心里对他特别有好感。

康总看完故事梗概却没记住内容，周英的样子一遍遍在脑海浮现，此刻的心情很乱，他把小说合上了，轻声问："你为什么想发表它?"

"因为这篇小说很符合我的心境，质朴的乡土气息扑面而来，我就是在农村长大的。"周曼丽真诚地说。

"哦，一点都看不出这么漂亮的女孩子生在农村。"康总露出慈祥的笑容。

"小周，你们家是哪里的?"康总满眼的慈爱。

"我家住在柳树屯，距离这有 500 多里地。"周曼丽说。

康总忘了自己是老总的身份，就像和自己的家人说话一样。

"小周，你工作干得还顺手吧? 离家这么远想没想家呀?"

周曼丽头一次听见这么亲切的问话，她心里感到很温暖。

她莞尔一笑："谢谢康总关心，我现在正在征集这一期的稿件。"周曼丽没正面回答康总的问话，她心想我要是说累，康总会认为我不能吃苦，我说不累的话其实还挺忙的。

这时，康总桌上的电话铃声响了，他接完电话以后对周曼丽说："我有点事情要出去一趟，你把它放到这儿吧！等我有时间看完了再说吧！"

林浩和小宇看见周曼丽从楼上下来了，林浩急忙迎上去问："曼丽，啥情况？康总答没答应？"

"康总说等他看完再说，我现在心里也没底儿。"

"曼丽姐，你一会儿应该去顾主任那解释一下，你去找康总说这件事儿，她知道了一定会有想法。"小宇站在一旁说。

周曼丽说："嗯，我刚才路过时就想去了，顾主任没在办公室，等她回来的。"

周曼丽说话的表情像什么事情都没发生过一样，她转过身在电脑上找到《沸腾的乡村》word 文档，认真地看着每一个章节，她心里很着急，康总那么忙，啥时候能看完呢？

康庄驾车来到盛鑫企业集团，这家企业的老总袁明是他大学时的班长也是好哥们儿。康庄平时不忙时也经常来这里喝茶聊天，这么多年的哥们儿感情他俩无话不谈，成功男人有时候也会孤独也需要倾诉。袁明前段时间去外地参观学习，大老远特意给康庄背回一套茶具。

袁明看见康庄来了很高兴，从经理室出来把康庄迎进了会客厅，这是专门用来招待外地客商洽谈生意的贵宾室，里面的装修古色古香，以紫檀色为主调，金丝楠木的大茶桌摆在了靠近窗台的位置，这个茶桌花纹非常精美，既有观赏价值也有收藏价值。

两个人进屋后同时落座，袁明笑着说："庄子，本来我想去杂志社了，但考虑到有的照片还需要你拍摄就干脆叫你来吧。"

康庄笑了笑说："你的想法非常好，宣传企业文化能让外界更多地了解企业的发展历程，也是市场经济发展的需求，一个优秀的企业树立良好的形象是很重要的，能扩大客户资源提高产品销量。"

袁明问："你怎么了？脸色不咋好看呢！"

康庄说："心情有点失落，没事一会儿就好了，接着说吧。"

"庄子，那个舞文弄墨我可是外行，整个宣传造势就交给你了，你让我们出什么资料都随时提供给你。"

康庄："好，我和杂志社的林浩一起帮你策划，他是传媒大学的高才生，你想做宣传海报还是在杂志上刊登？"

"比较快捷的渠道，知道的人越多越好。"袁明说。

"那就双管齐下再做个企业宣传片，发到网上宣传和在电视台播放，我下午让林浩过来拍照录像。但是也需要企业员工出镜，比如工作的场景和开会的场景都要加进来，销售部的业务员最好是穿统一服装，这是企业管理上的小细节也不能忽略。"

"好，就按你说的来，庄子不愧是杂志社的老总，精明能干。"袁明高兴地夸奖他。

"咱俩也挺长时间没在一起喝酒了，一会儿我请你去吃特色。"袁明说。

"我都不能喝酒了，你忘了我以前喝伤了。"

"主要是咱俩在一起唠唠嗑，放松一下心情也好，有时候喝酒成了吃饭的代名词了。"

康庄若有所思地对袁明说："你说真会这么巧合？杂志社新来的姑娘长得可像周英了，一看见她我的心就七上八下地想起以前的事了，不好受啊！唉！"

袁明看见康庄说完这句话表情黯淡了，眼神里充满无助和沉痛，语气当中有激动也有遗憾，他把康庄的凉茶水倒了又重新续上开水。

他劝慰康庄说："给你换点热茶，你还是少上火吧！事情都过去这么多年了，也别老揣在心里了，人生短短几十年，还是活在当下吧。"

康庄说："可这件事是我一个心结，总也忘不掉啊！除了你我没地方说去。"

袁明安慰他说："庄子，我知道你是个重情重义的好男人，孔家店那段婚史不是你变心了，是你回城以后她没给你复婚的机会，我能给你做证不怨你呀！"

1980年，是知识青年最后一批返城，周英为了心爱的丈夫康庄能回城，忍痛和他办理了离婚手续。周英知道不这样做康庄一辈子都会待在孔家店了，那样他就一切都毁了。她为了不拖累康庄的前途，自己承受着巨大的痛苦，她没把自己怀孕的事情告诉康庄，她不想让他分心，只想着让他在城里好好工作。

其实，康庄回出版社上班以后，天天都想着周英，为了表达对周英的思念之情，他把第一个月的工资全都寄给了周英。

还写了一封信："英子，你近来好吗？知道你会想我的，我正在找房子，找妥后我就把你接过来，我的生活不能没有你，这个月开支了，我把钱一同给你寄回去了。等我！"

可让康庄没想到的是他给周英汇的钱被退了回来，邮单的旁边写着：查无此人。

正在康庄准备再次寄钱的时候，他收到了周英的一封信。

信上说："庄子，我现在已经和外县的一个男人结婚了，希望你以后不要再和我联系了，也不要影响我的生活。谢谢你！过去的事情就让它过去吧。"

康庄拿着这封信放声大哭，他一个人喝得酩酊大醉倒在路边，幸好袁明发现后及时把他送到医院去了，袁明帮他捡回一条命，还在医院照顾他一星期直到出院。

这边的周英和她妈妈一合计，怕康庄哪天回来找她们，就着急忙慌地搬到了 30 里地以外的柳树屯了。这件事情就二丫知道，二丫的嘴可真严她没告诉过任何人，是二丫女婿开着赶集的大三轮车帮着搬的家，所以孔家店的村民谁都不知道周英她家的去向。

康庄出院第一件事就是要去寻找周英，他说生命里不能没有她。

"班长，我要去找她。"康庄咳嗽了两声才把话说全，他的两只眼睛里布满了红血丝。

"你再养几天吧！刚出院还没恢复好身体呢！"袁明阻拦他。

"班长，我现在是生不如死啊！"康庄痛苦地拍着大腿。

袁明赶紧走过来，搂住了他的肩膀说："好吧！那我陪你一起去。"

他们第二天就坐车去孔家店了，一下车就一路小跑直奔周英家。可是到门口就傻眼了，大门是开着的屋里空荡荡的一点东西都没剩全搬走了，康庄隔着墙头冲邻居大声喊叫。

"张大哥，周英她们呢？你知道她们搬哪去了吗？"

"我也不知道啊！你走了她们娘俩就搬走了，我干活回来都没看见人。"

康庄一听脑袋都蒙了，耳朵里也直嗡嗡，愣在当院里不知道咋办了。

"先别着急，咱们再去问问前后院的邻居。"袁明嘴里说不着急，心里早就毛了。

他们两个挨家挨户地问了一大圈儿，谁都不知道她们的去向。康庄迈着沉重的步子来到了村里，他心里还抱着一丝希望，村里的会计和生产队长看见康庄来了很热情，紧忙给他们俩拽过两个板凳。

"庄子，我们真不知道她俩搬哪去了。"会计说。

"队长，你看在咱们打过交道的分儿上，就告诉我吧！我不是忘恩负义的人，我答应她回来复婚的。"

袁明紧忙塞给队长一盒烟说："队长，庄子为了这件事都住院了，他刚出院就来找人了。"

队长摇了摇头说："唉，我也听说她嫁到外县去了，谁都不知道她的行踪。"

康庄听完捶胸顿足地喊："英子，你到底在哪儿呀？"

会计和生产队长都被康庄感动了，他们俩异口同声地说："你放心，只要听到周英的消息，我起大早都去告诉你去……"

袁明看见康庄又陷入了痛苦的回忆当中，他喊康庄两声了他都没听见。袁明坐在实木椅子上静静地看着他，他俩是肝胆相照的铁哥们，英雄气短，硬汉也有软肋，袁明不知道用什么方法能让康庄忘掉这一切，因为康庄已经有了家室，妻子对他也挺好，他的女儿也很漂亮。不该被这过往的痛苦纠缠了，人生苦短都不容易，这么多年都是他陪着康庄一起扛过来的。

这时，秘书敲门进来问："袁总，无锡那个客商快到市里了，是先去饭店还是让他到公司来？"

"正好快到中午了，那就先去饭店吧！"袁明说。

他们俩的对话打断了康庄的回忆，他扭头看着秘书点点打了一下招呼。

第十六章

母亲的故事

　　林浩握着笔，脑袋里除了周曼丽，就剩下一片空白了。他用了一年的时间了解她，越了解越是难以控制自己的感情，他是真心喜欢上了这位美丽的女生，昨天他知道周曼丽跟顾主任请假要回老家，今天心里就多了一种失魂落魄的感觉。

　　那芯莎开车送周曼丽去车站的路上，还不停地问她。

　　"大姐，你回家就是看望老人吗？如果有啥事需要帮忙你就和我说。"

　　"没啥事，从毕业到现在我还是第一次回家呢！姥姥和我妈经常念叨我，耳根都发热了。"周曼丽笑了笑说。

　　周曼丽没和那芯莎说出自己的真实想法，她怕事情办不成没法收尾。

　　"莎莎，你的车技不错啊！赶上老司机了。"

　　"谢谢大姐夸奖，时间长了都是老手了，啥都是练出来的。"

"大姐，以后有机会你也把证考了，两个多月也就拿驾照了，以后越来越不好考了。"

"莎莎，我就是拿了驾照也没钱买车啊！先不急。呵呵！"

"大姐，你这么优秀可不用发愁，说不定哪天一篇小说就能卖一台车钱了。你要是嫁给一个高富帅别说车了，别墅都住上了。哈哈！"

"说得挺轻松，自古以来就知道'穷书生'这个词了，发表文章都有难度，我向康总推荐的小说到现在还没有回音呢！"

"大姐说得有道理，我家中立也是这么说的。"

两个人一边说一边聊，不一会儿就到车站了。

周曼丽和那迭莎挥手告别以后，在车站买了一只北京烤鸭和10根天津大麻花，她知道这是妈妈和姥姥最喜欢吃的东西。

"检票了！检票了！大家排好队一个一个来，别挤！"

这个声音虽然有点刺耳，但漂泊在外的游子就像听到了乡音一样亲切。

大客车准时准点发车了，车里坐满了人，周曼丽的车票是在中间的位置，而且还挨着窗户。

这是周曼丽上大学之后第一次回家，她一直漂泊在外总爱思念故乡，一想到家心情就不能平静。

她有一种说不出的欣喜和期待，城里的瓜果梨桃比不上家里的粗茶淡饭香，归心似箭的心情就像高考完把所有的书都扔掉那样畅快，随之而来的一缕乡愁涌上心头。

周妈妈是个善良的女人，她知道女儿的闺密姜小妮需要资助，所以，她从来没向女儿要过一分钱，还经常鼓励周曼丽说为有她这样的女儿感到骄傲。

长途大客车一路颠簸了4个多小时，遥远的柳树屯越来越近了。

柳树屯荒凉贫穷不惹人注目，但这是生她养她的沃土，能回到这里看见妈妈和姥姥是她人生最大的奢望，她和李群初恋的苦涩总是甩不掉也忘不了。

周曼丽看到了远处那条崎岖的山道，那是他和李群去县里高中念书时经常走的近道，李群用自行车驮着她总有用不完的劲。每次上坡时都不让周曼丽下来，他用力地推着往前走，还傻乎乎地回头告诉周曼丽"坐稳了！"想到这一股暖流涌进周曼丽的眼睛。

她的情绪有点低落，"睹物思人"的成语究竟是哪位古人的亲身体验？太贴切了。这一晃都五年了，她和李群没有任何联系，真不知道他现在过得怎么样。

周曼丽打开塑料袋拿山　个橘了，剥丌皮以后瓣两瓣放到了嘴里，瞬间是润心润肺的感觉，这是她一直以来调整自己精神状态的一种方法，不是多喜欢吃它，而是让味觉给自己注入一些活力。

旁边一对老夫妻的对话吸引了她的注意力。

"你买时没让营业员给你试试吗？安上电池亮不亮啊？"

"我傻呀？这还用你告诉？"

"我说买塑料的手电筒，好看还轻便。"

"那能有铁皮手电筒的扛摔吗？……"

周曼丽看见那个老头手里拿着的铁皮手电筒，正和当年读高三时李群用的一模一样，老头用布满老茧的手不停地摆弄着有种爱不释手的感觉。

周曼丽为了李群确实心动过、痛苦过，但她知道不是李群辜负了她，而是别无选择，所以她没有任何怨言，只有甜蜜和苦涩充斥着初恋的记忆。

司机一声吆喝："柳树屯到了，坐过站可不管了。"

终于到家了，周曼丽下车后用手用力地敲着膝盖，5 个多小时的车程把她的腿都坐麻了。

她看见家门口的那条土路比以前平坦了，路两旁的杨树也挺拔粗壮了，回家的感觉真好，一颗悸动的心一下就安稳了。

妈妈和姥姥早就一遍遍地跑到大门外等着她，看见周曼丽下车了，姥姥和妈妈同时跑过来了。

"妈的宝贝女儿回来了，我太高兴了。"

"你妈妈昨晚都没睡好觉，天亮了才眯瞪一会儿。"

"妈，你还说我呢！你不也没睡好吗？呵呵！"

周曼丽撒娇地说："只有回到你们的身边，我才是个宝。"

"快点把手里的东西给我拎着，这孩子买这么多东西，净浪费钱。"

周曼丽的姥姥说着把塑料袋接了过去，周英也把双肩背包挎在自己的胳膊上，姥姥领着她的左手，妈妈领着她的右手，娘儿仨有说有笑地进院了。

"妈，地里的柿子都红了，我去摘儿个吃。"

"不用摘了，你姥姥早都给你洗好了，进屋就能吃了。"

周曼丽进屋后，拽着她妈妈仔细地端详了一遍，又开始盯着她的姥姥。

她嘴里不停地说："你们是我生命中最重要的两个女人，几年不见一点儿都没变老，甚至比以前更年轻了，你们是怎么保养的？"

她姥姥一听乐得合不拢嘴："还是我外孙女会说话，这话姥姥最爱听。"

"你这孩子，净逗妈妈开心，成天净干农活了还保养啥了？呵呵！"娘儿仨一起都笑了。

吃饭的时候，周曼丽才向妈妈和姥姥说起这次回家想办的事情。

"妈，我的闺密吴亚婕她男朋友的老家发生了地震，她把存折上的钱全给鲁凡的父母寄回去了。这样，他俩买房子的钱就没了，结婚就没指望了，我寻思您要有钱的话就借给我闺密，他们买了按揭房了以后就不愁结婚了，等她以后有钱了再还您。"

周英说："这个忙咱得帮，谁都有为难遭灾的时候，存折在你姥姥那把着呢！她是咱家的财神爷。"

周曼丽用一双水汪汪的大眼睛看着她姥姥，她姥姥说话更有谱有派。

"曼丽呀！以前供你上大学时没攒下钱，你毕业了才攒点钱，也不多。"

周曼丽听姥姥这么一说,心想:"完了,这是姥姥不想借啊!"

她想张嘴说话又憋住了,自己从小到大都是面前的这两个女人养活了,她们两个没少受累,自己挣钱一年多了也没给她们买一件像样的衣服,自己确实愧对她们。

她默默地夹了一块红烧肉放到了姥姥的碗里,小心翼翼地说:"姥姥,这块肉您能咬动。"

随后,又给妈妈夹了一块。

"妈妈,我知道你不能吃肥的,这块是瘦肉。"

她看见姥姥和妈妈相互对视笑了一下,她愣愣地看着她俩没出声。

她姥姥把肉放到嘴里吃完了说:"嗯!真香。"

周曼丽看姥姥也不提钱的事,她心里有点着急。她用眼神向妈妈求助,她冲她妈妈眨了两下眼,然后一挑眉看着她姥姥。

她姥姥说:"外孙女,姥姥也是个热心肠的人,姥姥说话的意思不是不借,而是就这么点帮不上太大的忙。呵呵!存折上还有三万多块钱全都给她拿去,存折在姥姥的那个小筐下面搁着呢!"

"太谢谢姥姥了!也谢谢妈妈!我爱你们!"

"我回来时没和亚婕说实话,我怕拿不回去钱没信誉了。另外,她知道也得拦着我不让。"

周曼丽说话时,就像欢快的蝴蝶一样抖动着双臂。

第二天上午,周曼丽老早就去乡邮政储蓄把钱全都支出来了,营业员告诉她一共是三万二千元。周曼丽把钱装到包里拉好了拉链,刚出邮政储蓄的门口就愣住了。

不远处，李群用摩托车驮着他媳妇小芳在乡医院门口停了下来。李群比以前瘦了不少，一身皱巴巴的衣服还算合体，脸上的皮肤变得粗糙了，岁月的沧桑深埋在他的双眸里。

小芳从摩托车后座下来站在李群身边，她的面容憔悴看上去很疲惫，她穿了一件过时的连衣裙，肩上斜跨着一个小布包，就像赶集的人围在腰间的款式一样。

李群正准备把摩托车锁好，一抬头看见了周曼丽，他惊讶得瞪大了眼睛张大了嘴巴，小芳顺着他的眼神一看随口而出："周曼丽。"

周曼丽的心情就像暴雨拍打着玻璃一样，噼噼啪啪迅猛急速，她一下子不知所措了，别提心里多难过了。初恋时的心动男生现在落魄的样子让她接受不了，还有当年的小芳姑娘也很乖巧可人，现在真变成了二大妈的模样，周曼丽从心里心疼他们两个人。

周曼丽努力地平复自己的心情，快步走到他们两个跟前。

她大大方方地伸出手说："小芳，这一晃好几年没看见你了，你还好吗？"

小芳看着周曼丽满是羡慕的目光，她看看周曼丽白嫩的手，又看看自己干瘦的手，她把手缩了回来，没有勇气和周曼丽握手。

李群看着周曼丽表情很激动，他的眼神里还有火一样的热情，只有周曼丽能看懂他的心声。

他动了动嘴唇，刚想说："曼丽，你还好吗？"马上又改成了"曼丽，你还在城里上班吗？"

李群说完看了小芳一眼，他生怕小芳难过，因为小芳自从嫁到他家开始就没享过福。

"小芳老觉得浑身没劲，我今天寻思领她检查一下身体。"李群尽量缓解尴尬。

"孩子谁看着呢？听我妈说你们孩子都 5 岁了。"周曼丽问。

小芳态度很友好，就是说话底气不足。"孩子送他老姨家去了，我看完病再接他回去。"

周曼丽侧过身，从包里掏出了 500 块钱又拉严了拉链。

她转过头亲切地对小芳说："这是给孩子，留着给他买点好吃的吧！"

小芳的表情有点惶恐，她连忙说："不行，不行，怎么能收这么多钱呢！"

李群的脸一红，尽管他现在很困难，但他觉得曼丽从小到大也不容易，他说话的语气温和又坚决："曼丽，你的心意我们领了，钱就不要了。"

周曼丽直接把钱塞到了小芳的手里，说："这是给孩子的也不是给你们的！拿着。"

小芳不知道如何是好了，她拿着钱看着李群。

周曼丽说："我就请了三天假，还有别的事情要办，我先走了。"说完转身就走了。她没回头看李群和小芳的表情，此刻，她心里感到特别的酸楚……

《沃野》杂志社最近很忙，康庄这一周都没动地方。要是以前他不总待在杂志社里，最近有好几家企业让他帮着策划企业宣传，因为他工作年头多有名望也有社会地位，更有名人效应。

康庄没时间去袁明的公司喝茶，袁明惦记这回事了，一大早电话就打过来了。

"庄子，你这几天没来，我怎么有一种空落落的感觉呢？我那个宣传策划整咋样了？"

"你那个企业文化马上就制作完了，明后天就出来了。"

"你不忙来我杂志社逛一圈，顺便看看林浩给你设计的满不满意。"

"好吧！我一会儿就到。"

袁明进门就直接上二楼康总的办公室了，整个杂志社的员工都认识袁明，因为他是康总的铁哥们儿，还有他也是很优秀的企业家，很受人拥戴。

康庄看见袁明就乐了："你这是军人的速度，说到就到了，喝哪种茶？"

"泡毛尖吧！这天不喝红茶了。"

"好，我正好能歇歇，放松一下心情。"

袁明看到康庄的桌子上《沸腾的乡村》样本就随手拿起来看看，哪知道这一看钻进去了，康庄把茶水放到他面前，他都没发现。

"班长，茶沏好了。"

"班长，你先喝点儿茶，一会儿凉了！"

"这是谁写的？太好了！真写到我心里去了。"袁明抬起头，兴奋地问康庄。

"怎么你对文学也感兴趣了？这么多年可是头一次发现呢！这个就是小周推荐的那个小说，我还没答应发表呢！"

袁明着急地对康庄说："庄子，这么朴实的作品上哪儿去找啊？

这里面写的故事情节和咱们下乡的经历太相似了，我一看就感到特别亲切，就像回到了血气方刚的年轻时代。"

"好，为了你的兴趣也同意发表。"

康庄摸起了办公桌上的电话："顾主任，你告诉小周一声，就说经过研究同意发表《沸腾的乡村》了。"

袁明看见康庄撂下电话以后，高兴得一口就喝了半杯茶。

"庄子，你先忙！我先到楼下看看林浩设计的海报，先睹为快。"

"好吧！看完你再上来喝茶……"

周曼丽到家时，看见她妈妈和姥姥在小园里摘菜，她从屋里拿出个小筐摘满了柿子，然后翻过墙头放在李群家的窗户台底下了。

周英说："曼丽，小心点儿，下墙头时别摔了。"

她姥姥说："曼丽，前天你妈给他们家送了，估计还有呢!"

周曼丽说："妈，你俩也回屋歇歇吧！别赶在大中午干活，早晚能凉快点。"

周英听女儿喊她，就和妈妈一起回屋了。

周曼丽把在路上碰到李群和小芳的事情说了一遍，她妈妈很支持她的做法。

"妈，我就拿走三万得了，剩下这一千五百块钱留在家里，急用时臕手。"

"嗯，那就放你姥姥那吧！你姥姥把钱儿。"

"我也是过路财神，呵呵!"周曼丽的姥姥把钱藏在了小筐里。

"妈，我回来还没待够，明天就走了。"

"你是有工作的人，不能老在家磨蹭啊！回去给亚婕送去，别放包里看整丢了。"

这时，周曼丽的电话响了，她一看是顾主任打来的，为了让妈妈和姥姥放心她在外面的工作，她就按了免提。

电话里传来顾主任清脆的声音："曼丽，你在哪里呢？"

"顾主任好！我在家呢！明天就返回去了，有工作尽管吩咐。"

"曼丽，告诉你一个好消息，康总同意发表那个长篇小说《沸腾的乡村》了。"

"太好了，谢谢康总！谢谢顾主任！"周曼丽几乎蹦了起来。

周英听见"康总"两个字，身体往后一晃坐到了炕上，她在心里说"一定是他"。

周曼丽的姥姥见状上前使劲地攥了一下周英的手，周曼丽光顾高兴了，根本没发现她妈妈的变化。

周曼丽的姥姥看她接完电话了，就刨根问底了。

"曼丽，你们康总是男是女啊？"

"康总是男的，应该和我妈妈的岁数差不多。"

"康总人很好，他是我们杂志社的老总，这篇小说得他同意才能发表。"

周曼丽的姥姥听完心里一惊，她故作镇定地说："这么好的老总，你有照片吗？让我也认识一下。"

"姥姥，你等一会儿，我给你找。"

周曼丽从手机里翻出他们的集体照，用手一指。

"中间的这个人就是康总。"

周英一把抢去了手机，她仔细一看正是她的前夫康庄。

周英的手一哆嗦，只觉得脑袋"嗡"地一下，手机掉到了地上。

周曼丽的姥姥连忙扶住了周英，紧张地对周曼丽说："曼丽，你快点儿去小卖店买点药，你妈指定中暑了。"周曼丽听完撒腿就往外跑。

周英抱着她妈妈放声大哭："妈呀！这是天意吗？咋躲都躲不掉啊！呜呜……"

第十七章

闺密的深情厚谊

　　周曼丽这周没休息，她和林浩一起去到郑楠的学生家中了解情况。那天，听郑楠介绍她们班里有个学生这次为灾区捐了800块钱，周曼丽觉得他的精神非常可贵值得宣传。

　　林浩的车开了一半路程，发现左边的车胎没气了。他一看前面不远处有个修配厂，他和周曼丽下车联系了修理工看看情况。修理工告诉他需要补胎，等一个小时以后来取车。

　　林浩看看表，对周曼丽说："咱俩别在这等了，先去那边走走吧。"

　　他们两个往前走了一会儿，就看见有个公园的正门了，公园的牌匾是用蒙文和汉文双语写的"吉祥草园"。周六出来游玩的人很多，有小情侣、有带父母出来的、有领孩子出来的。在莲花旁拍照的美女们笑容甜美，帅哥们都成了拎包助理了。

　　林浩和周曼丽沿着林荫小道漫步，他们边走边谈论工作上的事情。

林浩说："这期刊物比上期用时多，主要是在背景图片上下功夫了。"

周曼丽点点头说："嗯，先前小宇设计出的样板顾主任没太相中，她说一定要比以前的版面颜色清淡。"

"小宇都是平面设计的高手了，她设计的海报都得到专业人士的认可了。"

忽然，一片树叶飘到了周曼丽的头上，她没看清只觉得落了个东西，她害怕得两手攥起了小拳头，站在那不敢动了。

林浩看到后马上站在周曼丽面前用手帮她把树叶摘了下来。温柔地说："别害怕，不是虫子。"他的举动让周曼丽感觉特别的温暖。

周曼丽的脸一红："都是我胆小，大惊小怪的。"

林浩认真地说："女生天生就比男生胆小，害怕很多东西包括小动物，咱俩去那边走吧。"他情不自禁地伸手搂了一下周曼丽的肩膀，就像大人呵护小孩子一样。

周曼丽轻柔地说："你都赶上我闺密细心了，谢谢。"

林浩露出小虎牙："我真希望是你的闺密，那样就什么时候都能在一起了。呵呵！"

林浩说："今天说去采访学生，我就想起我像他们那么大时候的事了，呵呵。"

周曼丽对他的话题很感兴趣，歪着头看着林浩说："我倒想听听好玩不？"

林浩乐了，"呵呵，我像他那么大时去地里偷西瓜去了。正好那天下雨，我和几个小伙伴一合计这天没有看瓜的。我把我爸的自行车骑了出来驮着我同桌，那个小伙伴骑车子也驮个人。西瓜地距离我家三里地，我们 20 分钟以后就到那了，真没人看着。一共偷回四个西瓜，前面车筐里只能装一个，我同桌坐在车后架上抱着一个，衣服上都是泥到家给我累坏了，哈哈。"林浩接着说："到家后我妈给我一顿打，还把西瓜扔了。"

"哈哈，你也太逗了。"周曼丽听完笑弯了腰。

林浩也乐了："只可惜，曾经的少年再也回不到从前了。"

周曼丽说："这种遗憾也为成长做铺垫了，林浩，咱们要去采访的这个捐款的男学生，他的家长一定是很有爱心的人吧?"

林浩："嗯，社会风尚真好，爱国热情无处不在，800 块钱对一个中学生来说，也是不小的数目。"

周曼丽看看时间说：　"哎，咱们往回走吧，我看车应该快修好了。"

林浩感觉周曼丽有点冷，他就把自己的外套脱了下来，说："曼丽，我看你穿得有点少，来，你把它穿上吧。"

"哎呀没事，不用了，一会儿儿就坐车里了。"周曼丽有点不好意思了。

林浩把衣服直接披到周曼丽的身上，说："我是男人，火力旺身强体壮。"

他们到修配厂取完车开到男学生家时，眼前看到的一切和他们想象的完全不一样。男生家正在吃饭，桌子上吃的东西是素淡的白菜汤和馒头。目测房间能有 60 多平方米，通过了解知道男生的爸爸是打工族，在一家超市送货，他的妈妈是家庭妇女没有工作。

周曼丽问男生："你的钱是跟爸爸妈妈要的吗?"

男生挠了一下脑袋有点受拘束，他说："不是，我是自己攒的，那是我的压岁钱。"

林浩问他妈妈："你们当时支持他的做法吗?"

男生的母亲说："我和他爸说咱家经济条件不好，咱不能只盯着自己的难处，有比咱们更难的人，钱是孩子的归孩子支配，能帮助别人才能被别人帮助，孩子做得非常好。"

周曼丽听了也很受感动，她给男生拍了几张照片，也给他妈妈和他照了两张相留作页面插图，和他们谈话的过程中心里一直都是火辣辣的感觉，一篇文章的构思也在脑海里生成了……

回来的路上，林浩边开车边感慨地说："有爱心的人不分年龄，有格局的父母，是让孩子先学会做人，给他眼界、给他胸怀。"

周曼丽由衷地说："放心吧，这样的孩子以后差不了，一定能成为栋梁之材。"

"快到家了，我直接送你回公寓吗?"林浩问周曼丽。

周曼丽想了一下说："你把我送单位去吧，我现在很有思路想把这篇报道写出来。"

林浩紧接着说："那我也去，正好把今天的照片导出来。"

他突然说："哎，对了，不能先去单位，咱俩忙到现在还没吃饭呢!"

"哎呀，你要不说我还真忘了，吃什么? 今天我请你。"周曼丽笑着说。

林浩露出了小虎牙，"有我还能让你请，咱俩去吃烧卖，饭店正好离单位还不远……"

郑楠抱着小路路在屋里转来转去，小路路高兴地贴着妈妈的脸蛋撒娇，还把手里的饼干往郑楠嘴里放，郑楠抓着她的小手亲了一下，这动作太暖心了。郑楠心里一直在琢磨怎么和妈妈开口说这事，妈妈来这好几年了，家里只剩下她爸爸一个人，所有的农活都得爸爸一个人干，还得喂猪做饭。妈妈和爸爸都是吃苦耐劳的人，这辈子也舍不得买件好衣服穿。以前供她从小到大的上学也没攒下钱，就是在她上班以后家里攒下了几万块钱。听她爸和她妈打电话说前几天有个亲戚去借钱都没借成。

郑楠的妈妈是个很要强的人，屋子总是收拾得干干净净。她把饭菜做好端了上来，对小路路说："来吧，上姥姥这儿来，先喂宝宝吃饭。"

郑楠把孩子递给了妈妈，她给妈妈盛了一碗饭晾着。

小心翼翼地说："妈，我想求您个事儿。我还不好意思开口。"

她妈说："说呗，啥事儿这么犯难呢？"

郑楠叹了口气说："妈，二姐和鲁凡都处好几年对象了，两个人感情很好，就是结不上婚我跟着着急啊。"

"嗯，两个都是好孩子，要不是那次鲁凡家里不地震早都结婚了。"郑妈妈对他们的印象非常好。

郑楠看着她妈妈说："妈，我想让您帮帮他们。"说完用眼神盯着她妈妈的脸。

郑妈妈的顾虑显在脸上了，她说："我倒是愿意帮忙，就是不知道你爸这个倔老头能不能同意。"

郑楠听到妈妈这么说很高兴，她觉得事情有希望。她说："妈，我不敢和我爸开口说，我把您整这来看小路路，我一点儿也帮不上家里愧对父母啊！"

郑妈妈说:"楠楠你是很孝顺的孩子,心眼不好能收养路路吗?妈没事也看新闻也提高了认识,你是有爱心的好人。"

"我现在就给你爸打电话,好好和他说说亚婕这情景。"郑妈妈说完拨通了电话。

电话响了三声之后,郑楠的爸爸接起了电话,"喂,你有工夫了给我打电话,咋样最近挺好吧?小路路在干吗呢?"

郑妈妈刚想说楠楠今天休息,郑楠捅咕她胳膊一下示意别说。郑妈妈心领神会,直奔主题了。

"老头子我和你商量个事儿,好赖也别生气,那个楠楠的好姐妹有个叫吴亚婕的,我和你说过吧!"

郑爸爸:"啊,我知道、我知道,她不也总给小路路买东西吗,那几个闺女心眼都好。"

"对,那个吴亚婕和她对象都处好几年了,孩子攒俩钱还给家里盖房子了,瞪眼睛结不上婚。我寻思你能不能把咱家的钱先借给他俩,等他们有了钱就还了。"郑妈妈用商量的语气问。

郑爸爸:"啊,她那个人靠谱,应该帮这个忙,咱得有情有义啊!人家挣俩钱也不容易还得帮助楠楠,不能老占别人便宜呀,我看行。"

"哎呀,老头子我没想到你能这么痛快啊!我得替她谢谢你啊!"郑妈妈别提多高兴了。

郑爸爸:"哎呀,谢我啥呀?你也说了我算是过路财神,不然你回来也得让你把钱。我也想你了,两三天以后我去城里正好把钱带过去。"

郑妈妈乐了:"老头子,你真笨,你拿存折来上这儿取就行了,手里带钱危险。"

看妈妈撂下电话以后，楠楠搂着妈妈的脖子说："妈，你真有力度啊！太谢谢你了。"

郑妈妈喜形于色："我打电话可是开着免提了，你爸爸也是大仁大义啊！呵呵！你告诉亚婕一声，让她也高兴一下吧。"

郑楠说："妈，先不用告诉她，等她来了直接取钱多好啊，给她一个惊喜。"

郑妈妈点点头说："嗯，你说得对，那咱俩现在先吃饭吧。"

那莐莎一大早就来敲吴亚婕的房门，吴亚婕还以为是小区物业收费人员。从猫眼一看知道是那莐莎，她边开门边说："今天不上班寻思睡个懒觉，你都赶上小闹钟了。"

"二姐，我是想看看鲁凡在没在这儿。"那莐莎笑嘻嘻地说。

"哎呀，我们哪有你们俩那么浪漫，我都好几天没看见他了，他们单位搞采风活动一直很忙。"吴亚婕说。

"你早上吃饭了吗？冰箱里有东西，想吃啥你自己拿吧，我去洗漱了。"吴亚婕说完进卫生间了。

那莐莎对吃很感兴趣，她打开冰箱门一看愣住了。冰箱里有装盒饭的小白盒摆放得很整齐，前面三个有山野菜、干豆角、角瓜条，后面塑料袋里有一袋黏豆包。零食是靠边放着的几盒酸奶和几块蛋糕、还有两个国光苹果。那莐莎很心疼二姐，冰箱里吃的就这些是全部的家当。那莐莎心想二姐省吃俭用，还要和我们几个一起给小妮买生活用品，从来没少花一分钱。还有楠楠自己带个孩子多不容易，给小妮花钱不算她一份都不行。小妮还有几个月就要出狱了，大姐周曼丽说让小妮到她那里去住。我能和她们这些高尚的人在一起，这是我人生最大的收获。

这工夫吴亚婕已经收拾完毕，神清气爽地坐在那莐莎的旁边了，笑着问："今天是想让我陪你逛街吧？来晚了怕抓不着人。"

那莐莎脑袋一歪，说："那可不是，另有公干。"

吴亚婕盯着她看了几秒钟，发现那莐莎现在的精神状态非常好满脸的幸福感，看来真正的爱情是可以滋养生命的，她还真没想出那莐莎要干吗。

"二姐，我妈也知道你和鲁凡没买上房子的原因了，你能选择鲁凡我妈说你没看错人，你们俩是真感情。"那莐莎一副羡慕的眼神。"我妈让我来和你商量一下，也请你同意。"

吴亚婕充满疑问地看着那莐莎的脸，想听她继续说。

那莐莎喝了一口酸奶把小盒放到了茶几上，擦了擦嘴。

"我和程大伟结婚时买的那套房子还闲着呢，我妈不打算卖，她说装修挺好卖了就贬值了，也不打算往外出租怕别人损坏东西，她说可以借给你们做婚房住，不收一分钱白住。"

吴亚婕听后确实很感动，她没想到自己现在的处境被那莐莎的父母记挂在心上。她和鲁凡相爱以来确实感到有很大的生活压力，但她从来没后悔过。吴亚婕知道自己的家境很困难，鲁凡的老家又摊上地震灾害，他俩的婚事可以说是被推出了原计划之外，他俩都在心里暗自着急，可谁也没抱怨过，都在相互扶持中快乐地面对每一天，但此刻吴亚婕的眼泪还是没忍住。

她眨了眨眼睛说："谢谢阿姨的一片真心让我很感动，也谢谢你莎莎，我们现在还没有考虑结婚呢。"吴亚婕笑着擦了擦眼睛。

"你可以不结婚，但你一定会被迫结婚，我们亲如姐妹，你得把我妈当成你的老人。"

那荭莎从包里掏出一把钥匙放在茶几上，说："这是那套房子的钥匙。"

吴亚婕赶紧拿起来往那荭莎的手里塞，着急地说："这怎么能行呢？快拿回去，阿姨的心意我领了。"

"要送你自己送去，这是我妈交给我的任务，她说了你不拿着我就别回去了。"那荭莎的语气一点都不含糊。

"先这样，我得回去了，佟中立还在车里等我呢。"没等吴亚婕说话，那荭莎说完连跑带颠地下楼了。

佟中立看见那荭莎就问："怎么样？收下了吗？"

那荭莎晃着脑袋说："不收也得收，霸王硬上弓把钥匙放到茶几上就走。呵呵！"

佟中立听完乐了，他掉转车头拉着那荭莎回家了。

那荭莎回家一进门就饿了，佟中立帮她把衣服挂到了衣架上，那荭莎趿拉着拖鞋到厨房去了。

她妈妈正在做饭，看见她头一句就问："你怎么没把吴亚婕一起带回来？"

"妈，改天的吧，今天领她来钥匙就得送回来。"那荭莎一本正经地说。

"刚才你走了，你爸说我还忘了一句话没说，给我整愣住了，我说哪句话啊？"那荭莎的妈妈乐呵呵看着她。

那荭莎一脸不解地问她爸爸："哪句话啊？"

她爸爸正在桌子上择青菜，把手里不要的菜叶扔到了塑料袋里。搓了搓手说："光有地方住就能结婚啊？过日子的东西不都得买吗？"

那莅莎一下子乐了："爸，你是想借给他们钱结婚，对吧？"

她爸爸："嗯，咱们帮人就要帮到底，理解别人的难处能从中学会许多为人处世之道，等他们俩的条件缓过来就好了，这个任务还得莎莎去完成。"

"是的，咱们莎莎最难过的时候，都是这几个闺密陪着了，要不是当时吴亚婕告诉咖啡屋撞见的事情，莎莎现在还得蒙在鼓里。"那莅莎的妈妈眼里充满感激之情。

那爸爸："嗯，吴亚婕是个正直善良的女孩，她和鲁凡的困难是暂时的，我们帮他们渡过难关，以后就稳定了……"

这边吴亚婕打电话和鲁凡说了那莅莎送钥匙的事，鲁凡听了也挺感动。他知道那莅莎的父母是真心实意地想成全他俩，但也不能就这样心安理得地接受别人的馈赠，他想到这样一个办法："亚婕，钥匙就先别急着往回送了，那样就太生分了。我们可以住房子，但每月给房租，比正常价少给点，钱紧的时候可以缓缓时间，但一定得给。我条件不好，你不嫌弃我，时机成熟了咱们就结婚，你租公寓花钱，我这也得花钱，我们还真不如把钱花一处了。"

"我还打算咱们攒够钱再张罗婚事呢！"吴亚婕温柔地说。

鲁凡："现在是莎莎的父母也跟着着急了，哈哈！"鲁凡有点不好意思了。

吴亚婕："嗯，那就让一切顺其自然地往前发展，你多注意点身体，拜拜。"吴亚婕轻轻地合上了手机。

第十八章
双喜临门的时刻

《沃野》杂志社的老总康庄刚刚从北京回来，市委宣传部办公室就打电话让他过去一趟。

康庄和市委宣传部的领导都挺熟悉，刚一见面刘处长就眉飞色舞地说："康总，祝贺你们杂志社出版的小说获得了国家'五个一工程奖'啊！这可是咱们市大姑娘上轿——头一回呀！"

康庄谦卑地说："哎呀刘处，这都是在市委宣传部的正确领导下取得的成绩。"说完话心里还在偷偷琢磨着，自己刚刚回来，市里就知道这个消息了。

刘处长说："哎，你坐下说话呀。"

"刘处，叫我来领导一定有什么指示吧？您请讲。"康庄笑着说。

"我们刚刚接到省委宣传部的文件，你们《沃野》杂志社被中宣部评为'五个一工程'组织工作先进单位，你们出版社发表的长篇小说《沸腾的乡村》获得了'五个一工程奖'。这真是双喜临门啊！"刘处长神采飞扬地说。

康庄上前握住他的手说:"刘处啊,这个好消息让我也是兴奋不已啊!"其实,这个消息他已经从"小道"知道了。

刘处长说:"康总,你们也给我们宣传部带来荣誉了,省市电视台要采访你们,报社要报道你们,这一次轰动会很大呀,文化圈对咱们杂志社会有新的认识,领导还要接见你们呢。"

康庄:"哎呀,过奖了过奖了,我们还有很多的不足之处。"他们聊了一阵子,康庄出了市委办公大楼。他在第一时间就把振奋人心的消息告诉了袁明,袁明接到电话都蹦起来了,"庄子,你有谋略领导有方,没有你的远见卓识就没有今天的成就。有时间一定为你摆庆功宴,咱也沾沾喜气。"

《沃野》杂志社这边更是欢天喜地,小宇抱着周曼丽在地上转了一圈,放下后说:"曼丽姐,你不愧是我心中的女神啊,为了这篇小说你都三顾茅庐了,太佩服你了。"

林浩更是眉飞色舞地说:"曼丽是我崇拜的女才子,永远支持你,今天必须和你击掌。"林浩把手伸了出来。

周曼丽没好意思伸手,只乐不说话。小宇抓起她的手对碰林浩的手掌,刚一挨上曼丽就赶紧拿开了,他们三个人同时都乐了。

这时,顾主任走过来了真诚地说:"祝贺祝贺,谢谢你为杂志社争得了荣誉,康总让我们去二楼会议室开会。"

会议室布置得很气派,方形的会议室桌前都坐满了人。康总坐在里面的主位置上,他从公文包里拿出了红头文件,气场非常强大。"咱们今天的会议有两个内容,第一个是周曼丽主编的长篇小说《沸腾的乡村》获得了国家的'五个一工程奖',开先河之举,她的创作热情和才华为《沃野》杂志社赢得了崇高的荣誉；第二个，咱们的《沃野》杂志社被评为"五个一工程"组织工作先进单位。在此，我代表全体员工对周曼丽同志表示感谢。"

康庄话音刚落，会议室响起了热烈的掌声，周曼丽脸上带着微笑，站起来向康总和大家点头表示感谢。

康总待掌声停下以后，接着说："周编辑的视野是让艺术贴近生活，满足人们的精神文化生活，弘扬健康向上的时代主旋律，聚焦新时代农民的精神风貌，让文学艺术雅俗共赏来创造艺术价值。经杂志社领导研究决定提拔周曼丽编辑为编辑部副主任，协助顾主任负责编辑部工作。"这一次康总竟站起来带头鼓掌，参会人员也都纷纷站起来鼓掌把会议推向了高潮。

周曼丽今天特别的激动，这是她人生之中受到的最高礼遇，她向康总鞠躬致敬，不停地说："谢谢康总关照，谢谢主任和同事们对我的帮助，我会努力工作打造《沃野》杂志社的文化特色，刊发更多的文艺精品，来丰富和满足广大人民群众的精神需要……"

散会前，顾主任让大家在一起合影留念，告诉林浩拿到照相馆洗出来放在康总的办公室。

吴亚婕、那芙莎、郑楠一下班就跑到周曼丽的公寓来了，都来祝贺大姐十年磨一剑、一鸣惊人，从职场小白变成白天鹅了。

那芙莎还特意买了一束玫瑰花，她进屋找个大水瓶就插里面了。

郑楠说她："三姐，白玫瑰花代表什么意思啊?"

"它的花语是尊敬的意思，那几朵红玫瑰是爱情的象征，我们很尊敬女神，同时也希望她收获爱情。"那芙莎一副调皮的表情。

周曼丽看着几个闺密叽叽喳喳地说笑着，心里特别的高兴，这是她们刚上大学时无忧无虑的样子。

吴亚婕一副傲娇的表情："我们的女神永远都是最优秀的，当时放弃了留校的机会坚持自己的梦想，现在事业做得风生水起、羡煞旁人。"

"嗯，大姐啥事都不争不抢，该来都来了。"郑楠兴奋地说。

"我记得《次第花开》里有一句话叫'花开见佛'就是说等时间到了以后，你自然会看到你最期待的事情了，太有道理了。"那莛莎边说还边点头。

周曼丽从冰箱里端出一盘葡萄放到茶几上，说："来，都吃，这是蓝莓葡萄。"然后坐在了她们中间，拿一粒葡萄放到了嘴里。"我家是农村的，而且还是单亲家庭。读书时就知道什么事情都得靠自己努力，我是没有背景只有背影的人，你们几个也是最强助力团，一直都陪着我往前走不惧风雨，所以咱们无论遇到什么困难都能挺过来了。"周曼丽的话让她们几个心里有一股暖流。

郑楠从包里掏出个袋子，里面装了几个馒头，递给了周曼丽："大姐，这是我妈给你拿来的，说自己家蒸的好吃，祝你以后工作蒸蒸日上。"一句话把几个闺密全逗乐了。

周曼丽高兴地说："这是家的味道，谢谢郑妈妈。"

吴亚婕和那莛莎坐在沙发上挤在一起耳语。

郑楠用手指着她俩说："哎，你俩说话能不能大点声啊？"

吴亚婕眼珠子一转，看着墙上挂着的男式衣服问："我俩在说这是谁的？看着好像有点眼熟。"

郑楠赶紧把头扭向了周曼丽，笑眯眯地看着大姐。

"啊，那是林浩的衣服，是上次我俩采访你学生时我穿回来的呢，那天有点冷。"周曼丽解释说。

吴亚婕看着周曼丽小声说："大姐，你是不是有事瞒着我们呢？"

"就是借我一件衣服没有别的事。"

"大姐，小虎牙对你的意思已经很明显了，我们都能察觉出来，你不会不知道吧？"那莐莎调皮地问。

吴亚婕说："有位诗人说，最好的爱不是给你海誓山盟，而是给你力量去做自己，我感觉说的就是小虎牙这种男人。"

周曼丽甜甜一笑："哎呀，你们别瞎猜了，我是呆萌且慢热型的，没想太多。"

几个闺密都盯着她的表情，从眼神中确定她没有说谎。

吴亚婕很关切地看着郑楠，问："楠楠，我这些日子挺忙忘问你了，刘金州再找没找你啊？"

"那天又去学校找我了，还是说要和我在一起。我告诉他不是他不好，是我不打算结婚了。他说他已经在居委会工作人员那儿登记了，他愿意做爱心志愿者为小路路提供生活上的帮助。"郑楠说到刘金州就像左手碰右手一样没有感觉。

周曼丽和她们几个互相对视一下，言下之意就是说人可惜了。她很随意地问了郑楠一句："想让小路路几岁去幼儿园？"

郑楠说："我妈这几天老催着我去报名，正赶上学生考试。我妈说小路路可聪明了，只是她自己没文化不能教孩子学东西干着急。"

周曼丽前些日子也想向郑楠提这个建议，几个闺密都赞同她的想法。姜小妮快出狱了，她们几个可以把给姜小妮的生活费用在小路路上幼儿园的花销上，这样也可以为郑楠减少点生活负担，可是又怕她妈妈多心，今天听郑楠妈妈这样说心里一下子轻松了。郑楠说：

"有专家称 0～6 岁的孩子记忆力是超乎想象的，幼儿时期是孩子智力开发的最佳时期，对于孩子的成长和发育具有重要意义。"

"郑妈妈的思想觉悟真高，难怪培养出这么优秀的楠楠。"周曼丽高兴地说。

吴亚婕和那芡莎听完，同时都伸出了大拇指，说："点赞。"

郑楠脸上露出幸福的笑容，她点开手机里的小路路的照片，"看看我的宝贝多可爱，这是她来我家第一天脏兮兮的样子，再看看现在干净的小样，真是越变越好看。"她们几个都美滋滋地围着看照片。

周曼丽说："我手机里还有呢，上次我去她睡着了也拍了几张，我拿来让你们看看。""嗯，我手机呢？"周曼丽翻翻这儿、翻翻那儿，都没有，她想了想说："想起来了，在单位呢，莎莎你开车陪我去拿。"

那芡莎问："大姐，你们都下班了能进去吗？"

"能，他们在加班呢，我有事先回来了。"周曼丽边说边穿衣服。

那芡莎说："你们几个先在这儿等着吧，我和大姐一会儿就回来。"

《沃野》杂志社办公大楼有两个办公室的灯还亮着，一个是顾主任的办公室，一个是编辑部的办公室。

顾主任拿着一沓收据在反复核对，她工作很认真这么多年零差错。顾主任深得康总的信赖，她有能力又特别聪明，就连康总办公室悬挂的壁画都是顾主任帮他定制的。她知道康总的文化底蕴和格局，也了解康总的兴趣爱好，她为康总订制了 2 米长 1.8 米宽的山水画《雪落紫禁城》，名家名画，既有诗的意境，又有政通人和的象征，高端大气上档次。她向康总汇报工作的时候，都是一直在倾听，等康总问她意见再说话，一个女人能达到这样的水平也是挺难得的。她得知周曼丽向康总申请发表小说的事情后，并没有任何不悦之情。她对周曼丽的执着表示敬佩，和康总说自己有点老旧跟不上形式了，还是年轻人更有思想有魄力。但是，这件事只有康总知道，别人不知道她是这么虚心的人。她这个人很有素质，和康总吃饭的时候，就是谈论工作的问题，堪称女中君子。

她忙完手里的工作，到编辑部这屋告诉林浩和小宇她先回去了。

不一会儿，那迓莎开车拉着周曼丽就到《沃野》杂志社了。

那迓莎问："大姐，用不用我陪你一起上去啊？"

"你在这儿等我吧，拿完就下来了。"周曼丽说。

周曼丽推开一楼的转门向她们编辑部的办公室走去，快到门口听到了林浩和小宇的对话让她站住了，不知这时候该不该进去。

小宇声音不大不小，清脆悦耳："林浩，你眼里除了曼丽姐就没有别人吗？是不是你心里只有她？"

"小宇，你这话题有点深奥，我咋没听明白呢？"林浩有点憋不住笑了。

小宇挺认真地说："我知道曼丽姐很优秀，她走到哪里都能吸引异性的目光，你从早到晚都是盯着她看，有时我和你说话你都听不到。"

"我俩是在一起配合工作，我欣赏她也更愿意向她学习。"林浩说。

"那你就一点都不知道我也喜欢你吗？"小宇认真地说。

"小宇，你今天怎么了？我哪里惹到你不高兴了吗？说的话有点偏离主题。"林浩很平静地问她。

"林浩，从你来编辑部那天开始我就对你有一种特殊的感情，不知为什么就像看到我家人那样。"

"那你就把我当大哥，正好我没有妹妹。"林浩说。

"谁做你的妹妹啊？我知道你很优秀，最开始我是希望你和曼丽姐能牵手，现在我不那么想了。每个人都有追求爱情的权利，就像美好的东西谁都想得到一样，现在你们也没处上，我可以有竞争机会。"小宇的语气有点激动。

"小宇，你不要瞎说，感情的事情不像别的东西，只要喜欢花钱就能买到了，婚姻是一辈子的大事不是儿戏，那是要两相情愿的。"

"林浩，你还知道是两厢情愿的事，你是情愿了，曼丽姐她愿意了吗？你为她做了那么多事情她感动了吗？"

周曼丽听到小宇说了这些话，她往后退了一下，她觉得自己还真不够了解小宇，工作这么长时间，小宇总像个小燕子一样东一嘴西一嘴的，人不大心眼可真不少，能洞察出她没有爱上林浩。周曼丽假装不知道林浩付出的是真情实感，她在尽量地回避。

小宇这样问林浩，林浩一定感觉很不是滋味，男人都爱面子，尤其优秀的男生都很自信，被人看破心思有失尊严。

"小宇，如果你再瞎说我可就生气了。"林浩满脸的不高兴。

周曼丽真想推门进去和小宇解释一下，可是又觉得不妥，这样的场面太尴尬了，大家还要在一起工作，周曼丽站在原地没动。

小宇坐在椅子上左右转了两下，语气缓和下来了。

"林浩，我希望你别生我的气，今天的话我也憋了很长时间了，要是不说出来会窝心一辈子。另外，我也不想错过我自己喜欢的人，选择爱情没有对错，我是没曼丽姐优秀，也没她长得漂亮，可我也有自己的优点啊！我能好好对你。"小宇说完这句话，竟哭了。

林浩站起身，他伸手给小宇递过几张纸巾，很绅士地保持一定距离："小宇，谢谢你能这样关心我，我会把你当亲妹妹看的，我是个不婚族男人，不要瞎想了。"

林浩又坐回自己的办公桌前，打开一个文件夹。

"小宇，你那插图部分完事了吧？我的文字介绍也快完了，一会儿弄完我送你回家。"

林浩和小宇再没有说话，只听见林浩电脑前的键盘响。

周曼丽并没有进屋，她转身往楼下走了。

"大姐，你怎么才下来呢？是不是让你跟着忙活了？"那莐莎问。

"没有，电话是落单位了，我还没进去拿呢！"

"大姐，你的样子不对劲，怎么了？"那莐莎扒拉一下周曼丽的胳膊问。

周曼丽就把刚才发生的事情和那莐莎说了一遍，那莐莎认真地听完后。

"大姐你是怎么想的？"

"我现在还没考虑婚姻呢！"

"大姐，你是好男人的收割机，只是机器根本没转动，家里根本看不着丰收的景象。"

周曼丽听了没作声，眼睛向亮着灯光的办公室看了看。她对林浩和小宇有了全新的认识，那莐莎了解大姐的为人处世很有分寸，也是个懂爱的人，她不是无情之人，她很善良，只是希望她能幸福，但不能为难她的感情。

　　"那电话不拿了，我们现在回去吗？"那芙莎轻声问。

　　周曼丽想了想，平静地说："把你手机借我用一下。"

　　那芙莎掏出手机递给了周曼丽，若有所思地用中指敲着方向盘。

　　林浩看见周曼丽的电话响了，他就接了起来，"喂，是曼丽呀？我在办公室呢，我还寻思加完班给你送去呢。"

　　"我在楼下呢，麻烦你把我手机给我送下来好吗？"

　　"好的，你稍等我马上下去。"

　　周曼丽打开车窗看着楼门口，四分钟以后林浩就到车跟前了。

　　"莎莎陪你一起来了，辛苦了。"小虎牙又露出来了。

　　"是的，我的那两个闺密还在我家等着呢。"周曼丽稍微有点不自然，那芙莎看得很真切。

　　"谢谢你，你快回去吧，忙完好早点回家。"周曼丽语气很轻柔。

　　"好吧，那我上去了。"林浩摆了一下手走了。

　　那芙莎自言自语道："都说好事成双嘛，是快了还是没到时候呢？"

　　周曼丽娇嗔地说："别套路了，快走吧。"

第十九章

柳树屯的带头人

周英一大早就和妈妈锁上门出来去村委会大院开会，前几天接到通知：今天要选举村主任。

村委会的大院里三层外三层站满了人，男女老少齐上阵热闹非凡。在主席台上摆放了一大排桌子，坐满领导和参加会议的主要人物，旁边的两个工作人员面前放着红色醒目的投票箱，每个桌子上除了本、笔以外还放了一瓶矿泉水。

王书记拿着大广播喇叭喊道："全体村民注意了：大家静一静，选举大会马上就要开始了，新的村主任在村民中产生，请大家一定要遵守会场纪律。"

院里的村民立刻停止了喧哗，王书记看了看手表，冲主持会议的马肃点了点头，马肃是村子里的婚庆司仪，说话嗓音特别洪亮。

马肃拿着麦克风走到台前，先来了一个阳光般的微笑，冲前面一鞠躬说："各位领导、各位父老乡亲大家好！按照乡党委安排今天由我来主持选举大会，首先请副县长闫明同志讲话，大家欢迎！"

闫明县长接过主持人的麦克风，他说话的语气很温和。

"同志们，这次全县村委换届选举工作会议是经县委、县政府同意召开的一次重要会议，主要任务是安排部署全县（居）村两委换届选举工作，县委、县政府高度重视。对此项工作进行专门部署，要求认真做好换届选举工作，等会儿县委副书记、县纪委书记还将分别做重要讲话，大家认真学习领会，切实贯彻落实。下面我就抓好村居民委换届选举工作，讲几点意见……"

待县长讲完话以后，主持人又重新站在了主席台上。

"为保障本次会议顺利进行，下面宣布几条大会选举纪律：

1. 各位选民到会后，不要随意走动和擅自离开会场，保持会场秩序。

2. 各位选民要珍惜自己的民主权利，凭选民证领取选票，投好神圣一票，选好新一届'两委'干部候选人。

3. 各位选民不要妨碍他人自由行使投票权利，有妨碍选民行使自由选举权利的、破坏本村村委会选举的，坚决依法处理，希望各位选民自觉遵守纪律。根据市县要求及相关法律规定，本次柳树屯选举村书记（主任）1人，委员2名，本次预选确定书记（主任）正式候选人2人，委员候选人3人，涉及独立核算的自然村必须保证一个委员当选。

选举完成后一律在主会场进行统一计票，并当场公布结果。

各位村民：我宣布村换届选举大会开始，奏国歌……"

当主持人宣布开始投票时，二丫问周英："周姐，是一家出个代表啊，还是都得投啊？"

周英说："上次不就说了吗？一家一个代表就行。"

二丫说："我家那口子非得让我来开会，我都不认识几个字，写字可磕碜了。"

周英乐了："有那字样就算数，人在场也做不了假。"

周英和二丫都把票投给了李群，这是她俩的心声。

又过了半个多小时以后，唱票的工作人员在全体村民的监督下当场公布今天的选举结果。

"今天出席人员符合应当有三分之二以上人员参加投票的法定要求，各项议程有序进行，参会人员热情高涨踊跃参与，表决通过了村委会主任辞职报告，选举产生了村民委员会主任——李群同志，下面有请李群同志发言。"话音刚落，就响起了雷鸣般的掌声。

李群穿着一套灰色运动服精神抖擞地走上前台，他接过麦克风后先向大伙深鞠一躬。

"谢谢各级部门领导和父老乡亲对我的信任，今天对我来说是人生中一个新起点，我知道自己肩上的责任，这既是一个光荣的使命，又是一项艰巨的任务。柳树屯有很多的地方需要完善，比如村民的生活质量，有老话讲'要想富，先修路'，我们村主要的道路现在还都是土路，大家伙在秋收时存在很多的困难。我有两个计划先和大家说一下：一是在党和政府的支持下积极发动村民修路，二是要带领村民栽种水稻让村民富裕起来，让柳树屯老百姓的日子越过越好，以后请领导和村民们检阅我的实际行动……"他的话还没说完就被打断了。

"李群，你刚当上主任就吹牛说大话！这老沙土地碱土泡还能种植水稻，做梦呢吧？"大柱子在台下大声喊道。

台上的李群没有被喊话打断，他冲大柱子笑了笑。

"大柱子这句话说得好，传统的水稻在含有一定盐碱成分的耕地上是无法正常生长的。但是，袁隆平先生研究成功了海水稻，在新疆岳普湖县耐盐碱海水稻实验基地的海水稻正式开镰收割。此前，经测产验收专家的田间测产，亩产达到了548.53公斤，另外，海水稻的口感要比普通的水稻香甜，也没有咸味。"李群说话的语气很坚定。

"我说一千道一万不如领着大伙埋头干，真正能摘掉咱们柳树屯的穷帽子才是硬道理，能让家家都过上好日子，我这个村主任就不白当，是不是？"

李群的这番话说到村民的心坎儿里了，在一片叫好声中有几个小青年跑到台上把他举了起来，周英和她妈也使劲地鼓掌……

李群上任后的第一天，就骑着摩托车驮着王书记来到靠屯子东南边的洼地里来勘察。

王书记说："这片洼地撂荒了很多年了，种不了别的粮食土质松软人走都费劲呢！别说车马了。"

李群低头把裤腿卷上了，他今天特意穿了一双黄胶鞋。

他说："王书记，我往前走走看看情况，你在这儿等我吧。"

王书记说："好，我到那边去看看。"

李群在洼地里走了一圈儿都累冒汗了，不过他心里挺高兴，虽然是洼地，但整片地势高低还很均匀，洼地里挺平整。

王书记在那边冲李群挥挥手喊道："李主任，你快过来看看。"

李群从洼地里出来，跺跺脚上的泥土向王书记走去。

走到跟前顺着王书记手指的方向一看，树带东南边相隔5里地就是邻村的周家河，他俩兴奋得蹦起来。

王书记说："这是天意啊！我们可以把周家河的水引流过来就妥了，哈哈！这可该到咱们翻身的时候了。"

李群担心地说："周家河到咱们村的道可是呈'S'形的，不好整啊！"

"树带北边的两条小路是直形的，咱们可以抄近道。"

李群很佩服王书记头脑灵活，他高兴地说："王书记聪明，水是稻子的命，有水了下一步才是稻种。"

王书记说："咱还可以在这跟前打井，这块地正好是中间的位置。"

李群乐了："书记，充足的河水灌溉才能造就优良的水稻品质，只要开江引流成功了就万事大吉了，打井是杯水车薪了。哈哈！"

王书记说："来！这有个大树桩子，咱俩还是坐下说吧。"

他们俩坐了下来，李群把鞋脱下来往地上倒倒土，然后又穿上了。

"可是，这么大一片洼地不像自己家就那点地儿，要是整不好有一点闪失钱就得打水漂了。"王书记担心地说。

"王书记，我读电大的时候接触过这方面的知识，但是没亲自实践过，我有个高中同学他结婚去了外地，在那边承包了上万亩水稻，效益很好，我把他请过来给咱们做总指挥你看行吗？"李群边说边递给王书记一支烟。

"那可太好了，真是想啥来啥啊！"王书记笑呵呵地吸了两口烟。

王书记又问:"技术问题靠你了,可咱们的资金问题怎么解决啊?"

李群说:"一会儿回去马上向县里打申请报告,还有村里修路的资金都得积极努力去争取,你工作年头多有经验,和县里的一些领导都熟悉,你就负责跑这件事儿吧,多受累了。"

"周家河开江引流工程就交给你了,我岁数大了就负责跑钱了。"王书记拍拍李群的肩膀说。

"好,回去以后咱俩就分头行动,这回咱们把这片洼地变为稻田。"李群说。

"咱们应该让它变成金田。"王书记说完哈哈大笑。

两天以后,李群就把他的同学小马请到了村部的办公室,王书记热情地给小马沏了一杯茶,笑呵呵地把水端到了他跟前,然后在李群的旁边坐下了。

"我们这里的土质李主任也带你勘察过了,你是行家里手,水稻栽种技术真的需要你给拿主意!"王书记真诚地说。

李群说:"我们要种的水稻是洼地开垦的,虽然地势低,但阳光也算充足,本身洼地雨水分布就挺均匀不干旱。"

小马说:"这是先期条件,水稻比较有依赖性灌水的过程较不一样,但是一般都须在插秧后,幼穗形成时,还有抽穗开花期加强水分灌溉。"

李群说:"是的,如大雨则会将秧苗打坏,秧苗成长的时候,得时时照顾,并拔除杂草,有时也须用农药来除掉害虫。"

王书记在一旁插嘴问:"那到底这片洼地适不适合种水稻啊?"

小马喝了一口水说:"我看了这片洼地起伏不大,可以用插秧机插秧，少部分还是需要人工插秧，这片地的方向正是呈南北走向，还有更为便利的抛秧。"

王书记高兴地握着小马的手说："太好了，那咱们说干就干。"

李群真有号召力，他在大喇叭里一广播，柳树屯的村民都争先恐后来报名了。

"大家别拥挤一个一个来，咱们柳树屯的男女老少都是好样的，全村没有一户人家躲清净的，都来了。"李群自豪地说。

"咱们明天早上就开始动工，家家都做点好吃的带着，中午不回来了，谁累了就地休息一会儿。"

二丫说："按理说一家出一个劳动力就行了，这回我们俩都不去赶集了，支持村里的工作，早干完早利索……"

"响应村里的号召，一切都为了咱们大伙。"

"是啊！有领头羊带头，咱们铆足劲跟着干就完了。"

第二天，李群带领全村人扛着铁锹、挎着筐、开着四轮车，像蚂蚁搬家一样涌进了盐碱洼地。

柳树屯的村民早上六点多就出来干活了，到中午端着饭盒坐在地上就开吃，吃完饭又接着干，等太阳落山了再往家走。二丫的手磨起泡了，鞋也磨坏了，男男女女几百号人就这样每天早出晚归，经过两个月的苦干，清除了洼地里的所有杂草，又把这片地的土壤全翻了一遍，土地变得很松软，整个过程分为粗耕、细耕和盖平三个过程，在小马和李群的指挥下全都整好了。

李群拿着大喇叭说："大家伙辛苦了！咱们已经迈开第一步，接下来的任务也很艰巨，咱们这块洼地是盐碱地，适合在盐碱地种植的是海水稻，海水稻得需要水种植，那么咱村没有水怎么办？咱们得把邻村周家河的水引过来，县里已经和邻村的村委会以及水利部门协调好了工作，就等着我们齐心协力地引流进村了，大家伙有没有信心？"

"有，我们这辈子穷，不能再让孩子这辈受穷了，就算为子孙造福了！"大柱子喊道。

"李主任，你就指挥吧！我们没文化不会讲大道理，但我们有力气干活，知道你是为了咱村好。"

李群听着村民们一呼百应地吆喝着，他的心里很激动。

"谢谢老少爷们儿对我的信任！咱们明天开始先挖沟、再埋水泥管，就在林带的东边修建泵站……"

王书记看着挂历对老伴说："我们从挖沟那天起到今天都干了一个多月了，可算快引河水进村了，心情好激动。"

"我明天也去看看水是咋引进来的？这回扭伤的脚也养好了能走了。"老伴说。

两个村子加在一起能有上千号人都来围观，李群头上戴着安全帽，手里拿着红旗，随着他的一声口令"开闸"，清澈的河水从水泥管里喷射而出像一条长龙，溅起白色的水花"哗哗"地流进了柳树屯的稻田，村民们发出了震耳欲聋的欢呼声。

一个星期后，大批的稻苗运回了柳树屯，村民们沸腾了，小马拿着大喇叭指挥插秧。

"大家伙要记住了，插秧时以不淹没秧苗心叶为准，护苗水深度

2厘米时，秧苗返青所需天数为6~7天，护苗水深度4厘米时，秧苗返青所需天数为4~5天……"

仅半个多月的时间，一排排整齐的稻苗栽满了上千亩的稻田。

王书记抽出几名党员干部成立领导小组，在水稻周围安装了防护措施，在正南面立了一块白底红字的大牌子："柳树屯稻田"。

二丫没去赶集，她趿拉着鞋来周英家串门。

她一进门就说："周姐，你说咱这地方偏远落后，想改变生活质量也不容易啊！我看李群都累得瘦一圈儿了。"

"他起早贪黑地忙活事儿，那天我去他家借铁锹，早上六点多就锁门走了。"周英说。

"啥人当村主任也不好干，昨天我听几个年轻人唠嗑说有那工夫还不如把学校好好修建一下呢，学校都破成那样了四处漏风，还整那个破盐碱地有啥用？"二丫小声说。

周英的表情很认真："人家是识文断字的人，指定得比没文化的人有见识，他干啥我都支持。"

"我和你一样都是从小看着他长大的，他以前全是叫他爸妈给拖累了，现在有机会施展自己的拳脚了。"二丫往凳子上一坐，跷起了二郎腿。

"三十年河东，三十年河西，三穷三富过到老啊！"周英感慨地说。

"周姐说得对，咋艰难也都能挺过来，现在咱们农民也有不少优惠政策，李群能越来越好了。"二丫眼神亮了。

"可是，他媳妇……"二丫的话还没说完，就被隔着墙头喊话的老公给叫了回去。

　　柳树屯村委会召开了第三次会议，王书记和李群都在会上发言了。

　　王书记："李群同志上任后，村里发生了新的变化，也带动了村民的积极性，我得多向年轻人学习接受新思想、新观念，更好地为人民服务。"

　　李群连忙说："村里的工作多亏老支书挑大梁了，老人家德高望重，深得村民的信赖，以后还得多向我们传授经验，给我做主心骨。"

　　"咱们村下一步的工作计划是修路，修路是个大工程也会涉及不少问题，我们一定要有克服困难的决心和勇气，充分调动广大党员干部的积极性，齐抓共管保障施工顺利进行，村委会决定对主干道路进行拓宽，部分路段在原来的基础上拓宽2米，这样拖拉机和大卡车也能轻松通行……"

　　开完会，李群告诉通讯员马上去打印社印发传单和工作人员的红袖标。

　　三天以后，从县里来的施工队大型机械一路轰鸣开进了柳树屯，还有数百名的修路工人都安置在村里闲置的小学里。王书记和施工队长一起实地查看、测量，李群负责跟着技术员亲自监工，监督工程质量。

　　"这院墙不能扒，这是我爷爷给我攒下的地盘，是我自己的园子，也没占村里的地皮。"老陈头一把推开了工作人员。

李群赶紧上前赔着笑脸说："陈大爷，修路能方便农业生产，提高种地效率、还能方便收购商进村收粮食，有的村民苞米卖不出去都生芽子了，最主要是自己出行也方便，秋收运粮、卖粮可就借光了。"

"这么多年不也这么过来了吗？没耽误吃、也没耽误喝，是方便大伙了，我院子窄巴了，我看今天谁敢动？"老陈头一屁股坐在墙头上了，把脸往旁边一扭，根本不买李群的账。

一大帮工人站在那里不知如何是好没法干了，有的人掏出烟点着抽上了，有的直接坐在地上休息了。

李群有点着急这样会耽误工程进度，他从兜里掏出一本台账翻了几页找到了老陈头家账本。

他不急不缓却掷地有声："陈大爷，咱们开荒洼地种水稻的时候，你岁数大了没人攀你，那水稻有收成了你是不是也得算一份？这是村部的老账本，你家的房子是买刘三爷家的，当时的土地使用面积是120平方米，这靠近道边的墙是你家自己扩出来的，要是扩出来的地盘就成自己的了，国家的道不都扩没了吗？"

几个村民听完李群的话纷纷竖起了大拇指，交头接耳地说："这个李主任太有韬略了。"

老陈头眼睛一瞪："那我不管，也不是我一家占道了，左邻右舍、前院后院都往外打墙了，你都扒呀？"

李群严肃地说："必须按规章制度办事，这不是一家两家的事情，是关系到全村人的利益，先修主道、再修房前屋后的道，能铺油漆的铺油漆，不能铺油漆的铺砖道。"

"但是，村里决定修路扩道占用的也多少给一些补偿，不伤老少爷们儿的和气，咱们两好变一好。"

老陈头听李群这样说，他心里知道不能耍赖了赶紧借坡下驴吧！他立刻从墙头上下来了，干笑了两声说："这么说还差不多，我也同意扒墙，但钱可不能少给我一分。"

李群从兜里掏出一支笔说："陈大爷放心吧！我现在就把你的名字记上，我心里有本账。"

李群回头说："行了，大家开始干活吧！"

在村委会全体成员的共同努力下，柳树屯三条主干道上，施工队的大型机械紧张有序地进行，筑路现场热火朝天。在李群的指挥下，对土道出现的裂缝和坑洼，用挖掘机进行修补和人工加高处理。修路工人们头上烈日暴晒，脚下被沥青烘烤，可面对这些困难没有一个人有怨言的，都说村干部始终坚持奋战在施工第一线。

二丫把自己家地里的大西瓜、大柿子、旱黄瓜都送来了。

"兄弟们，大家伙先歇一会儿，吃点水果再干活。"

李群说："谢谢二丫和村民们，每家的大门都是敞开的，为了工人们洗脸、喝水方便，都知道干这活是个苦差事。"

经过四个多月的艰苦奋战，施工队进行最后的路面铺设作业，一条条笔直的油漆路展现在村民的面前，家家的房前屋后也都修了水泥路，村民们掩藏不住内心的喜悦。

大柱子亮开了大嗓门："真心感谢党的好政策，感谢咱们的李主任，以后我们出门方便多了，这回柳树屯彻底改变模样了。"

老陈头说："真是新官上任三把火呀，没想到不愿意吱声的李群这么有胆量，一心一意为村民着想，要是他早点当选咱早就有好日子过了。"

"先前那个主任干得也不错，就是老思想老做派，生怕树叶掉了砸脑袋上，不敢创新走老路才这样的。"李群成了茶余饭后的话题了。

柳树屯修路彻底竣工了，王书记比谁都高兴，他让老伴在家炒了四样菜，烫了一壶老白干，放上炕桌和李群腿一盘，面对面地喝上了，老伴没上桌不想打扰他俩的雅兴。

王书记笑呵呵地端起了酒杯说："今天咱爷俩儿在家喝的是感情酒，你的脸和脖子晒成两样颜色了，手也粗糙了。你是咱村里最有才能的小辈，我很欣赏你，来，喝一口。"

王书记伸手和李群碰杯，李群赶紧把自己的杯子口往下挪了几分以长为尊，随后两个人一饮而尽。

李群拿起酒壶给老支书满上一杯，然后把自己的杯子也倒满了，双手端起酒杯说："叔，我感谢你对我的关照，不嫌弃我是个毛头小子啥都能信着我，让我伸开腰干工作，这里面离不开你的功劳，我得敬你一杯。"

王书记和李群再次碰杯，喝完了还把酒杯底冲下晃晃意思是全干了，他们两个开怀畅饮。

两个人边吃边喝，又说到工作上去了。

王书记说："修道时剩下点砖和水泥，也不能老放在村部里。"

李群说："用它把村里的小学修缮一下，施工队也走了正好腾出地方来了。"

"那个破学校修不修都没啥意思了，老师也不专心教课，三天两头就误工，孩子都四处散游散逛了。"

"是那么回事，我家大牛都是周姨帮着照顾，大牛学的东西都快忘没了，这破学校都吓跑两个老师了，修成啥样算啥样吧，走一步看一步吧！"李群叹了一口气。

"我看应该一家出个劳动力，先把院墙修了。"

"只要咱们时刻都为大伙着想，把他们的冷暖放在心上，堂堂正正做事，清清白白做人，村民就一定会信服咱们。"李群的眼神里有一丝亮光。

王书记想了想说："我还有个想法，应该在咱村头安装两个路灯，立个大石头刻上'柳树屯'这三个大字，最好是大红字寓意红红火火。"

李群发自肺腑地赞许："叔，你这个想法太好了，难怪去县里啥事都能办妥了，心中有锦囊妙计。"

"我都这个岁数了，趁着明白时多做点有意义的事，要不还不如在家看电视、玩扑克了，不能光占个窝不干活啊！"王书记说完笑了。

王书记的老伴从外面进来了，把老伴的酒杯放到一边。"饼也给你俩烙好了，刚才听你叔说这些话，才知道我没找错人。"说完，她把饼盘放到了李群的面前。

"别听你婶吹牛了，她当时是自己夹包过来的，哈哈！"王书记看了老伴一眼，眼里满是爱意。

李群说："我婶可是贤妻良母，过日子是一把好手，村民都夸你们俩是夫唱妇随，好男人背后一定有个好女人。"李群的话把他们俩逗笑了。

王书记说："今天的酒喝得真开心，咱俩再碰一杯。"

李群走了以后，老伴叹了一口气说："唉！人好命不好啊！有介绍对象的上他家去一看，二话不说扭头就走了，说他家都没个下脚的地方，这可啥时候是个头啊！"

第二十章
走出高墙的野百合

姜小妮今天要出狱了，周曼丽她们几个都穿了上大学时发的军训迷彩服，把姜小妮的那套整齐地叠好后装在了包里。

林浩和佟中立分别开着一辆车，一前一后出发了。周曼丽和吴亚婕坐林浩的车，那莛莎坐在她们家车的副驾上，郑楠自己坐在后排坐上。

他们一大早就去迎接姜小妮回家，林浩今天的表情略微严肃。他能体会到周曼丽此刻的心情，一定是既紧张又激动。周曼丽是位善良的姑娘，这三年时间在姜小妮身上所付出的真心让林浩都感动。周曼丽已经快三年没添新衣服了，她把买衣服的钱省下来给姜小妮买了一部新手机做见面礼，有时还得给郑楠家的小路路买奶粉，到月开支去了房租、水电费以外就剩下够吃饭的钱了。

林浩和周曼丽昨天的谈话内容，被吴亚婕再次提起。

"大姐，你怎么没同意林浩给小妮单独租个公寓呢？"

"也是她们公寓里有个闲房子，我都和房东交订金了，被曼丽推掉了。"林浩说。

　　周曼丽不紧不慢地说："她一个住在那里一定会感到孤单，在人际关系中会有一种孤独和自卑感困扰着她，这样会影响她的心理健康也会伤她的自尊心，如果她以后想一个人住的时候，再考虑也不晚。"

　　林浩听完用手敲了一下方向盘，说："曼丽说得有道理，我当时只考虑她一个住能方便些了。"

　　吴亚婕心里想不愧为大姐，什么事情都想得比较周到，而且都是为别人着想。

　　"大姐，鲁凡本来也准备和我们一起去接小妮了，可是昨天公司临时决定他带队去采风了。"吴亚婕有点尴尬地说。

　　"工作要紧，他本来就是大忙人，咱们今天来了这么多人也够排场了，呵呵。"周曼丽笑着说。

　　姜小妮知道自己要回家了，她一宿都没有睡觉，想到自己出狱后，将要面对家人和来自社会上不同人的眼光，心里还是有些担心和没底气，自己没法和外面的世界融入在一起，她感觉特别的迷茫，真不知道该如何生存。

　　姜小妮又想起了刚进监狱的那天，她那一颗忐忑不安的心都跳到嗓子眼儿了，也没逃过被狱霸欺负。这个狱霸是个三十多岁的妇女，长得五大三粗一身蛮劲。看狱警走了之后，她凑上来看着姜小妮足足两分钟甩手就是一个嘴巴，姜小妮被打急了她刚想伸手挠狱霸，旁边两个女的一起冲上来把姜小妮的胳膊一拧给摔趴下了，狱霸揪着姜小妮的头发说："我先审审你，问你啥麻溜地回答啥！"

"告诉老娘，你是不是出卖色相了？"

姜小妮瞪着眼睛看着狱霸，眼泪从眼眶里滚了出来，她知道痛苦的日子刚刚开始，她回答了狱霸所有的问话……狱霸轻蔑地笑了笑说："你这肉也不值钱呢！今晚在地上睡吧……"

三年时间今天终于熬出头了，姜小妮的心情很复杂就像囚鸟出笼有压抑、有委屈、有期待，所有的束缚和困扰顷刻间就会烟消云散一样，可不知怎么却高兴不起来。

同监室的服刑人员知道她今天就要出狱，都纷纷送上自己的祝福，有的给她一个小毛巾，有的给她一双袜子做纪念。

在离开之前，狱友们还在监室里举行了一个简短的送别仪式，姜小妮和她们一一握手后，心里激动得说不出话来，她抱着她们的监室女狱警哭了："我要回家了，不知为什么心里感到空荡荡的，以前在这里觉得很难熬，现在又有些舍不得了，我想你们。"

女狱警安慰她说："走出监室的那一刻就是新生，从此回归社会，要好好面对生活不要再踏入这里半步，姜小妮我相信你。"其他服刑人员看到有人要出去了都挥手送别。

姜小妮走出监狱的大门口，她愣住了没看到几个闺密前来接她。难道是自己告诉错时间了，都不知道是今天的日子？她有些不安了，她的目光在等着接人的人堆里四处寻找，这些都是陌生的面孔，她焦急地盼望闺密能出现，不停地来回走，心想难道发生什么事了。

透过车窗看着姜小妮身影的几个闺密，泪水像断了线的珍珠落下来。只见姜小妮转过身去，面对着监狱的大门偷偷地哭了，她想世态炎凉我和她们真的不一样了，我被抛弃了。

几个闺密轻手轻脚地站在她的身后，而且站成了一排。林浩双手捧着迷彩服，佟中立拿着一个录像机对准了姜小妮，周曼丽用手轻轻地搭在姜小妮的肩膀上，姜小妮先是一愣紧跟着把头转过来了，她"哇"的一声抱着周曼丽就哭上了，吴亚婕、那苼莎、郑楠她们几个紧紧地抱在一起哭了，这几年风风雨雨的经历就像过电影一样在她们的脑海闪现，值得庆幸和欣慰的是谁都没有掉队不离不弃，站在一边的林浩和佟中立眼里也都噙满了泪水。

在长宁市最有特色的迎瑞饭庄，那苼莎的父母早已等在那里了。他俩提前来点了姜小妮最爱吃的饭菜，还特意为姜小妮准备了礼物一个真皮挎包。

林浩和佟中立的两辆轿车开进了市里，那苼莎说："今天是个大团圆的日子，咱们去把郑妈妈和小路路也接来。"

满满的一大桌子菜都上齐了，姜小妮拧开了酒瓶盖恭恭敬敬地给每个人都倒了一杯，自己也没落下。她端起酒杯眼含热泪说："谢谢叔叔阿姨和姐姐对我的关心，也谢谢林浩大哥和佟中立姐夫，你们都把我当成了家人来守护我，我到死都不能忘了这份恩德。"

那苼莎的妈妈赶紧站起身走过去，搂着她的肩膀说："孩了，你这么说话就见外了，你也一样地心疼这几个姐姐，你很懂事我们都很喜欢你。"

郑楠的妈妈抱着小路路，拿起她胖乎乎的小手一指，"小路路，看看小妮姨妈漂不漂亮，这回有人和你玩了。"

姜小妮看见小路路，脸上马上就露出可爱的笑容，伸出双手说："路宝宝快点让我抱抱。"

这工夫，鲁凡也把电话打过来了。吴亚婕把电话递给了姜小妮，郑楠妈妈赶紧把小路路接了过去。

鲁凡说:"小妮你好!都为你高兴,我今天带队采风回不去了请原谅,回去第一件事就是为你接风。"

姜小妮一听又有点激动了:"谢谢哥,谢谢二姐。"

这是久违的温暖,今天的每一句话和每一个亲切的笑脸都根植在她的心中,她认为自己是不幸当中最幸运的人。

周曼丽说:"好了,菜都快凉了先吃饭吧!开车的就别喝酒了,小妮现在是在阳光下自由飞翔的小鸟,来日方长……"

吃完饭出来,林浩帮姜小妮把东西拎到了周曼丽的公寓,那苤莎开车送郑楠和她妈妈回家,那苤莎又下车在育婴店给小路路买了两件衣服。

林浩看着周曼丽说:"我的头怎么有点晕呢?今天也没喝酒啊!车就放在你家楼下吧,我明天早上来取,也不远,过道就是。"

周曼丽把林浩送到楼下,看到林浩确实有点不舒服的样子。周曼丽有点担心,说:"要不我陪你到诊所量一下血压吧?"

林浩说:"不用了,可能是最近没睡好觉的原因吧。"

可他走了几步,他又停下来了,周曼丽赶紧伸出一只手把住了他的胳膊。

"我给你送回去吧,这样我不放心,为我闺密跑了那么远的路辛苦你了。"

林浩露出了小虎牙一笑:"能为你服务我心甘情愿,我早就是你闺密团的成员了。"

"你一说送我回家,我的头清凉了。"林浩调侃道。

虽然他俩只隔了一条道，今天周曼丽真是头一次来林浩家。

一进屋淡淡的玫瑰花香扑面而来，客厅沙发和茶几的颜色高端大气，让人感到特别的舒适温馨，富于厚重立体感的餐桌和敞开式的厨房和整个空间很相配，色彩看着特别舒服。

林浩自己换上了拖鞋坐在沙发上，他刚想喝一口水发现水壶里面空了。

周曼丽说："你先坐着别动了，我给你烧点开水。"说完拿着水壶进厨房了。

林浩心里琢磨该怎样说呢？他知道周曼丽是个很善良的姑娘，踏踏实实一点都不爱慕虚荣，而自己家的条件又这么好，他实在怕周曼丽有思想压力，要是不说又憋在心里折磨自己。他看着周曼丽在厨房的忙乎的背影心生爱慕，如果这辈子能和她生活在一起，才是人生最大的赢家。

不一会儿，周曼丽从厨房里出来了。她小心翼翼地给林浩端来一碗红糖水，林浩一看赶紧从沙发上站起身把碗接了过来。

紧张地问周曼丽："烫手了吧？"

"没事，我又不是小孩子。"周曼丽看着林浩认真的表情憋不住乐了。

待水稍微凉了点，林浩一口气就喝完了。

他眨了眨眼睛说："别说真挺有效果，这回好多了，我领你参观一下别的房间，看看我的品位如何。"

周曼丽跟在他的身后，看过的每个房间的设计都很经典，清新不落俗套，文雅精巧给人很温馨的感觉。她以前就知道林浩才华横溢，没想到在家居方面也这么有造诣。

林浩的卧室设计更特别，经典而时尚，淡雅的建筑材料与美人鱼壁画相映成趣。

周曼丽说："你的卧室能缓解疲劳美感十足。"

她又往前走了几步，看见书柜上摆的小盆景很别致，一棵高度有一尺左右的果树，上面还有熟透的小沙果，树叶的颜色和真的一样。

"太好玩了，你在哪儿买的?"周曼丽脱口而出。

"我画完图纸在工艺品生产厂家订制的，喜欢的话可以送给你。"林浩一副美滋滋的表情。

林浩这么长时间还真头一次看到周曼丽像个孩子一样兴奋的表情，他心里想每个女孩都有小女生的一面。

"多年前我家住的是平房，那时院子里有棵沙果树，我夏天放学回来就坐在它下面写作业，爸爸妈妈的工作都很忙，那棵沙果树陪了我好多年，后来城市规划我家动迁了，树也被砍了，我对它有特殊的情结。"林浩认真地介绍他摆放的理由。

"是的，小时候的记忆真美好，我们走着走着就远了，永远回不去的童年，也是我的乡愁。"周曼丽说话的眼神中闪过一丝忧伤，心中有一点苦涩的感觉。

她看到这棵沙果树想起了李群骑自行车驮着她的情景，林浩发现了周曼丽脸上的细微变化，林浩很聪明他立刻扭转了话题，他不想看到周曼丽不开心，但他心里认为可能是周曼丽触景生情想起自己乡下的亲人了。

"曼丽，我们坐到上发上说话吧，你都站半天了。"

他们两个一前一后回到客厅说话，林浩给周曼丽泡了杯玫瑰花茶。

解释说："那天我回家，我妈非得让我拿一盒回来，说留着她来时喝。"

"阿姨很会保养身体，长得也年轻，真让人羡慕。"周曼丽对林浩他妈妈的印象很好。

"嗯，她和我父亲的感情很好，几十年风风雨雨地走过来，更加知道婚姻不容易，他们彼此都互相珍惜。"

周曼丽清澈的大眼睛看着林浩说："美好的爱情是时光在变迁，真情却不减，你知道史上最短情书。当年，杨绛给钱锺书写信，信上只有一个字：'怂'。钱锺书很快给她寄了回信，信上也只有一个字：'您'。"

原来，"怂"是问你：心上有几个人？

"您"是说：心上只有你一个。

有文化的人，谈恋爱的方式都很特别，他们之间的爱情很伟大、很浪漫。

林浩知道周曼丽多才多艺，在林浩的眼里周曼丽就是天使的化身，璀璨夺目。

他想不能逊色于她的知识面："是的，他们的爱情完美无瑕能治愈心灵，可有的爱情也是让人感伤、爱而不得，亲情有时很凄美，我给你讲个别的小故事。"

"在美国有一位大富翁，他对他的儿子特别吝啬和苛刻，他儿子对他很不满意，认为这么有钱的爸爸不愿意为他花钱，他告诉他儿子如果考上了哈佛大学，一定给他买辆劳斯莱斯豪车。后来他儿子真是考上了哈佛大学，他拿着录取书一路奔跑到家等着拿车钥匙，他爸爸却递给他一本字典。"

"我的劳斯莱斯车呢？你竟然骗我，他儿子气愤地把字典扔在了地上离家出走了。二十年后，他回来才知道他的父亲已经去世了，他一个人走进他家的车库找他爸爸的车，挨着他爸爸的车旁边有一台落满灰尘的劳斯莱斯，车上面放着他当时摔在地上的字典。"

他母亲在后面对他说："这本字典的盒子下面，放着的就是这部车的钥匙。"

"富豪的儿子趴在车上哭了，他因为不信任他的爸爸，而错失了父子相伴的机会，这也是揪心的错过。"

"人生总是这样有诸多的遗憾，如果你喜欢一个人，不去表白可能一辈子不会失去，但是就错过了爱情的机会。"

"嗯，这个故事听起来让人心情不平静，一念之间可能就会造成遗憾，你脑袋现在还晕不晕了？"周曼丽关切地看着林浩。

林浩一本正经地说："多亏你这碗红糖水了，赶上华佗转世了。"

"那我先回去了，还把小妮一人扔家了。"周曼丽乐了。

"再坐会儿吧，等我稳定稳定你再走，你陪我唠唠嗑就好了，给你沏的茶还没喝呢。"林浩还想和周曼丽多待会儿，"我去卧室把手机拿出来，电冲得差不多了"。

周曼丽轻轻地品了一口茶，这茶的味道是大马士革玫瑰花茶是她常喝的那种，自从林浩加入了她们的闺密团以后，真把林浩当成了好哥们了没想太多，她相信男女之间存在着纯洁的友谊。

林浩从卧室出来，一手拿着电话，一手拿着一个戒指。

"曼丽，我上周陪我妈去买首饰，顺便也给你买了一个戒指，我看小女孩手上都带个装饰品，我让服务员帮我选的。"

周曼丽赶紧推托："这怎么好呢，戒指不是随便送的你不懂。"

林浩的心里有点失落，不接受他的戒指就是不接受他的感情。他表面装作很轻松的样子："曼丽，我不是你闺密团的成员吗？"

他再次把戒指递到了周曼丽的面前，动情地说："曼丽，我害怕你有思想压力，没搞什么排场只想就我们两个，我以简单轻松的方式向你求婚，希望你接受我的感情。"

周曼丽慌忙站起身，表情很尴尬："林浩，这有点突然我没心理准备，我、我还没有考虑个人问题呢。"

这时，电话铃声响了，周曼丽拿起电话，"喂！小妮，我马上就回去了。"那边的姜小妮说："大姐，我要去超市买点东西，没找到钥匙啊。"

周曼丽心想，姜小妮都赶上及时雨了。要不还真不知道如何是好，她不忍心让林浩难过，可又不知道用什么办法来安慰他。

她调整了一下状态："林浩，你也好好睡一觉，明天就好了。"说完关上门下楼了。

林浩站在窗台跟前，看着周曼丽像一朵百合花一样向家的方向走去。

他打电话向他妈妈汇报了情况，"妈，曼丽今天没接受我的戒指。"

"是不是嫌弃不够贵啊？那天我就说买一万多块钱的那个，你非得说买这8000多的。"

"妈，我了解曼丽，她不是爱钱财的人，不差在这上面。"

"哦，儿子你别上火，你那么优秀一定能吸引她的目光，想品透一个人得需要时间，你有机会。"

"嗯，知道了妈，先这样吧不说了，我想静静。"

　　林浩躺在床上心里很乱，我还能有机会吗？我在和周曼丽相处的过程中，自己的感情掌控得很好，在工作上尊重她的一切建议，生活中也一直都照顾她的感受。她为什么婉言拒绝我而不是全然拒绝，感觉还是留给我希望。林浩闭着眼睛寻找答案，当他目光移到盆景沙果树时，他从床上坐了起来，从今天周曼丽看到沙果树时的兴奋，到眼神里略带一丝忧伤的细微变化中，林浩猜测周曼丽心里应该有个人，而且是她不想说出来的秘密。

　　林浩决定用自己的真心，慢慢打开周曼丽的心结。

第二十一章
爱情的"马拉松"

　　林浩的车放到周曼丽的楼下被小宇看见了，她心想自己要是再不出手以后就没机会了，她决定找周曼丽把话说开了。

　　《沃野》杂志社开了一上午的座谈会，小宇一个字都没听进去，她心里合计着怎么让周曼丽远离林浩。小宇今天还特意穿上了高跟鞋，梳起了马尾辫打扮得很漂亮，她坐在后面一个劲儿地看时间，还不时地用眼睛瞄着周曼丽，看看自己和她颜值能差多少，顾主任布置完工作就散会了。

　　小宇三步并作两步地跑到周曼丽跟前，说："曼丽姐，你先别走，我找你有事儿。"

　　周曼丽不解地说："小宇，马上下班了，不着急就下午说。"

　　小宇说："别等下午了，一会儿大家都走了再说。"

　　周曼丽笑了一下，她和小宇一前一后从会议室回到了办公室。

　　小宇坐在自己的转椅上，看着周曼丽说："曼丽姐，你也坐下呀！我要说的话内容有点长。"

　　周曼丽心里想到了她可能会说到林浩，周曼丽把凳子搬到小宇的跟前坐了下来，笑呵呵地等着小宇说话。

　　"曼丽姐，我问你一个问题，希望你能正面回答我，你喜不喜欢林浩？"小宇的说话语气不太友好。

　　周曼丽回答得也挺直白："林浩为人坦诚又随和，他在我眼里是一个很绅士的男人，他和异性相处都很融洽。"

　　"曼丽姐，你的回答没有出乎我的意料，你的意思是对林浩印象很好，也是正常的喜欢，根本不是谈恋爱那种，你是装作若无其事的样子来混淆视听吗？"小宇一针见血地问。

　　周曼丽的表情有点尴尬，甚至有点紧张，要说以前她不确林定浩的心思，但昨天林浩已经向她表白了，可她没接受林浩的感情，她看着小宇没吱声。

　　小宇一脸的醋意，说话也很尖刻："曼丽姐，你如果不喜欢林浩，就应该明明白白地告诉他，你不想和林浩谈恋爱，为什么还要耗着林浩这个人？你想伤害他吗？"

　　周曼丽刚想说话，又被小宇打断了："曼丽姐，你是想说我是局外人吗？没有权力干涉你的自由，这么长时间了，你们都没有结果，我喜欢林浩，他也喜欢我，我不想让林浩给你当个备胎。"

　　"小宇，你在瞎说啥？你这么不懂得尊重别人？我有说过喜欢你吗？"林浩推了一下椅子，从自己的电脑桌下面站了起来。

　　周曼丽和小宇同时回过头看着林浩，都感到出乎意料。

　　周曼丽说："你怎么在这儿？"

　　"我刚好把电脑线重新安装一下，还没等起身就听见小宇在责问你。"

"小宇,谁给你的权力?我俩永远都不可能。"林浩把头转向了小宇,表情很生气。

小宇从转椅上站了起来,哭着对林浩喊道:"你没救了,剃头挑子一头热,鬼迷心窍的傻白甜。"从桌子上拿起车钥匙,气嚷嚷地摔门而去。

周曼丽和林浩愣在原地,看着小宇的背影渐渐地消失了。

郑妈妈抱着小路路心疼得不得了,刚上幼儿园没几天膝盖就磕肿了,她盼着郑楠早点回来好告诉她。郑楠这几天学校特别忙,她最近都是早出晚归忙得不可开交,听说省里要来检查再加上学生考试,每天郑楠回来时小路路都睡着了。

"楠楠,你看看孩子的腿。"郑妈妈小心翼翼地掀开了毯子。

"妈,这是怎么弄的?你问老师了吗?"郑楠紧张地看着她的妈妈。

"我接路路的时候看见了,我正想问问老师被咱家对门的邻居给拦住了,她说你先别问了,看老师不愿意以后对孩子不好,我寻思等你回来商量完再说。"郑妈妈一副六神无主的样子。

郑楠看见小路路的膝盖后本想责怪她妈妈几句,又忍住了。她知道妈妈是最爱小路路的人,比自己还要心疼,每天都那么辛苦,妈妈来时还是满头黑发,现在鬓角都有白头发了,她心里又很心疼孩子,她背对着妈妈努力地眨着眼睛。

郑楠拿出新毛巾用热水泡完以后,轻轻地敷在小路路的腿上。

她安慰她妈妈说:"孩子小磕磕碰碰也是难免的,如果是因为孩子多老师没照顾到那就算了,我明天送她的时候和老师好好沟通一下，让幼儿园知道咱们对这件事情很重视。"

第二天早上，郑楠给小路路换上了一套粉色的衣服，给路路梳了两个小羊角辫儿，还在上面扎了两个蝴蝶结，又在她米老鼠的小背包里放了几个果冻和一盒拇指饼干。她抱着小路路送到幼儿园的门口，看见于老师正和开着宝马的家长说话。

郑楠赔着笑脸说："于老师，昨天小路路的膝盖被磕了，还得拜托于老师以后多留心点。"

于老师听后冷冰冰地说了一句："昨天我没在，我不知道这个事儿。"

郑楠听到老师的话心里一凉，她心想是因为自己没和老师打招呼才被冷落？还是自己现在的境遇被轻视？她在上班的路上反复地想着这个问题。

郑楠的心有点不落底了，孩子太小要是大点就好了，她把手头的工作早早地都做完了，她打电话告诉她妈妈："今天我去接小路路。"

她到幼儿园时，不少家长早就到了，她排在门口等着于老师把小路路送出来。

站在她身后的两个女人窃窃私语，虽然说话的声音很小，但还是钻进了她的耳朵："听说是个私生子，这年头小姑娘的胆量也真大，不是胆量大，是脸大。"

郑楠回过头用眼神和她俩对峙，那两个女人把目光移到了别处假装没看见，直到她俩把孩子接走都没敢看郑楠一眼。

郑楠看见于老师抱着小路路从幼儿园出来了，于老师还是一脸冷漠的表情，小路路看见了妈妈咧着小嘴笑了。

郑楠看见孩子的左脸颊有一块地方破皮了，还有两个红印，她刚想说话，就听见一个愤怒的声音责问老师："孩子的脸是谁挠的？"她回头一看，姜小妮和妈妈站在她的身后。

幼儿园老师马上赔着笑脸说："应该是给她穿衣服时刮的吧。"

"那昨天孩子的膝盖肿了，也是穿衣服时碰的吗？"姜小妮站在郑楠的前面喝问老师。

老师连忙说："对不起，是孩子多没照顾到，以后绝对不会发生这种情况了。"

郑楠劝姜小妮说："小妮，我们回去吧，没事儿过几天就好了。"

"不行，我们把孩子送到幼儿园，老师就是她的监护人，孩子没照顾好她有责任，我要调监控录像。"姜小妮斩钉截铁地说，两只眼睛瞪得溜圆。

她们的争吵声惊动了幼儿园的园长，园长的态度很好，是个压事儿的人。

"我首先代表幼儿园向家长道歉，也欢迎你们监督和举报，这样对幼儿园的管理会有更大的好处。"

随后，她领着郑楠她们几个人去了二楼监控室，并且让于老师也一起跟着进来了。

姜小妮认真地看着监控，她指着一段录像告诉园长从头看：

"画面显示在 14 点 30 分，于老师坐在房间的一角看手机，小路路和一名小女孩坐在地上玩玩具，不一会儿于老师出去了，小路路和小女孩在抢同一个玩具，那个小女孩用手抓住了小路路的脸，这时，于老师回来了，她从小路路的手里抢下了玩具递给了那个小女孩，小路路张着嘴大哭，于老师用手掐了一下小路路的脸，转过身抱起那个小女孩继续看手机。"

姜小妮实在忍不住了，冲过去就给了于老师一个嘴巴："你还配叫老师吗？你都坏良心了，你的一言一行都是孩子的一面镜子，你能影响她一生。"

园长跑过去用力抱住了姜小妮，回头告诉郑楠："快点拉着她呀！别让她打人。"郑楠站在原地没有动。

外面的两个老师听见园长的喊声跑了进来，一个上前抱住了姜小妮，一个把于老师推出了监控室。

园长用求助的眼神看着郑妈妈，"阿姨，您是长辈您快点劝劝她！咱们有事可以坐下来好好商量，有什么要求可以提出来。"

郑妈妈语气当中有掩饰不住的愤怒，她说话掷地有声："谁家的孩子不是宝啊？老师这样对待孩子让我们家长心寒呢！挣着我们的钱还给孩子受委屈，她这样做良心能安宁吗？"

姜小妮指着门口说："我们不能在这个幼儿园待了，不但要退学费，还得把小路路看腿的钱给出了，不管这个老师以后这样对待谁家孩子，我都来教训她。"

园长诚恳地说："你的要求我都答应，我还向你保证这个老师我明天就辞退她……"这样，一场风波总算平息了。

姜小妮回家后，把今天的事情和大姐周曼丽全盘说了一遍，周曼丽听后掏出手机给郑楠打了个电话安慰她。

"我手头有明天要上报的材料，要不然就亲自过去了，楠楠别上火，这么大的地方咱们再找个有好老师的幼儿园。"

　　姜小妮看着周曼丽的表情和平时不太一样，她问："大姐，你今天的脸色不怎么好看，你是哪里不舒服吗？"

　　"没有啊！可能是最近工作忙，工作压力……"周曼丽话到嘴边，马上改口，"最近单位事情多忙的吧！没事。"

　　她心想不能提到"压力"二字，怕姜小妮多心，姜小妮前几天出去找工作了都没成功，周曼丽也不能把和小宇发生的事情告诉姜小妮，那样她会喋喋不休说个没完。

　　周曼丽的心里有点乱，他和林浩在一起工作这么长时间了，有时候也很享受被呵护的感觉，可她又控制自己不敢涉入感情怕伤了林浩，因为自己总是热不起来，她以为自己不会谈恋爱了，她拿起一叠厚厚的材料去单位加班了。

　　杂志社里空荡荡的只有两个人，编辑部里只剩她一个人，门卫有一个保安，其他的人早就走了。

　　周曼丽的电脑桌前摆着她的茶杯，她伸手一摸杯子还很烫手，她知道一定是林浩来过。她拧开盖子喝了一口，茶的味道是在林浩家喝的玫瑰花茶，她看见自己的茶叶桶旁边多了一盒茶叶，原来林浩把他家里的茶拿到这儿来了。周曼丽回想起自己从农村来到这个城市，从读书到工作，林浩是唯一的异性朋友，他和自己一起面对许多事情从不求回报，总是无怨无悔地为她做每件事情，他们在一起的每一幕都在眼前回放。

　　周曼丽从内心很感激林浩对她的真情，可她就是爱不起来，李群已经结婚了，难道是自己跨越不了初恋情结，自己的感情到现在都没有归宿，不是不想爱，而是爱不起来。要是拒绝林浩一定会伤了他的自尊心，还是选择远离比较好，最近的事情让周曼丽很烦心。

那莛莎的妈妈准备的晚餐是地道的东北农家饭，二米饭酱茄子，还有大白菜叶和水萝卜，佟中立下班后带回一只烤鸭。

那妈妈问他："中立，你不喜欢吃农家饭吗?"

"我喜欢吃，咱家不还有一只馋猫吗? 吃东西都得荤素搭配，我都快到家了，莎莎打电话我又拐回去买的。"佟中立边笑边说。

那莛莎从卧室里出来了，手里拿着一盘小柿子边走边吃，佟中立知道只要岳母在家，从来都不让莎莎下厨房做饭。随着那妈妈的一声召唤"开饭啦"一家人围坐在一起其乐融融。

那莛莎咬了一口大饭包说："真好吃啊! 妈，我一会儿吃完饭得去郑楠家看看小路路。"

"嗯，一会儿让中立陪你去。"那妈妈说。

"妈，我记得你有个同学她女儿开幼儿园的吧? 正好你同学在那儿当园长呢。"那莛莎用眼睛看着她妈妈，好像在察言观色。

"这么大的城市有很多家幼儿园。"那妈妈很平静地说。

"我不寻思别的幼儿园咱们不熟悉心里没底吗?"那莛莎语调低了几分。

那莛莎的爸爸刚想说话，看她妈妈正看着自己又把话憋了回去。

那莛莎乐了："妈，这事情都过去这么多年了，我都这么大了你还没忘啊?"

"我是忘了，不知道你爸忘没忘啊?"那妈妈一脸醋意。

"莎莎说得对，这么多年了我啥都忘了，我眼里只有你。"那爸爸赔着笑脸说。

"妈，您同学她女儿开的幼儿园是市里先进单位，无论环境和教学质量都很好，而且收费也不高，只是没有熟人去不上。"

那莐莎说话的语气很温柔，她得哄着她妈出山办事，要是她爸去了也能办成，但是她妈妈会处理她爸爸的，因为这个女同学是她爸爸的初恋。

那莐莎看她妈妈没吱声觉得有门儿，接着进一步洗脑："妈，您说楠楠为了小路路都不结婚了，她在这个孩子身上付出多大代价啊？现在都造成心里阴影了，哪家幼儿园她都不放心了，妈您帮帮她吧！就算为小路路铺设以后的人生道路了，孩子出息了您也是有功德之人了。"

那妈妈听完那莐莎的话，想了想撂下了手里的筷子说："很多年也不来往了，上次同学聚会我和你爸都没去，我明天去幼儿园找她，我想她能给我这个面子。"

佟中立高兴地说："妈妈，我越来越佩服您的格局了，以后多向您学习。"

那莐莎也过来搂着她妈妈肩膀撒娇地说："我的妈妈是世界上最美丽的女人，我永远爱您。"说完朝她妈妈脸上亲了　口。

"行了，你嘴巴上的酱全粘我脸上了，呵呵！"

那妈妈笑了，笑得很开心，那爸爸在一旁也跟着傻笑上了，他们夫妻俩这么多年的心结被女儿打开了。

周曼丽在单位平复好情绪又开始工作了，不知不觉她已经写出两千多字的报告了，还差300多个字就完成任务了，她走到饮水机旁给茶杯里加了点水，回去太晚了喝水怕打扰姜小妮休息，姜小妮在监狱里的作息时间都很有规律成习惯了，一时还改不过来。

"吱嘎"一声门开了，林浩来了。

周曼丽笑着问："这么晚你还没休息呢?"

"睡早了也不习惯，我刚和同学吃完饭从这路过看灯还亮着，就上来了。"林浩露出了小虎牙。

"曼丽，还有多少没写了，用不用我在这个电脑上写另一部分?"林浩认真地问。

"你还是回去休息吧! 不麻烦你了。"

"我闲着也没事儿，早弄完早回家。"

"那你帮我把先前的那些材料打印出来吧! 谢谢啦!"

周曼丽说着把 U 盘递给了林浩，她在林浩面前总是踏实的样子，可能是因为林浩给了她十足的安全感，周曼丽对着电脑开始码字剩下的结尾部分，她要用最简练的语言总结最精彩的报告。

林浩一边打印一边静静地看着周曼丽的背影，就像看着天使的面容。时而笑笑，时而摇摇头，幸福溢于言表。

他在心里想这辈子就算不能和周曼丽成为伴侣，只要天天能看到她就足够了，自己本来就是不婚族，何必要为难曼丽的感情，只要自己喜欢的人能幸福就好了，正应了时下流行的一句话，我喜欢你，你随意，我爱你和你无关。

周曼丽回家时，坐在林浩的副驾上，她的一双大眼睛就是夜空里最璀璨的星星，她心里知道林浩是特意来护送她回家的，她在心里默念："林浩你是最好的男人，你一定会收获最幸福的爱情。"

第二十二章
魂牵梦萦的地方

周曼丽要回家过八月节了，她妈妈和她姥姥知道这个消息心里别提多高兴了。

早上六点半，周曼丽就坐上从长宁开往长乐县的大客车了，从她上大学开始这是头一次回家过节。先前读书时寻思别来回跑了能省下点钱，毕业了又因为姜小妮每个月都得需要她们几个给提供生活费用。现在比以前轻松了，还有最近在单位和小宇及林浩之间发生的事情，让她的心情有些烦躁，她想趁机放松一下自己的心情，而且这个时候也特别想念妈妈和姥姥。

离开喧嚣的城市回家的感觉真好，周曼丽刚一打开车窗一缕秋风扑面而来，两边的树木随着车轮的行驶向后面倒去，远处的天空飘着几朵白云，田野里成片成片的金黄稻穗。这两年家乡的变化可真大，以前上学的那条林荫小道变成了油漆路，两旁重新栽植的杨树和柳树站成了一道绿色的风景线，淡淡的花香赋予了秋天最美的诗情画意。周曼丽的思绪像一匹骏马在无边无际的大草原上驰骋……

当年的李群穿着黑帆布鞋，每走一步都留下坚实的脚印。

"曼丽，你坐在自行车后面别老晃悠腿，别把你裤脚掩住。"

"就晃，这样我坐着不累。"

"哎，不讲道理了，我骑车驮你还没说累呢！呵呵！"

"李群，你这衬衫洗得挺白啊，你挺有衣服架穿起来真帅气。"

"曼丽，你也好美，你穿的这件连衣裙像一朵红杜鹃一样漂亮。"

李群说完，一只手伸过来示意周曼丽和他握一下手，周曼丽羞答答地打了一下他的手背。

这是生她养她的家乡，这里有童年的时光，有她和李群最青涩的初恋，这份情总在心里挥之不去，踏上这片土地就感觉特别的温暖，妈妈和姥姥是她生命中最重要的人。

"到站了，都把自己的东西拿好了别落下。"司机大声地吆喝着。

周曼丽下车之后，她准备给妈妈和姥姥买点水果，正巧前面有个三轮车的水果摊儿，很多人都围在那买水果。周曼丽把双肩背包挎在了胳膊上，拿起个塑料袋往里装苹果和橘子，乡下的水果比城里的便宜了两块钱，买了这么多老板称完说是 31 元钱。她伸手掏钱包付钱，可用手一摸没找到，她从胳膊上取下双肩包放在水果摊上找钱包，发现钱包丢了。她喊了一声："我钱包被偷了。"这时，她看见离她三米远处有个小男孩背对着她走得很快，不知为什么把两只手放在前面，听到周曼丽的喊声后走得更急了，周曼丽快步追了上去，小男孩听到脚步声撒腿就往前边跑，周曼丽紧紧地追在他的后面，足足跑了半里地把小男孩抓住了，一看钱包在他的手里。

周曼丽非常气愤地喝道："你这么小就当小偷，走，跟我去派出所。"

小男孩一听要去派出所拼命挣脱,刚跑几步又被周曼丽给抓住了。小男孩被拽到了派出所后非常害怕,他站在地中间两只手不停地薅着衣角,支支吾吾地不知道说什么好。

民警拧开了笔帽准备做笔录,很严肃地问他:"你偷几回钱包了? 说实话!"

"我今天是第一次偷别人东西。"小男孩很紧张,低着头眼睛不敢看警察。

警察接着问他:"你几岁了,叫什么名字?"

"我7岁了,叫李大牛。"小男孩怯生生地回答,声音小得只有在一米内才能听清。

警察依然很严肃:"我问你的大名叫什么?上学时老师管你叫的名字?"

"我就叫李大牛,我爸爸总管我叫大牛。"小男孩抬起了眼睛看着警察,他可能担心警察不相信他的话。

警察的语气有些缓和,无奈地摇了一下头说:"你爸爸叫什么名字?"

"我爸爸叫李群,我家住在柳树屯。"小男孩回答。

"你咋跑这儿来了?"

"是豹子哥给我领这儿玩的。"

周曼丽一听"嗖"地一下子从凳子上站了起来,她是又气又心疼。她连忙说:"哎呀,警察同志我知道他是谁家孩子了,你看这样行不行?他还小我不追究了,我把他送回家去。"

警察说:"可以,那就按照你说的办吧!不过你得给我留个证词，要不报案就得备案……"

"警察同志，他还小，我替他担保绝对不会再发生了……"

周曼丽领着大牛在回家路上，苦口婆心地教育了大牛好多话，大牛被训哭了，他求周曼丽不要把这件事告诉他爸爸，大牛说豹子哥是他姨家的孩子，早就不念书了。

周曼丽的妈妈和姥姥上地干活儿还没回来，她看李群家的屋门也没锁，洗衣盆里堆了不少衣服，炕上还有一床被子没叠，高低柜上面的镜子也满是灰尘都看不清人脸了。

"家里没人，你妈妈去哪儿了？"周曼丽把着大牛的肩膀问。

"我妈妈已经去世两年了。"大牛用一副可怜兮兮的眼神看着周曼丽。

周曼丽先是一愣，随后蹲下来把大牛搂在了怀里，泪水夺眶而出，两年的时间存留在心里的记忆物是人非，自己曾经爱过的男人竟然遭受命运如此重击。李群的爸爸妈妈还有媳妇，这么大的磨难都是他一个人来承受，而他不顾小家为大家整日奔忙。母亲和姥姥只告诉自己村里修油漆路了和种水稻的事情，对于李群家里的情况从来没说过，可能是怕自己知道后痛苦。

"阿姨，你怎么哭了？"大牛问周曼丽。

"阿姨是心疼你呀，我是你的亲人，住在这个院。"周曼丽抽噎着指着自己家的房子。

"我知道，这是我周奶奶家。"大牛瞪着大眼睛告诉周曼丽。

周曼丽把大牛的脸洗了两遍才洗干净，她又在衣柜里翻出一套干净的衣服给他换上了。把洗衣盆端到了外面窗户台跟前，拿着小板凳坐下就开洗，不一会儿工夫院子的晾衣绳上就搭满了衣服，她又上炕上把被子也抱出来放外面晾晒。自己找到一块抹布擦完家具、镜子、又擦玻璃，一个多小时的时间把屋里屋外打扫得干干净净。

这时，李群回来了，他见到周曼丽的反应先是一愣张开两手想去拥抱，可又放下了，他又伸出手去握周曼丽的手，刚碰上就撒开了，说话有点语无伦次："曼丽，你、你好吗？你怎么回来了？是请假还是放假了？"

"我挺好的，回家过八月节来了。"周曼丽说话时，声音很轻柔。她看见李群的脸上刻满了沧桑，黝黑的皮肤早已褪去了青涩的记忆，体型比以前消瘦一些，但一双眼睛炯炯有神，有村主任的气场，虽然李群做爸爸了，但他们之间对彼此的信任都不减当年。

周曼丽问："大牛没上学吗？"

李群："大牛和村里的孩子是上学了，可是老师教课总是三天打鱼两天晒网。"

"就一个老师吗？"

"嗯，山区条件不好没有老师愿意到这里教书，我前天把大牛送到他姨家去了，我一忙起来，有时还得他周奶奶和二丫奶奶给大牛做饭。"

李群问大牛："谁给你送回来的？"

大牛望着周曼丽不敢吱声，周曼丽看着笑了。

"正巧我在半路上碰到了大牛，就把他领回来了。"

周曼丽没敢把大牛今天偷钱包的事情告诉李群，她说自己没有家的钥匙，正好在等她妈妈的时候顺便干点活。

周曼丽的妈妈周英手里拎着不少菜，一进当院就喊："我的曼丽回来了，妈太高兴了，快过来吧！"

她姥姥也紧跟着进院了："我的乖外孙女，你把姥姥都想坏了，我说让你妈早点回来她说赶趟，是不是都没进去屋。"

周曼丽背起双肩书包，从李群家跑回自己家的院子，像个小鸟一样地扑进姥姥的怀抱里，又紧紧地搂住了妈妈的脖子。

"真是女大十八变，越变越好看！"她姥姥拽着曼丽的手上下打量、嘴里不住地叨咕着。

周曼丽在妈妈和姥姥的脸上都美美地亲了一口。

"妈，好想你们啊！快进屋里唠吧。"

进屋后，周曼丽从背包里拿出两件毛衫，一个紫色、一个橘黄色，她把紫色的给她姥姥穿上了。

一边端详一边说："还是我姥姥有衣服架，看看这衣服穿上像个退休的老师。"

"你给姥姥买啥我都喜欢。"她姥姥乐得合不拢嘴。

周曼丽又把那件橘黄色的毛衫帮妈妈穿上了，"妈，你本来就白净，穿上这个颜色衣服太好看了。"

"谢谢曼丽，妈结婚时都没穿过这么好的衣服，我闺女能挣钱了知道惦记我们娘俩了。"周英脸上掩饰不住的喜悦。

周曼丽又从钱包里掏出六百块钱，给她妈妈和姥姥一人三百，告诉她俩自己喜欢啥买点啥。

周英用大锅小灶不一会儿就做好四个菜，有小笨鸡炖蘑菇、猪肉炖酸菜、肉炒黄花菜、酱泥鳅，她说女儿回来得好好庆贺一下，这边放好桌子上完菜没等吃呢，她连菜带饭给李群他们爷俩送过去一小盆儿。

二丫隔在自己家里闻着香味了，扒着墙头一看是周曼丽回来了，她高兴得手舞足蹈，跑过来抱住周曼丽喜欢得不得了。

"你看看，多不经混儿，小时候还成天往我家跑玩水呢！现在出落成大家闺秀了，标准的大美女太招人喜欢了。"

"有菜没酒哪儿成席啊？等二姨回家拿一箱啤酒，还有柿子和黄瓜，整个柿子拌白糖、再拌个凉菜，二姨今天得陪你喝点。"二丫说完回去拿东西去了……

晚上，周曼丽躺在炕上翻来覆去地睡不着。她寻思李群今天白天和她说的话——这么大的村子有一帮孩子没地方上学没人教书，心里很着急，她打算明天白天去小学校看看。

柳树屯小学校坐落在村子的东南角，举目望去是一片凄凉，学校的铁大门也不知道被谁给卸走了，窗户上的玻璃也都被风刮掉了，钉在墙上的黑板变成浅白色了。周曼丽走进自己曾经读过书的班级，桌子七零八落地堆在墙角处，可能是当时修路工人住的时候扔在一起的，有人住、有人说话最起码还有生活气息。这和城里的学校一比真是天壤之别，都说没有老师愿意上这儿来，一看都会被吓跑了。

周曼丽一个人在学校里走来走去，她的心里空荡荡的。她小学就是在这里读的书，她的班主任是土生土长的本村人，老师性格温和人也特别好，可能是她们家里穷的原因，老师对她们很照顾。有时，老师就从家里拿点好吃的给学生们分了……

周曼丽从学校出来径直地向村部走去，她决定找李群和老支书商量一下，让他们帮助自己把教室里的东西清理出去，把黑板、墙壁都进行粉刷，把没有玻璃的窗户安上玻璃，再从村部会议室搬几个桌椅板凳做课桌，她的想法得到李群和王书记的双手赞成。

王书记激动地说："周老师，你这样做可是孩子们的救星啊！要不真耽误了下一代了。"

李群也接着说："曼丽，我代表村委会谢谢你！那天大牛向我承认了错误，他说是你把他领回来的真不好意思了。"

"大牛是个诚实的好孩子，有错误得给孩子改正的机会，这个机会就是大人要教给他们做个遵纪守法的好孩子。"周曼丽说话声音不高，像一个慈祥的家长。

李群一听心里感到很温暖，他也有精神头儿了，"我一会儿在广播喇叭里面通知一下，有谁家孩子想上学的来村部报名。"

"我负责给他们登记。"王书记笑呵呵地从抽匣子里拿出了纸笔。

二丫从广播里听到消息就跑周英家来了，她直接上炕了把腿一盘。

"周姐，你听见了没有？曼丽要教学生，这个穷山沟能长出金豆啊？好不容易才回来一趟，好好陪陪你俩多好，扯那干啥呀？"

周英一怔："曼丽今天早上在家也没说这个事儿啊？她就说出去走走，我还以为去她同学家了呢。"

周曼丽的姥姥听后没吱声，曼丽是她带大的，她一直都很惯着曼丽，不过曼丽这么做她还是不咋愿意，周英从妈妈的脸色中能察觉出来。

两天之后，学校的教室就全部弄好了，周曼丽自己在家备课做了笔记，她一看报上的名单一共是 12 个孩子，7 个男生、5 个女生。农村人本来就实在一听说周曼丽要教孩子学习，有的往周英家送鸡蛋，有的送水果，周英和她妈妈都以笑脸相迎热情招待。

不到两星期又增加了好几十个学生，读到三年级辍学的 10 个、读到四年辍学的 7 个，读到五年级辍学的 8 个，六年级辍学的有 9 个。这下可忙坏了周曼丽，她上午给一二三年级上课，下午给四五六级上课。李群也很心疼周曼丽，他特意买点小橘子放到她的包里，留着她讲课累了解解渴。

一晃一个月过去了，周曼丽的单位来了很多次电话催她回去上班，姜小妮也吵着要雇车接她回去。周曼丽觉得为难了，当时自己把孩子们的学习积极性都带动起来了，家长们也都把希望寄托在她身上了，这可怎么办呢？她把自己单位这种情况和村委会说了。

"曼丽，妈这么多年也没干涉过你啥事情，这次我得说你几句了，你也别不愿意听，你说你这么多年苦着累着读书是不是要走出穷山沟，当时你考上大学给我和你姥激动得都哭了，以你为荣也希望你有个好前程，以后能找个好对象。"周英语重心长地说。

"城里的环境多好啊！你一天坐在办公室里，吃的、住的都比这儿强百倍，你那几个同学不都在城里上班吗？哪个在农村站下了，这人往高处走，水往低处流。"周曼丽的姥姥在一旁也好言相劝。

周曼丽静静地听着，她认为妈妈和姥姥说得很有道理。她们两个人含辛茹苦把自己拉扯大很不容易，她回来那天看见她妈妈的鬓角都有白头发了她很心疼。作为女儿应该好好报答她们的养育之恩才对，自己心中有柳树屯，可是最亲近的人还是自己的妈妈和姥姥。

周曼丽低沉地说："妈妈、姥姥我想好了，我明天就回去上班。"

周英一听女儿吐话了和妈妈相视一笑。

"好，那今晚上就早点睡吧。"

第二天早上，周英早早地起来给周曼丽包了酸菜馅饺子，东北都讲究上车饺子下车面，又给她煮了几个鸡蛋装在背包里留着路上吃。周曼丽吃完饺子把化妆品也装进包里，看看时间正好客车快过来了，她妈妈和她姥姥把周曼丽送到了大门外，几个人全愣住了。

她教过的学生都背着书包在门口等着她呢，六年级的学生首先开口了："周老师，你别走啊！你走了谁教我们呢？我不想当文盲。"

"周老师你留下来吧。"

"周老师，你不能走啊！"学生们都齐刷刷地上来把周曼丽围在了中间。

周曼丽眼睛湿润了，她回头看着她的妈妈和姥姥，她很希望她们帮她拿个主意，可她们两个谁都没吱声。她又想起了几个闺密叽叽喳喳地吵着让她回去；又要来车接她的话；还有自己最爱的编辑工作；要是在这儿留下了就等于全都放弃了。

周英和她妈妈没想到会有这样的场面，她们俩本身都是很善良的人，这场面她俩也都很感动。明知道这样下去周曼丽没法走，周英本想上前把这帮孩子打发走了，被周妈妈拽了一下。

她回头看着自己的妈妈，周妈妈轻声说："让她自己拿主意吧。"

周曼丽此刻也很激动，她擦了擦眼泪说："孩子们，你们还会有别的老师来教你们的，一会儿客车就走了，我就回不去了。"

"周老师，我不让你走，呜呜……"一个小女孩抱住周曼丽就哭了起来。

　　周英是最刚强的女人，她就怕自己的女儿哭，她看着女儿纠结的样子心疼得不得了。她寻思这帮孩子是怎么知道曼丽今天要回城的消息，一定是李群告诉他们的。周英下意识地回头看看李群在没在家，正巧，李群站在自己家的屋门口领着大牛正在看着流着眼泪的周曼丽。

　　周曼丽把背包放到了地上哭了，她哭着哭着抬起了头。

　　"孩子们，我答应你们，不走了。"

第二十三章
突如其来的辞职报告

《沃野》杂志社自从周曼丽主张编辑的小说《沸腾的乡村》获大奖以后，知名度更高了，上面一有文化部门来巡查工作，第一个检查和采风去处就是她们单位，康庄也很重视每一次的会议，每个周一早上都要总结工作经验和研究新的方案。

康庄满面春风地说："我们又接到了新的合作项目，是外省的龙头企业对我们杂志社进行投资，打造新时代文学巨匠，先进典范和团队标兵。这个项目是文化共享工程，我已经上报新闻出版局和市委宣传部了，得到了市有关部门的大力支持，开展这项工作由周曼丽主抓。"

这时，顾主任站起来走到康庄的面前，把一份辞职报告递了过去。

康总看完充满疑虑，不解地问："周曼丽辞职了，为什么？"

台下的员工都不时发出感叹，唏嘘不已。

"周主任才华横溢、为人低调，为咱们杂志社立下了汗马功劳，这太可惜了。"

顾主任说："大家静一下，周曼丽没汇报具体是什么情况，只是昨天收到了她的一封辞职信。"

康总是爱才之人，他觉得周曼丽走了非常遗憾，他看着顾主任的脸真诚地说："这样的人才不能轻易流失，我有时间去她家了解一下看看是什么情况……"

林浩一听脑袋"嗡"地一下子，他以为是自己让周曼丽为难了，她才选择离开杂志社的。他又想到可能是小宇让周曼丽难堪了，也许周曼丽不想留在这里面对小宇的冷嘲热讽。林浩赶紧到单位楼下给周曼丽了打个电话，他听到电话那头有嘈杂的声音。

"曼丽，你在哪儿呢？你为什么要辞职啊？你这样我很难过。"

"不是因为你，一句两句也说不清楚。"

"那是因为什么？你遇到什么困难了，我可以帮你啊！"

"好了，林浩我在忙先不说了。"

林浩听到还有孩子们的说话声，听周曼丽的语气挺有精气神，林浩一颗悬着的心才稍微安稳下来。

周英知道周曼丽写辞职报告的事情也没横加阻拦，她知道曼丽是个有智慧的孩子，在这之前的纠结和彷徨她都看在眼里疼在心上。她想女儿的选择是对村里的孩子负责，虽然女儿自己辛苦，但她高兴就好。

周曼丽的几个闺密知道她辞职的事情，就像原子弹爆炸一样大轰动，她们几个一天轮流给周曼丽打电话，都说过两天就来把她接回城里。

吴亚婕下班后刚撂下包，就给周曼丽打电话，这是她今天打的第五个电话了。

"大姐，你还是回来吧！我们几个都在等你。你在杂志社的工作多舒适啊！你有创新精神和敏锐的观察力，也有灵活的头脑可以源源不断地撰写出好文章，编辑出文学好作品，你在农村太屈才了。"

"亚婕，谢谢你们几个对我的呵护，我来自农村就该回归本土。城里的条件是很好，可柳树屯的孩子们却学不到知识，这样下去他们根本就没有未来啊！他们就会祖祖辈辈地下地务农，当我看到孩子们充满期待的眼神，我怎么都迈不动步了，请你们支持我的决定吧！"

周曼丽的一番话感人肺腑，电话那边的吴亚婕听后不吱声了，她失望地挂断了电话，坐在凳子上两个眼睛直勾勾地望着窗外，她想不明白大姐周曼丽这么优秀的女生，为什么总是在关键时刻拒绝一个又一个的好机会。

这边的周曼丽每天的心思全都放在学生身上了，这些孩子们不能光是学习，也得有一些体育活动。她让妈妈去镇上买回五个足球、皮筋，还有一根大粗绳子，让姥姥帮她缝几个由八块布组成的布口袋，给孩子们玩跳房子用。

周曼丽的穿着也朴实无华，脱掉了以前的高跟鞋，总是梳着一个马尾辫儿，经常穿着运动服显得朝气蓬勃。

周五下午，她把学生们带到了院子里进行一场拔河比赛。

"孩子们，今天咱们要进行一场拔河比赛，每队10个人，咱们友谊第一，比赛第二，赛后公布成绩。"

孩子们一听欢呼雀跃，从一年到六年级的各班学生精神抖擞地上了阵。他们摆好架势，两眼注视着对方，双手紧紧地抓住大粗绳，只等老师周曼丽裁判员的号令。哨声一响，同学们都使出吃奶的劲儿咬紧牙关，像初生牛犊一样铆足了劲儿往后拽，绳子中间的红带子慢慢地向力气大的一边移动了。周曼丽和李大牛挥动着小红旗大声喊着："加油！加油！"同学们的助威声一浪高过一浪。

李群站在远处看着大牛和周曼丽配合得很默契，他开心地笑了，此刻的周曼丽像个孩子一样的蹦着、跳着，快乐得像一只飞出笼子的小鸟。

"李主任，你怎么不到跟前去看呢？"王书记站在李群的身后问。

"王书记，你也是听见欢笑声语过来的？我怎么没听见你的脚步声呢？"李群回头问王书记。

"那是你看得太投入呗。"王书记乐了。

"我和镇领导请示完了，这个月得给周老师开支了，谁都离不开柴米油盐，都得养家糊口啊！周老师这么大的人了，人家在城里可是主任级别的，回到咱这儿也不能让她妈妈来养活她吧。"王书记说完乐了，吸了一口烟。

"还是老支书想得周到，也办得漂亮。"李群用崇拜的眼神看着王书记。

"咱们村里条件不好，这都亏了周老师了。"老支书说话的语气很真诚。

"这是统计表，一会儿你给周老师让她看看对不对。周老师为孩子们买的那些东西给她报销了。"

"王书记，她正忙着呢！还是打电话告诉她来村部。"

"本来我是给周老师送表来了，没想到在这碰到你了，我也不去打扰她和孩子们的兴致了。"王书记笑呵呵地指指李群。

李群用手挠挠脑袋，又用手从前往后捋一下头发，然后笑了，说："书记，周老师是一只白天鹅，她是很多人心中的女神。"

王书乐了，"好吧，我要回村部了，你在这儿看吧。"

"我也回去吧，等她来再和她说工资的事情。"李群也跟在王书记的后面走了。

周曼丽组织的运动会开完了，孩子们高兴地背着书包，仨一伙俩一串地回家了。

周曼丽拿着教案向村部走去，不一会儿工夫就到了。她今天穿着运动鞋走路一点声音都没有，她都站在门口了里面的人都没发现，李群和王书记正在聊天。

王书记："那时，要不是你妈给你拖累了，你们真是一桩好姻缘。"

李群："该着我的人生多磨难吧！现在儿子都 7 岁了，小芳也走了。唉！"

"周老师太优秀了，真是咱们柳树屯的一只金凤凰啊！就像许多年轻人说的那样，要是你当年没有那些如果多好。"

"命运狠狠地捉弄了我，还好我没倒下。"

"周老师不知道你现在心里还放不下她吧？"

"她从来没问过我，我也没和她说过，曼丽那么优秀，我这拖家带口的不能再多想别的了，如果真正喜欢她，就要为她着想，只要她幸福我就放心了。"

周曼丽在外面听后心里一颤，假装咳嗽一声，然后就进屋了。

王书记一看见周曼丽来了很高兴，李群赶紧给她拽过来一张椅子。

王书记："李主任，你把统计表给周老师核实一下。"

"好的，坐下看吧！"

"正好，一会儿让周老师帮咱们把报表做出来，咱俩整的表格不规范。"

周曼丽："嗯，好的，我打电话告诉我妈一声不用等我吃饭了。"

周曼丽的姥姥在家里做了一大锅苞米茬粥，又煮了几个咸鸭蛋。周英回来了，她今天又去镇上买了几斤棉花和花布头，她看这帮孩子坐在凉板凳子上都没有小垫儿，她和妈妈商量好了明天在家用缝纫机给每个孩子缝个小垫儿。

周英告诉妈妈曼丽不回来吃饭了，村部有事儿她帮忙去了。

她妈妈听后说："闺女，曼丽也是岁数小的原因吧，感觉她每天都乐颠儿的不知道累。"

"她就是恨铁不成钢，总想让生她养她的柳树屯变得越来越好。"周英边放桌子边说，随后把咸鸭蛋也拿了上来。

"嗯，这孩子有心劲儿，从小就好强是个好孩了。"周曼丽的姥姥端上来一盆苞米茬粥。

她们娘俩坐在炕上吃饭了，这时，二丫也端着小盆儿进来了。

"我是最会赶嘴的人，只要想吃啥都落不下。呵呵！"

"快点上炕吧，碗够用你还拿个小盆儿。"周英笑着说。

她和二丫相处得如同姐妹，说话一点都不分心。

"我寻思盛回去吃，到这儿就不愿意走了。"二丫笑着说。

"那就脱鞋上炕吧！"周妈妈热情地用手比画着。

二丫喝了一口粥，又吃一口咸鸭蛋。

"周姐，我今天听见有人议论说曼丽是不是念旧情，怎么在城里待得好好的回来就不走了呢？而且还对李群的儿子大牛又那么好。"

周英和妈妈对视了一下，周英说："我还真没往那儿想，你看我还给那帮孩子做小垫呢。"

二丫接着又说："曼丽要能像你一样没想法就好了，要不咱们这么好的闺女可真是亏了呀！李群是个好男人，但是拖家带口的可不好往一起凑合。"

周英和妈妈听完谁也没发表意见，把话题转移到简陋的小学校上了……二丫吃饱了，端着一小盆儿苞米碴粥回去了。

周英和她妈妈心里都有点不舒服，她妈妈对周英说："闺女，你说曼丽能有这样的想法吗？"

周英若有所思地说："她可从来没露过话口儿，不过也得敲打她一下，妈，你找个借口点点她，你岁数大了说深了浅了她也不能生气。"

"嗯，婚姻可是一辈子的大事，可不能因为同情就啥也不顾了。"周曼丽的姥姥表情挺严肃。

周曼丽在村部里简单地吃了一口饭，就开始忙活了，填完表都快八点了。

王书记告诉李群："李主任，你负责送周老师回家，一定要把她送到家门口。"

"王书记放心吧！你忘了我们两家是邻居了，我看着她进屋以后再回去。"李群递给老支书一支烟，又掏出打火机给点着了。

村部距离家有能四井多地，李群和周曼丽肩并肩一起往回走。

"这条路现在修得这么宽阔平坦，还有路灯照亮真好，你为村民造福了。"周曼丽兴致勃勃地说。

"我也没啥大功劳，咱们全村人都很齐心协力地支持村里的工作，主要是国家政策好。"李群说话有主任的派头。

"咱们以前上学时，骑自行车来回走多费劲，你还要驮着我，那时我怎么没想到你有多累呢？"周曼丽说话时有点不好意思了。

"那时，我正是青春年少有股蛮劲，真没感觉费劲。"李群说话的声音也很有磁性。但是他明白自己现在已经不是当年的小伙子了，他配不上周曼丽，他们过去的恋情只能封存在心底了。他告诫自己周曼丽这么好的姑娘他不能拖累她，让她跟着自己受苦受累，自己也是识文断字的男人，不能只是有一己私欲，更多要为自己喜欢的人去着想。再看看自己的儿子李大牛都这么大了，人家曼丽还是大姑娘家，想到这李群就转移了话题。

"是的，一晃快十年了，曼丽你还记得我后桌那个淘气的男生吗？"

"知道，你不说他一上课就立着一本书，偷摸看小说的那个马大个儿吗。"

"对，你的记性真好。"李群乐了。

"这次，咱们村里种水稻他是大力支持啊！他对承包水稻很精通，他现在有很多大客户，以后咱们稻田丰收了他还答应领客商来。"

周曼丽一语双关地说："真是山不转水转，相见总有时啊！"一边走一边聊天，不知不觉到家门口了。

李群站在周曼丽家的大门外说："你回去吧！等你进屋我再回去，我是这么答应王书记的，呵呵！"

周曼丽柔声说："都到家了，还怕啥，你回去吧！"

这时，周英听见说话声从屋里出来了。之前她一直用眼睛往门口看着，一看他俩回来了，就把李大牛送到了大门口。

"李群，你们才忙完呢？孩子都困了。以后再加班你就让王书记顶着，你孩子这么小他应该对你照顾点儿。"

李群赶忙说道："谢谢周姨，您辛苦了。"

周英锁好大门，回头问周曼丽："你穿得这么少不冷啊？"

"不冷，现在还没到冷的时候呢。"周曼丽搂着她妈妈的胳膊一起回屋了。

周曼丽的姥姥坐在炕上看曼丽进屋了，头一句话就问："和李群一起回来的？黑天外面凉飕了吧？"

"嗯，我和他正好是一路顺道，不冷，姥姥你看我的手凉不凉？"周曼丽撒娇地用手攥着她姥姥的手。

"曼丽呀，有啥活最好白天干，这贪黑把火的我们不放心。"她姥姥说。

周曼丽也没多想，以为是她妈妈和姥姥心疼她，她随口说了一句："嗯，我知道了。妈妈、姥姥我自打教书开始，你们俩也都跟着受累了，我很心疼你们。"

她姥姥拿着枕头躺那儿了，说："真是岁数大了，坐时间长了也觉得累了，人老了就不中用了，说话也好颠三倒四的了。曼丽，你都这么大了在城里怎么没处着对象呢？一个相当的都没有吗？可也是，要是有对象人家还不一定能让你回村教书呢。"

"妈，那要是两个人好还兴许一起领回来呢。"周英边说边冲她妈眨眨眼……"

王书记刚到家，就被他媳妇训了，"你看看，都几点了一出去一天，也不知道这么大岁数了图啥？"

"老伴儿，你当支书的老婆就得思想境界高点呀！村部里一大堆事儿，我想早点回来身不由己啊！"

王书记把鞋往地上一甩，说："给我个枕头，我直直腰儿吧。"

"你看李主任更不容易，一个大男人家里都没个做饭的人，回家啥都得自己，想想他你就少点牢骚吧。"老支书心平气和地和老伴说。

"嗯，可也是，他家的大牛不是周英帮着照顾吗？你渴不渴呀？我给你倒点水？"老伴问他。

"大牛有照顾了，那炕冰凉的也得李群自己烧啊！都这么晚了热乎过来哈时候了。"老支书的脸上很心疼的表情。

"那李群咋不找个媳妇呢？屋里有个女人就像家样了。"老伴说。

"有时，我寻思他的事都犯愁啊！你说一般人都顾虑他有个大儿子，一个儿子念书，再说个媳妇，得多少钱？现在的社会能有谁愿意跟着吃苦受累的？"老支书说完叹了一口气。

"可也是啊！负担确实很重，还有后妈也难当啊！要是自己孩子咋说都行，这个不好相处啊！媒人给介绍好几个了，这女的到家一看啥都没有，转身就走了……"

　　周曼丽躺在炕上辗转反侧也没睡意，她白天在村部门口听见李群和王书记的对话，今晚又和李群单独回家，她忽然想起他们走夜路时被野狗吓一跳的一幕，现在回想起来特别的甜蜜。可为什么李群却不愿意过多说起他俩的事情，难道是他和老婆小芳的感情很好，可是他家里面没摆放一张小芳的照片。自己如果没考上大学的话，一定会嫁给李群做媳妇，可是，考上大学了他也和小芳结婚了。现在自己又回到最初的柳树屯了，自己兜兜转转就是为了躲避和李群结婚的机遇。现在面对初恋的男人却有一种苦涩在心头，大牛这么小就没了母亲，孩子也真够可怜的。都说好人会有好报，这么多年李群净在苦水里泡着了，也就是他们俩在读高中时是人生最幸福的时光，她也想给李群多一些照顾，可从李群的眼中总能看到有一种逃避的目光，难道是李群经历人生的磨难太多了，对自己的未来没有信心了，还是太多的创伤让他感到身心疲惫。

　　李群是个好样的男人，他带领村民栽种的稻田，眼看就要有收成了。柳树屯有李群这样的村干部老百姓不愁不富，他在工作上有一股使不完的劲头，我没看错人，当时能喜欢上他一点都不后悔，周曼丽看看手机里的照片，那只装满幸运星的小瓶子在夜晚闪闪发光。

第二十四章

晚霞依旧灿烂

周曼丽早上着急忙慌地吃了一碗粥，今天是周五学生考试。她一看手机昨晚忘充电了，马上就要关机了，她把手机插上充电器。

"妈，我不带手机了，要不监考也得关机。"说完拿着一打厚厚的试卷儿就走了。

李群知道孩子今天考试，他老早就把大牛送学校来了。大牛下了摩托车后，告诉李群："爸，我出来时忘记关灯了，一会儿你回去关了，看浪费电。"

李群高兴地摸了一下大牛的脑袋，边笑边说："好的，我儿子真学会过日子了，我得先去村部一趟再回家，你先进班里去吧，好好考试啊！"

在通往柳树屯的公路上，康庄亲自驾车来找周曼丽，周曼丽也不会想到《沃野》杂志社的康总会"三顾茅庐"来这儿请她。

康庄在车里开启了导航的模式，时速达100迈，他推算到柳树屯大约得用 5 个多小时。他心潮起伏难以平静，这个柳树屯距离他下乡的孔家店只有 30 里地，他把真情扎在这片土地上了。当年，他在孔家店下乡时，在生产队里吃尽了苦头，多亏他生命中最重要的女人周英了，为他付出了青春和全部的感情。那时自己才 23 岁，爱人周英对他疼爱有加照顾得无微不至，他们家境虽然贫寒，生活却过得简单幸福。虽然和周英生活在一起只有一年的时间，但这一生永远都刻骨铭心，从他返城到现在一颗心始终和孔家店紧紧地连在一起。

二十多年过去了，今天他找到了落叶归根的感觉，这是他久违的归属感，康庄在心里翻江倒海，周英的模样在眼前晃来晃去，他的眼睛湿润了。

这些年乡下发生了天翻地覆的变化，原先尘土飞扬的土道不见了，一条通向村子的油漆路宽阔平坦，公路两边的花坛里开满了各种颜色的花，风吹树叶"哗哗"作响。田野里的谷子都压弯了腰，红红火火的丰收场景就在眼前，家家门口的柴火垛堆放得整整齐齐，不管是砖房还是瓦房一串串红辣椒挂满了房前，埋藏在心里二十多年的周英现在过得怎么样？他心里泛起一阵酸楚，有说不尽的愧疚。

康庄看到前面大石头上刻着三个醒目的大字"柳树屯"。他把车靠边停了下来，他手里拿着电话下车了，在通信录里找到了周曼丽的电话随手一拨，只听到中国移动服务台话务员的声音"您拨打的电话已关机"。他乐了，真不巧来时也没事先告诉周曼丽一声，他想反正都到村子了，一打听就能知道了。

这时，从村里出来一个骑摩托车的男人，康庄向他询问哪个是周曼丽的家？骑摩托车的男人说他自己是来走亲戚的不熟悉这个人，说完一阵风似的骑走了。

　　刚巧二丫他们两口子开着三轮车要去镇里，听康庄问她周曼丽的家住哪儿。

　　她乐了："我和曼丽是邻居，你顺着这条道一直走，第一个路口道北边那个三间大瓦房就是她们家。"二丫说完走了。

　　二丫在路上和她老公叨咕："这个人有点眼熟呢！"

　　"拉倒吧！咱村啥时候来过开豪车的人呢？"她老公打断她的话。

　　康庄问完路很高兴，他上车打开车窗一边走一边看，在周曼丽的家门口停下了。

　　他按了两下喇叭屋里没有人出来，他锁好车夹着公文包就进院了。周英在屋里往外一看愣住了，他怎么来了？她不知所措，回过身刚想躲起来，康庄推门进来了。

　　康庄看到周英后惊讶得张大了嘴巴，"周英，你是周英。"公文包掉在了地上。

　　周英一下跑到东屋把门关上了，紧紧地堵在了门口。

　　康庄用手一推门没开，激动的声音都颤抖了："英子，你怎么在这儿啊？这么多年我一刻也没忘了你啊！"康庄泪流满面。

　　周英在里面泣不成声："你来这儿干啥啊？我过得好好的你为啥又来打扰我啊？呜呜……"

　　"英子，我和袁明去孔家店找过你呀！你搬走了呀！说你嫁到外县去了，你为啥不等我回来呀！呜呜……"

　　"我是想让你安心工作，不拖累你！呜呜……"

　　"开门吧！我对不起你呀英子！让你留在农村受苦了！"

　　这时，周妈妈回来了，他看见眼前竟是康庄，她一下子就哭了。

　　"庄子，你怎么来了？"

康庄转过身攥住岳母的手，"妈，我也好想你！你们让我找得好苦啊！你和英子是我的恩人哪！"康庄的眼泪滴落在周妈妈那双布满老茧的手上。

"周英到现在都没结婚，她的心里装不下别人。"

"庄子，你没走之前英子就知道自己怀孕了，她没告诉你怕耽误你的前程，她这么多年一个人把你们的女儿拉扯大了，周曼丽是你的女儿呀！"周英的妈妈泪如雨下，放声大哭。

康庄一听"扑通"一声跪在地上，"妈，请你接受我的跪谢，我这辈子和下辈子都不能忘了你们的恩德。"

"妈，我的女儿在哪儿？我现在就要见曼丽。"康庄跪在地上拽着周英妈妈的手摇晃着。

周妈妈从地上把康庄扶了起来："庄子别哭了，咱们到屋里说话。"

"英子，把门开开吧！"

周英慢慢地把门打开了，自己坐到了炕沿上掩面而泣，这是她倾尽全部感情的男人，他真正出现在自己面前时，却不知道怎么面对。

康庄和周妈妈也都坐了下来，康庄拉着周妈妈的手问："妈妈，我爸爸他老人家还好吗？"

"你爸早就走了，你回城的那年冬天，在他一次赶大车送公粮的时候，马毛了，大车翻到山下他去世了。"

"妈妈，你们太苦了！"康庄又哭了起来。

这时，周曼丽拿着一摞卷子回来了，她在大门口看见康庄的豪车了，她高兴地一路小跑进屋了。

"康总，这么远您怎么来了？您怎么没给我打电话呢？哦！对了，我电话在家充电了。"

周曼丽说完没听见康总说话，她看见康总满眼是泪，再看看妈妈和姥姥也都红着眼圈儿。

她有点蒙了："妈，我介绍一下，这是我们《沃野》杂志社的康庄总经理。"

"曼丽，他是你爸爸。"曼丽的姥姥哭着说。

"姥姥，舅舅说我很小的时候爸爸就在车祸中去世了，这到底是怎么回事？妈，您说话呀！"周曼丽惊愕地看着她妈妈问。

周英坐在凳子上边哭边说："曼丽，妈对不起你，瞒着你这么多年，事情还得从二十多年前说起……"

"妈，不管怎样您都不该瞒着我啊！我一直都不敢在您面前问，您早该告诉我实情啊！我和爸爸这么年才能相认，这是多么残忍的事情啊！"周曼丽说完抱着姥姥痛哭。

"曼丽，你也别怪你妈妈，她有她的苦衷，她主要是为我一个人着想了，要怪就怪爸爸吧！怪我只知道借酒消愁自己痛苦，没到这个屯来找你们。"康庄哭着说。

周曼丽一下扑进爸爸的怀抱，她嘴里不停地叨咕着："我第一次见到您的时候就特别的亲切，工作三年和爸爸都不能相认，我的心好难受啊！爸爸、爸爸，呜呜……"

康总用手抚摩着周曼丽的头发，"女儿，你都长这么大了，爸爸才来找你惭愧啊！要感谢你妈妈和姥姥把你抚养成人，以后一定要报答她们的养育之恩哪！"

康总从公文包里掏出两万块钱递到周英的手里。

"换季了，这钱留着你和女儿还有妈妈添置点衣服吧！"周英没伸手接，也没说话。

康庄把钱放到了炕上，抓起周英的手紧紧地攥住了，他们两个人的手都在颤抖。

周妈妈的心情平复了很多，她对康庄说："你们唠吧！我去给你做饭，庄子开这么远的车早就饿了！"

"妈，不用做饭了，一会儿咱们出去吃，今天是咱家大团圆的日子得出去庆贺一下。"康庄激动地说。

他们一家人在一起吃了一顿团圆饭，周曼丽没让爸爸回去，他让李群把爸爸安排在村部里，她怕爸爸冷又从家里拿去一床被子，李群知道事情的原委后，在家高兴得半宿都没睡着觉，他寻思这回好了，曼丽和周姨以后就有好日子过了。

康总躺在村部里的床上，他感觉就像做梦一样。没想到他日思梦想的周英竟会在这里遇见了，更出乎他意料的是周曼丽竟然是自己的女儿，能在余生见到她们是天大的幸运，要不这辈子死时也闭不上眼睛，这么多年郁闷的心结，顷刻间像囚鸟出笼一样豁然开朗，他的滚滚热泪顺着脸颊流淌到枕头上。

他在心里发誓：我要给她们最好的生活，补偿我的内疚。经历了人生的大起大落和悲欢离合，我要鼓起勇气告诉现任妻子，担起责任，要好好补偿对女儿亏欠的父爱。

第二天是周六，正好周曼丽没课，她陪着爸爸到她教书的学校去看看。康庄对简陋的学校很担忧，山区的生活环境和自然条件导致了小学的教育严重滞后，还有受"读书无用论"的影响，直接影响了孩子们学习的积极性。另外，这简陋破旧的小学环境需要改变，他的心里一下子很沉重，要改变现状谈何容易，这离不开政府部门和教育部门的大力扶持。

康庄从学校出来，拉着女儿周曼丽回到岳母家里，把车停在了大门外。周英早就为康庄做了一桌农家菜，大鹅烤土豆，炒个老黄瓜种，还炖个三面，小葱拌豆腐。康庄给岳母倒杯啤酒，也给周英倒一杯，酒过三巡，菜过五味。康庄端起酒杯说："英子和妈妈你俩这么多年含辛茹苦地过日子，也没享着清福，我宝贝女儿刚在城里挣点钱，还得给她闺密负担一些费用不能添补家用，我的《沃野》杂志社经营得很好，也是市里的优秀企业，完全能够养家糊口。我市里有个空闲的住宅楼，我把你们几个都接到城里生活吧！英子在家陪妈妈安度晚年，曼丽精通业务就帮我管理杂志社，这也算我对你们的一点补偿，这样我才能心安。"

周英听完没吱声，她看着妈妈等着她发表意见。

周妈妈一脸祥和，叹了口气说："唉，谢谢庄子的孝心，你说这人哪越老越故土难离了，城市虽好可我住惯了农村，哪儿都不想去了。"

周英的妈妈虽说没念多少书，但也是很有思想的人，她没把话说死怕女儿不开心。

周英又把眼睛转向了女儿，慈爱地看着周曼丽，她觉得自己这么多年没能给女儿富足的生活，一直都瞒着她爸爸的身份，真是很对不住女儿了，她想听从女儿的意见。

周曼丽闪着一双清澈的大眼睛，看着康庄。

"爸爸，姥姥对我有恩，她在农村待惯了，那我就留下来陪她们吧！爸，我也舍不得这些学生，我学业有成应该为贫困山区的孩子们传授文化知识。"

康庄是个有格局的男人，他听到岳母和女儿都这么说了，他爽快地答应了。

"好，我以你们的意见为主，不过那个城里的楼房还是归你们所有，就算我对你们的补偿。"

康庄接着说："妈，咱们几个碰杯喝一口，我回去以后看看能不能找到捐资助学的企业家，我想合伙投资为柳树屯的教育事业做点贡献。"

"那可太好了！爸爸，我替村里的父老乡亲谢谢你啦！"周曼丽从菜盆里挑出一块鹅胸脯肉递到她爸爸的碗里，又拿起了酒瓶子倒满了酒杯。

"还有你姥姥的酒杯都满上。"周英用手点了一下周曼丽的脑门，一家人全都被周曼丽的调皮劲儿给逗乐了。

在柳树屯村部，王书记听完李群的汇报，高兴得像个孩子一样不停地拍着手。

"太好了，这回可遇到活菩萨了，康庄可真是有才有德之人哪！"

李群也很兴奋，他一屁股坐在老支书的桌子上眉飞色舞。

"康总说回去找到企业家一起来咱们村考察，康总真有老板的风范，一诺千金。"

"一会儿咱俩去周英家慰问一下，她养育了这么好的大闺女不说，又给咱村拽回来一个慈善家。"王书记高兴地说。

李群支支吾吾地说："那，咱俩就空手去吗？"

王书记一摆手，哈哈大笑。

"空手能成敬意吗？你驮我回家，让你婶拿 200 个鸡蛋，完了再从会计那拿 1000 块钱，从我工资里扣。"

"王书记，要不咱俩一人担一半，我也出 500 块钱。"李群说。

王书记连忙摆手："不行，你家孩子小，正用钱的时候，我这都没啥负担了。"

"谢谢书记，我先去会计那屋一会儿再驮你回家。"李群说完出去了。

康庄刚到长宁市就跑去见班长袁明了，他准备把这个大好消息当面告诉铁哥们儿。袁明看见康庄笑呵呵地迎了上去，照康庄的肩膀拍了一下。

"啥好事，不能在电话里说？走吧！到会客厅喝茶。"

"你先给我沏点茶吧！开车回来在路上都没喝着水。"康庄往松软的沙发上一靠，伸了两下胳膊。

袁明把康庄的茶杯往他跟前一端，"好了，你的茶水是你喜欢的毛尖。"

康庄端起茶杯，用嘴吹了吹杯子里浮在上面的茶叶，待水凉点喝了两口，又把茶杯放到了茶几上看着袁明不说话。

"瞅啥呀？快说你去柳树屯把周曼丽请回来没有，还和我卖上关子了，快说吧！"袁明也是急性子。

"班长，我看到周英了。"

袁明端起茶杯正准备喝茶，一听康庄的话，茶水都晃洒了，他睁大了眼睛看着康庄。

"庄子，你说的是真的吧？这么巧。"

"我不但看到周英，还有我的岳母，周英这么多年一直都没找人家。"康庄深情地说。

袁明再也坐不住了，站起身两只手一挥。

"真是有缘千里能相会呀！庄子，你这是行善积德修来的福，周家母女可是大好人哪！当年，有人向大队书记检举你，说你看右派分子丁玲的长篇小说《太阳照在桑干河上》，大队书记可是造反派打底心狠手辣的家伙，要不是周英事先知道信儿帮你把书藏起来，被这伙人搜到可就完了。"

"是的，她们俩对我的恩德这辈子也报答不完。"

"班长，你还有侄女呢！周曼丽就是我的女儿。"康庄的眼睛又湿润了。

"啊？周曼丽是你女儿？庄子我的兄弟啊！这可是天大的好消息啊！你这回熬出头了苦尽甘来呀！"袁明高兴得泪流满面几度哽咽。

袁明是最心疼康庄的好哥们，他俩的感情亲如兄弟。康庄在最痛苦的时候都是袁明陪他过来的，没有他也没有康庄的今天，认识这么多年康庄头一次看到袁明在他面前哭。

康庄拿起一沓餐巾纸递给了袁明："谢谢你！我的好哥们儿，你是我的主心骨，也是我的大恩人，以后我带你去乡下看周英。"

袁明接过纸擦了擦眼泪，平复了一下心情问道："她们没跟你回来？"

康庄把她们几个说的话全盘和袁明说了一遍，也把柳树屯小学的现状说了，没有教室，没有教师就他女儿曼丽自己顶着。

袁明听后直接说："我们应该帮帮这个村子，为他们奉献点爱心。"

"谢谢班长，我也答应了她们，我也是来向你寻求帮助的，帮我找找关系好的企业家，我们出资为柳树屯盖一所学校，让孩子们坐在不漏风的教室里读书。"康庄两个眼睛闪烁着希望。

袁明喝了一口茶说："以前我听朋友说盖学校的事情，要经过很多程序，在城市盖楼要办理这几个证，《国有土地使用证》《建设用地规划许可证》《建设工程规划许可证》《建筑工程施工许可证》等。"

"建一座小学投资大概600万，我现在厂里积压了不少货物，资金周转还有些困难，我给你出资100万。"袁明实打实地兜了底。

康庄非常兴奋，他没想到班长一张嘴就是拿出100万。

"班长，你太讲究了不愧是我的铁哥们儿，我再串联有生意来往的其他的朋友，争取把这个资金搞定。"

"你自己的账户上还能有多少启动资金?"袁明问康庄。

"我们属于文学杂志社，不像大公司、大企业资金雄厚，我的账户上还有260万，要是给员工开完这个月工资能剩240多万吧。"康庄回答。

"这才300多万，还差300万。"袁明在那叨咕着。袁明知道康庄不会再提出过多的要求，知道他是有尊严的人。

袁明想了想一拍茶几说："我想起来了，有个好哥们儿喜欢做慈善公益事业，他有个牧业公司，我明天去找他。"

康庄喜形于色："铁哥们儿有难处不用求，自己就全包揽了，你受累了。"

袁明笑着说："不过，钱的事情我帮你跑，什么手续、介绍信啥的你自己跑吧！我嘴笨不愿意和官场打交道。"

"这你都成了大慈善家了，我都感激不尽了，以后盖小学也得给你挂个名誉校长。"康庄给袁明满上了一杯茶。

"一会儿我请你吃大餐，一是为我一家人团圆，二是感谢你这么多年一直帮我渡过难关。"

"好，今天来个一醉方休。"袁明说完，两个人一阵哈哈大笑。

第二十五章
希望在远乡萌发

　　《沃野》杂志社的员工看着袁明和几个企业家经常进进出出，康总的脸上也红光满面、精神焕发。员工们的心情也都非常好，他们听顾主任说康总准备投资在柳树屯盖小学了，都被康总的善举感动了，都说这样的老总事业一定会越做越大。

　　上午10点多钟，吴亚婕领着那莛莎、郑楠还有姜小妮来到了编辑部，每个人手里都捧着一束玫瑰花，笑呵呵地送到了康总的办公室。康总看到她们几个来了非常高兴，又是倒茶，又手拿水果。

　　吴亚婕说："叔叔，曼丽姐说您今天过生日，让我们几个代她给您送花来了。叔叔，祝您生日快乐！"

　　"生日快乐！"那莛莎、郑楠，还有姜小妮也都一齐说道。

　　康庄乐得合不拢嘴："谢谢你们！你们是曼丽最好的闺密，以后有机会欢迎去乡下玩。"

　　"叔叔，曼丽姐挺好的吧？您回去时告诉她我们都挺想她的。"姜小妮说。

一提到女儿，康总脸上有掩饰不住的幸福。

他说："她们都挺好的就是忙活点，我明天就去柳树屯研究修建小学的事情了……"

康庄送走了她们几个，把准备好的各项手续都放进一个档案袋里。

他打电话告诉袁明："我们明天就出发吧。"

康庄和袁明的车一到村部院里，王书记和祁镇长、刘乡长赶忙迎出门。

王书记亲切地握住了康庄的手，说话粗门大嗓。

"康总，辛苦了！我给你介绍一下：这位是祁镇长、这位是刘乡长。"

康庄笑呵呵地和他们打招呼握手，然后指着袁明说："这位是企业家袁明，他是建小学的捐款人之一，这位是工程师小张。"

大家相互寒暄过后，坐下来边喝茶边研究正题。

康庄说："这次，多亏袁明带头联合其他几位企业家们一起成就梦想。"

祁镇长说："太感谢你们了，你们为柳树屯的孩子们撑起了一片天，一会儿我们去现场实地考察，那辛苦你们了。"

康庄说："张工程师面积对学校的需要做一个初步的了解。"

李群领着康总他们几个来到简陋的小学，整个一个大院子就三间收拾出来的教室看着还有个模样，简直是一片荒凉。

工程师小张手里握着遥控测量仪，围着学校走了好几圈，他坐到孩子们没上课的教室里在纸上绘图了，推算出了使用面积和坡度。

他撂下笔说："学校的总面积是8000平方米，除去修建教室占土地以外，还可剩下3000平方米的操场面积，达到施工标准。"

"这个旧址要全部拆建以后得进行场地平整，学校土地不平，比较松软，需要降水、强夯处理；所有的工程必须做基础钢筋、混凝土浇筑；最后做装饰工作。"

祁镇长听完连忙说："我们也不懂这方面的技术，一切事情还得靠康总和这位企业家不辞劳苦，我们柳树屯的父老乡亲下一辈的成长就拜托给你们了。"

康庄问小张："张工程师，村里现在需要做哪些工作呢？"

小张说："资金全部到位的话，现在就可以拆建了，如果进度快冬天以前地基全部打好了，能建多少建多少，来年开春再接着盖，明年暑假过后就能开学了，我回去以后马上把图纸设计出来。"

祁镇长听完一拍手："那可太好了，先期的工作就由李群负责，一定要注意安全。"

康庄说："我帮忙联系专业的拆迁公司，它们有大型的拆迁机械，另外，工人也都有工作经验安全可靠。"

王书记说："好，我也可以协助工作，岁数大了也能照把眼睛。"这伙人从学校出来又回村部了。

又过了几天，学校的周围围上了一人多高的铁板，拉起了横条幅"长宁市建筑公司第九工程队"。

康庄给工人们在操场临时搭建了彩钢房，接通了水电，每个人都配发了一套行李。又在本村雇了两个年轻力壮的小伙子做饭，告诉他俩工资不差，但伙食要跟上不能克扣"军粮"，小伙子听说是周曼丽的爸爸，格外听话很卖力气。

康庄和李群戴着安全帽在工地上监工，自从张罗盖小学康庄也晒黑了，有时他还和工人们一起吃饭，晚上在村部住。

这段时间可忙坏了周英，她心疼康庄吃苦受累不着消停，周妈妈也给康庄调伙食，周英给康庄包酸菜馅饺子。她老早就烧开了两壶水，因为知道康庄忙得在工地上也顾不上喝水。

周英一看挂钟，工地收工了。她就把饺子下锅了，她妈妈坐个小板凳给她烧火，曼丽放上了炕桌端上一盘猪肝，又拿出一瓶啤酒放到了桌子上。

康庄来了，曼丽赶紧把他迎进了屋里，用洗脸盆兑好了温水，拿着一条新毛巾递给了康庄："爸，你洗一把脸都刮上土了。"听她说话的语气很心疼爸爸。

康庄洗完脸，周英的饺子也都煮好了。周英帮康庄把啤酒打开了，拿起杯子倒满了轻轻地放在康庄的碗跟前，然后温柔地说："累了吧，喝杯解解乏。"

康庄看着周英一本正经地说："谢谢英子。"

周英被她逗笑了，以前康庄是弱不禁风的书生，现在是顶天立地的男子汉。

康庄问岳母："妈，你也喝杯酒吧？一天挺累的。"

"我哪有你累，曼丽可心疼你了。"

"爸，你在城里时多帅啊，现在又回到解放前了。"自从有了爸爸，曼丽也知道撒娇了。

　　"其实，这里的生活让我很踏实。虽说工作累点，但忘掉了工作上的压力了。呵呵！"康庄一张憨厚的脸总是让人信赖。

　　康庄喝了一口啤酒说："这里的情况，袁明和我现在的家属说得明明白白了。"

　　周英听完他的话脸上露出一丝丝的失落，她是个贤良的女人，只要康庄过得好，她别无所求。

　　"我家属也是明事理的人，她说她占了周英的窝了，我的女儿就是她的女儿，让我好好补偿，以后两个女儿买衣服都买一样的，只要我不辜负她的感情，什么事情都可以接受。"

　　周妈妈听了很有感触，真诚地说："是庄子心眼好，遇到的都是好人呢！能这样说话一定是个好孩子……"

　　北方的冬天虽然冷，但到开春就暖和了，院子里的杏花早早地开了，燕子也从南方飞回来了。

　　二丫家在园子里扣了大棚，小白菜、小水萝卜齐刷刷地都长挺高了，她用个小塑料袋装完就拎过来了，说等康庄来时吃点绿色食品。二丫心眼好，知道情况后非得请周英他们全家吃顿饭，花了300多块钱。

　　"周姐，我今天还去小学校转一圈呢，这三层小楼盖得可像样了，我听王书记说到六月末就能全部完工了。"

　　"那不得刮大白吗？安窗户、安门还得上玻璃呢！"周英说。

　　二丫把头一扭乐了："周姐，咱们那个学校才三层小楼还不好整的，城里那么多层楼不也嗖嗖地盖完了吗？呵呵！"

　　"嗯，二妹子说得也对。"周英点点头。

时间过得真快，康庄在工地监工一算时间快半年了。在他亲自指挥下学校的大操场也铺上了沥青，还安了两个篮球架子，村民们都纷纷前来参观，看见康庄就像看见财神一样高兴。

学校教室的大白刮完了、玻璃也擦干净了、一大车桌椅板凳拉进了学校，村民们都帮着往教室里倒腾，李群和周曼丽指挥年轻力壮的小伙子们把电脑小心翼翼地搬进了库房，然后把库房门锁上了。各个班级的黑板也都挨个钉在墙上了，班级的门牌号都钉好了。又搬来几箱矿泉水，王书记从镇里买回来几米大红绸子留着剪彩时用，他又领着村委会的干部填写邀请函。

学校的门卫室很干净，还安了监控，老头们争着抢着都想去打更。

李群心平气和地说："谢谢老哥哥们支持我们，学校的安保问题是个大事，咱们不但对年龄有要求，还要有思想觉悟，身体也要好，就选王书记的弟弟吧！他符合条件爱岗敬业还当过兵……"

康庄从城里返回以后，有关部门对柳树屯小学校相关事宜全都验收完毕。

王书记洪亮的声音从大喇叭里传出："父老乡亲们请注意了！重要的事情说三遍，宣布个大好消息：6月28号上午10点28分咱们柳树屯的'希望小学'正式剪彩。请村民们前来参加这个盛会，都打扮漂亮点把好衣服都拿出来穿上，有电台来录像别错过上镜头的机会。

"先前上学的学生家长提前一个小时到村部报到，需要你们帮着维护现场工作，听到广播的村民左邻右舍再互相通知一声。"

周英和周妈妈早早地起来收拾了，她们都换了康庄从城里买回来的漂亮衣服，参加今天希望小学举行的剪彩仪式。

周曼丽的几个闺密也前来助阵，那茈莎开车拉着吴亚婕、郑楠还有姜小妮，像几只小燕子一样叽叽喳喳地从大门飞进来，见面后一下子就把周曼丽抱住了。

"大姐，我们好想你啊！你们家为柳树屯做件大好事，真伟大。"那茈莎高兴地嚷着。

"周阿姨也这么漂亮啊！姥姥长得可真年轻。"姜小妮说。

郑楠紧忙把果篮递了过来，笑呵呵地说："周阿姨，这是我给你和姥姥买的水果。"

周英连忙说："谢谢楠楠，怎么没把小路路带来呢？"

"周阿姨，她要来了，我就啥都干不上了。呵呵！"

周英和周妈妈看着这几个大姑娘眉开眼笑。

周英回头说："曼丽她们寝室的这几个闺密，感情很好亲如姐妹，这几个闺女真招人喜欢……"

柳树屯小学今天沸腾了，乡亲们老早就到学校院里占地方了，校门口悬挂着"希望小学"的大牌匾，上面用大红绸子遮挡着。

在学校的大操场上，用石灰粉画好会场图标、包括车辆停放的位置。主席台上摆放着三个落地麦克风，桌子放着一大排嘉宾的名字，中间坐着常务副县长闫明、左侧是康庄和四位企业家，右侧是教育局局长、祁镇长，还有刘乡长等。长宁市电视台的记者还有县里的电视台记者也都来了，他们找好机位准备记录下这精彩的时刻。

10 点 28 分，长乐县电视台的知名主播龙歌，穿着一身蓝西装步履轻盈来到主席台上，微笑着站在麦克风前。他的声音圆润富有磁性。

"尊敬的各位领导、各位嘉宾、父老乡亲们大家上午好！我很荣幸能主持柳树屯'希望小学'的剪彩捐赠仪式。现在大会正式开始，首先我向大家介绍一下参会的嘉宾……有请县长闫明讲话，大家热烈欢迎！"

县长闫明满面春风来到台中间的麦克风前，语调亲切气场强大。

"柳树屯的父老乡亲大家好！我代表长乐县向捐赠'希望小学'的五位优秀企业家表示感谢！百年大计，教育为本，我们优秀企业家康庄关心下一代的教育事业，倾注最大的关心与扶持、积极开展公益事业，在康庄和四位优秀企业家共同的努力下，为我们柳树屯的孩子们提供了读书的机会，创造这么良好的学习环境。愿孩子们好好学习，长大后成为一名优秀的人才，回报母校，回报社会。吃水不忘挖井人，把'希望小学'铭记于心。"县长的讲话完毕，台下爆发出经久不息的掌声。

周英紧紧地挎住了她妈妈的胳膊，眼睛盯着台上，她们的心里感到无比自豪。

康庄被邀请上台讲话，他沉稳地站在麦克风前笑容可掬地说："各位领导、各位父老乡亲们大家好！谢谢你们对我们的支持，我一踏上这片土地就感到特别的亲切，这里有善良质朴的父老乡亲，柳树屯为我养育了最优秀的女儿，希望这里的一山一水都建设得越来越好，孩子们是柳树屯的未来，让'希望小学'飞出更多的金凤凰，走出更多优秀的好儿郎。经教育局有关领导和捐赠的企业家决定，任命周曼丽老师为'希望小学'的校长。"康庄的话音刚落，台下的欢呼声和叫好声震耳欲聋。

　　欢庆的场面激动人心，在柳树屯父老乡亲们热烈的掌声中，一群孩子簇拥着剪彩嘉宾来到校门口，锣鼓喧天鞭炮齐鸣，祁镇长和企业家们兴高采烈地剪断了一条大红绸子，康庄和常务县长闫明扯下了大红绸子，露出了闪闪发光的四个大字"希望小学"。

　　王书记用铺着红绸子的托盘端来五个证书，闫明亲自为企业家颁发了证书。证书上印着"康庄同志：在捐资助学公益事业的活动中，您捐赠的'希望小学'造福后代，功德千秋，被授予'爱心大使和名誉校长'的光荣称号。"

　　康总双手拿着证书看着这闪闪发光的烫金大字，这是他对周英和女儿周曼丽最好的馈赠，他替她们实现了心愿。康庄笑呵呵地把证书交给了周曼丽以后，又领着嘉宾们去参观教室了。

　　姜小妮看到康庄赋予周曼丽的这份荣耀，被他们高尚的品德深深地打动了，这种奉献精神像一缕春风吹进了她的心田，这一刻她爱上了这片质朴温暖的土地，她认为这里是自己洗涤灵魂最好的地方。

　　她快步跑到教育局局长和康庄的面前，他们两个同时停下了脚步。

　　"局长，我有个请求，我想留在这里教书可以吗？"

　　局长乐了："我们这里正缺人手呢！太好了。"

　　"那康叔叔同意吗？"

　　"举双手欢迎！正好和曼丽在一起工作，还能相互有个照应。"康庄也乐了。

　　几个闺密一听高兴得直蹦，一下子把周曼丽和姜小妮搂住了。

周英对她妈妈说:"今天能参加这个剪彩仪式,够我记一辈子了。"

周妈妈说:"我们也算为柳树屯做了件大好事,这辈子就不白活了!咱们俩往回走吧,几个孩子还都没吃饭呢!"

不一会儿,周曼丽的几个闺密也从学校回来了,一进屋姜小妮和那迷莎就嚷着让周妈妈给她们做好吃的。

吴亚婕和郑楠挤眉弄眼小声说道:"咱俩去看看李群长得啥样?"

周曼丽用手指贴在嘴上"嘘"示意一下,用眼睛看看她妈,她妈妈正在看着她,曼丽嘻嘻地笑了。

"妈,你先在家给我们做饭,我陪她俩到学校看看。"边说边往出走。

在路上,吴亚婕问周曼丽:"大姐,李群有没有破镜重圆的想法啊?"

"他总是回避我们以前的事情,我真不知道怎么说能让他产生共鸣。"周曼丽有一点小失落。

"他是不是欲擒故纵啊?"郑楠问。

"不是,从他和王书记的对话中听出心里没忘记我,但他和我谈工作的时候眼神很正常,没有一点'秋波'。"

"那这个男人还不错,最起码没有贪心,他对大姐是真心的,不想让你受委屈。"吴亚婕忽然间悟出的结论。

她这一句话,惊醒了梦中人,周曼丽这么长时间没找到的答案,被吴亚婕点破了。

她眼前一亮,"哦,原来是这么回事啊!我百思不得其解。"

郑楠说:"大姐,我们是随便问问,不是想撮合你们,他的孩子都那么大了,你这么好的条件随便挑,林浩还在那儿等着呢。"

吴亚婕也说："嗯，去认识一下李群，是想看看大姐的初恋长得帅不帅，以前和大姐搭不搭。"

周曼丽领着她俩再次来到学校，吴亚婕问："大姐，他不是在村委会工作吗？"

"是的，但今天他也在学校里忙活呢。"

周曼丽顺着说话声往操场一看，李群正在指挥小伙子们收拾场地。

"你俩抬桌子时看着脚下的路，小心点、小心点。"

李群一回头，看见周曼丽在他身后站着，还有两个美女。

"曼丽，你找我吗？"李群问。

"李群，我给你介绍一下，这是我们308寝室的闺密，她叫吴亚婕、她叫郑楠。"周曼丽说话的声音如同百灵鸟。

李群乐了，他礼貌地和她们两个握手。

"幸会！幸会！认识你们非常高兴，欢迎你们不辞辛苦来参加剪彩仪式，为我们柳树屯的'希望小学'增添喜庆。"

吴亚婕和郑楠看着李群相视一笑，满脸的整蛊表情。

吴亚婕："也欢迎李主任有时间去城里观光，我们请你吃大餐，呵呵！"

"我从小净吃粗米大饭了，要是去高大上的餐厅，估计都不会用筷子了。呵呵！"

虽然初次见面，但吴亚婕和郑楠对李群的印象也很好，这个男人很真诚眼神清澈见底，给人最深刻的印象是有安全感。

周曼丽从兜里掏出一包面巾纸，羞答答地递给了李群。

"你把额头的汗擦擦吧！都快淌下来了。"

"没事，一个大老爷们儿流点汗算个啥事？"李群说完用手一划拉，把手上的灰尘又抹脸上了。

周曼丽走到李群跟前，含情脉脉地看着他，然后用纸巾帮他轻轻地擦拭着脸上的汗珠，李群幸福地闭上眼睛。

（大结局）